LA NUIT DES ENFANTS ROIS

Bernard Lenteric a exercé les métiers les plus variés. Il a été, entre autres, maître nageur, vendeur de savonnettes fabriquées par les aveugles, colleur d'affiches, danseur mondain et joueur de poker.
A 37 ans, il devient producteur de cinéma. Un de ses films, Le Dernier Amant romantique, remporte un grand succès. En 1980, il écrit son premier livre : La Gagne, *puis un second :* La Nuit des Enfants Rois, *best-seller en France. Comme son premier livre, ce dernier sera bientôt porté à l'écran.*

Fozzy est un ordinateur ultra-perfectionné qui peut dialoguer avec Jimbo, son maître et ami, et imiter la voix de Dustin Hoffman dans *Macadam Cow-Boy*, pour s'amuser! Il n'obéit qu'à Jimbo et compatit à ses problèmes amoureux.
Cet ordinateur a été conçu pour l'opération Chasseur de Génies : il enregistre le quota intellectuel de milliers d'enfants américains et doit ainsi découvrir des génies en herbe âgés de cinq ans. Fozzy trouve en effet sept enfants-génies mais qui acquièrent très vite un pouvoir illimité de destruction. Avec leur intelligence, ils volent, ils accumulent les crimes parfaits. Car ces sept-là ne sont pas sept : ils sont un. Ils sont un seul esprit, une seule volonté.
Roman policier, roman d'amour et de science-fiction, *La Nuit des Enfants Rois* est un chef-d'œuvre de suspense et d'humour.

BERNARD LENTERIC

La Nuit
des enfants rois

ÉDITION N° 1
OLIVIER ORBAN

A mon fils Jean-Baptiste

Chasseur de Génies

1

CELA arriva sous terre, la nuit, dans le silence, dans cette immense salle insonorisée où ça clignotait et cliquetait doucement. L'ordinateur qui se trouvait là était le plus rapide et le plus puissant existant alors au monde, et seul devait en principe le surpasser le NASF, que la NASA projetait de construire à Palo Alto, Californie; il avait coûté des millions de dollars à Killian; son temps d'accès était de douze nanosecondes et demie — 12,5 milliardièmes de seconde —; la capacité de sa mémoire centrale, renforcée par trois douzaines d'unités de stockage Cray DD 19, approchait 300 milliards de bits; il pouvait réaliser environ deux cent quarante millions d'opérations différentes par seconde.

On l'avait baptisé Fozzy.

Il était tellement ultra-perfectionné qu'il pouvait parler avec une vraie voix humaine, en imitant par exemple Cary Grant dans *Philadelphia Story*, Judy Garland dans *A star is born* ou Dustin Hoffman dans *Macadam cow boy*.

Et, mieux que cela, si on lui posait une question stupide, il était capable de réponses encore plus stupides.

Plus ultra-perfectionné que cela, c'est difficile.

Et naturellement, quand cela arriva, il parlait avec Jimbo Farrar.

2

Ce fut à Berkeley, université de Californie, que tout commença.

L'idée consista à faire venir des flopées de gosses au centre de recherches sur l'informatique.

On les fit asseoir devant des claviers.

Un clavier par gosse, avec un écran cathodique de contrôle.

On leur annonça qu'ils avaient le droit de faire tout ce qui leur passait par la tête. Après leur avoir expliqué comment, en tapotant le clavier, ils pouvaient faire apparaître des trucs sur l'écran.

On avait imaginé que, s'il se trouvait un ou plusieurs génies parmi eux, ce serait un bon moyen de les repérer.

Pour une idée idiote, c'était une idée idiote.

Au début de l'expérience, on choisit des garçons et des filles de dix à douze ans. Par classes entières. A raison de deux heures par classe.

Jusqu'au moment où la Fondation Killian s'en mêla. Elle investit dans le programme des millions et des millions de dollars, déductibles fiscalement.

En échange, le vieux Joshua Killian exigea trois choses : d'abord des enfants plus jeunes. Il précisa : entre quatre et six ans. Et tant mieux s'ils ne savaient ni lire ni écrire.

Ensuite, il voulut étendre le programme à l'ensemble des Etats-Unis, partout où il y avait des enfants *ad hoc* et un terminal d'ordinateur, celui d'une banque, d'une compagnie d'assurances, d'une administration ou de n'importe quoi. On choisit donc des classes maternelles au nord et au sud, à l'est et à l'ouest du pays. Dans des coins perdus et dans des grandes villes, dans les zones à haut revenu et dans les quartiers noirs, indiens, ou portoricains.

Au hasard.

Enfin, le vieux Killian tint à ce que les résultats fussent transmis à un ordinateur central situé sous terre, dans le Colorado. Cet ordinateur central ultra-perfectionné était utilisé par Killian Incorporated pour ses propres activités, et il travaillait à façon pour d'autres firmes, voire pour le gouvernement. Il fut en outre chargé de collationner, de trier, de comparer tout ce que ces chers petits anges pouvaient inventer. Et donc de vérifier si, oui ou non, on avait découvert un Génie.

Et d'annoncer la bonne nouvelle, le cas échéant.

Là-dessus, au moment où le programme venait d'être mis au point, le vieux Killian mourut. Il laissa un ou deux milliards de dollars et un testament prescrivant de la manière la plus impérative que l'opération Chasseur de Génies devait se poursuivre pendant quinze ans après sa mort.

Elle se poursuivit, dans l'indifférence générale. Les résultats étaient médiocres. Fozzy mit en mémoire et étudia les élucubrations de dizaines de milliers d'enfants. L'immense majorité de ceux-ci ne comprit même pas ce que l'on attendait d'elle. Pourtant trois ou quatre douzaines de gosses établirent triomphalement que 2 et 2 font 4; une élite poussa jusqu'à 2 fois 3 font 6.

Quelques-uns firent apparaître avec enthousiasme des ronds et des carrés.

Un autre dessina même un triangle.

Le triomphe ! On se congratula : on avait découvert un Génie, un vrai.

Mais on découvrit rapidement que le prétendu Génie souffrait d'un défaut de vision.

Pour lui, même un ballon de basket-ball était triangulaire.

Les mois passèrent. Les héritiers du vieux Killian se désintéressèrent du Chasseur de Génies. Sans cette saloperie de clause impérative que le vieux avait mise dans son testament, on aurait purement flanqué en l'air tout le bazar.

Faute de mieux, on rogna tant qu'on put sur les crédits alloués à l'opération.

Et bientôt, face à Fozzy, il ne resta plus qu'un seul et unique informaticien.

Celui-là même qui avait baptisé Fozzy Fozzy.

Un type jeune et extrêmement gentil appelé James Jimmy Jimbo Farrar.

Et encore ne venait-il que le soir, après le départ d'informaticiens ordinaires faisant travailler Fozzy sur des programmes sérieux. Après en avoir lui-même terminé avec son travail de professeur-assistant à l'université de Denver.

Parce que deux cents dollars par semaine sont toujours bons à prendre. Et que ça lui plaisait bien, de discuter sous terre, la nuit, dans le silence, dans cette immense salle insonorisée, où ça clignotait et cliquetait doucement, avec Fozzy.

Voilà pourquoi Jimbo Farrar, fatalement, était seul, et depuis des mois, quand cela arriva.

3

A ce moment de l'histoire, Jimbo Farrar est âgé de vingt-quatre ans et à quatre pattes. Il n'est pas encore marié. Il ne se mariera avec Ann Morton qu'l'année suivante. Et le premier de ses deux futurs enfants ne naîtra que dans dix-sept mois.

Physiquement, il est grand, très grand même. Deux mètres et quatre centimètres exactement. Tout en os. Rien d'un athlète. Plutôt l'air de n'avoir pas fini de grandir — et de ne pas savoir quoi faire de ses kilomètres de bras et de jambes.

Quand il réfléchit ou écoute quelqu'un, il a tendance à se voûter un peu. Il penche alors légèrement sa tête sur le côté avec une expression amicale et attentive qui comble de joie son interlocuteur, convaincu de subjuguer Jimbo par le charme de sa conversation. En réalité, au même instant Jimbo est ailleurs et pense à tout autre chose.

Il est blond châtain. Il a des yeux bleu clair avec de longs cils sombres, qui lui donnent un air très doux. Il est extraordinairement intelligent. Son quotient intellectuel est bien au-dessus de cent soixante. A cent dix, on n'est déjà pas bête...

Il a l'air incroyablement gentil.

Il est à quatre pattes parce qu'il a perdu une roue de locomotive et la cherche. Son train électrique a une longueur de voies de six cent soixante-huit mètres, avec un écartement entre les rails de deux centimètres et demi. Sur le circuit, onze trains circulent en même temps. Leurs évolutions sont réglées par Fozzy. Le douzième train est arrêté, à cause de la roue qui s'est détachée et a probablement filé sous une imprimante.

On est le 18 juin 1971, et il est dix heures du soir quand ça arrive.

4

« Moi personnellement moi-même je n'en ai rien à foutre, dit Fozzy, mais le wagon de queue de l'express Montreal-Teneriffe est sur le point de se décrocher. Devrais faire quelque chose, mec. »

A ce moment-là, Fozzy parlait avec la voix de Louis Armstrong dans *Hello, Dolly*.

« J'arrive », dit Jimbo.

Il venait enfin de repérer la roue de la locomotive. Elle avait glissé sous l'un des écrans sur lesquels, au même instant, s'inscrivaient les résultats d'une école maternelle du Nouveau-Mexique.

« Et il y a également quelque chose qui ne va pas dans la loco du Stockholm-Honolulu, à l'entrée du tunnel du Saint-Gothard. Baisses irrégulières de tension dans les caténaires.

— Ce foutu Stockholm-Honolulu n'a jamais marché. »

Jimbo Farrar se mit à plat ventre, allongea le bras, récupéra la roue, se redressa.

« Jimbo...

— Arrête cette saloperie de train, et qu'on n'en parle plus!

— S'agit pas de ça, mec. »

Jimbo replaça la roue sur l'essieu minuscule.

« Jimbo...

— Merde! »

L'essieu était faussé.

« Se passe quelque chose, mec.

La voix de Fozzy était maintenant celle de Marilyn Monroe dans *Bus stop*. Jimbo posa l'essieu et la roue. Il pensait à Ann, qu'il avait oublié de rappeler. « Je vais encore me faire engueuler, c'est sûr. »

« Au Nouveau-Mexique dit Fozzy-Marilyn. Une ville appelée Taos. Ecole maternelle Kit Carson, classe B. »

Jimbo hésitait : appeler Ann maintenant ou non? Il consulta sa montre : dix heures trois.

« Institutrice : Linda Jones. Nombre d'élèves ayant suivi l'expérience : dix-sept. Age de l'élève : quatre ans, neuf mois et onze jours. Taille : quatre-vingt-dix-huit centimètres. Poids : vingt et un kilos.

— Ecrase! dit distraitement Jimbo.

— Grappe Onze, mec. Terminal Dix-Huit. »

Jimbo marcha vers le téléphone.

« Un autre triangle, Fozzy? »

Son ton était nettement sarcastique.

« Signaux non répertoriés, dit Fozzy avec la voix d'Humphrey Bogart dans *Le Port de l'angoisse*. C'est vachement mystérieux, mec. Vachement. »

La main de Jimbo se trouvait déjà sur le récepteur téléphonique. Elle s'immobilisa. Jimbo balançait entre la décision d'appeler Ann et celle de consulter l'écran Dix-Huit. L'affaire du triangle remontait à six mois déjà. Depuis, rien. Deux cercles et trois rectangles. Si l'on pouvait appeler ça des cercles et des rectangles. Chasseur de Génies n'était qu'une vaste fumisterie, à laquelle seul le vieux Killian avait cru. Et le vieux Killian était mort.

Jimbo se retourna lentement. Devant lui, soixante mètres d'une salle aseptisée, muette, inhumaine. Et des dizaines d'écrans cathodiques qui, à ce jour, n'avaient jamais reproduit que des gribouillages puérils.

« Et ça va continuer, Fozzy. Toi y en as fou-la-tête.

— Intellectuel ! s'exclama Fozzy avec la voix de Fozzy dans le *Muppets Show*. Mais magne tes fesses, mec. C'est du sérieux.

— Grappe Onze ?

— Terminal Dix-Huit. »

Le cerveau de Jimbo Farrar : un tiroir se ferma, un autre s'ouvrit. Il oublia Ann et le rapide New York-Melbourne qui à la même seconde doublait le Stockholm-Honolulu à l'entrée du Saint-Gothard. Le Q.I. aux environs de cent soixante monta en ligne. Son œil bleu alla chercher et fixa les « signaux non répertoriés ». Son œil s'ébahit, se figea. Un brusque frisson lui parcourut le corps. Il demanda :

« Et ça veut dire ?

— Que dalle ! répondit Fozzy. Ça veut rien dire du tout, mec. »

L'écran était couvert sur toute sa surface : de

points et de traits placés n'importe comment et qui ne ressemblaient à rien.

« Fozzy, envoie la tête du môme qui a fait ça. »

Un écran voisin s'alluma. Un visage d'enfant apparut.

Cheveux noirs, yeux noirs, narines un peu dilatées, teint bistre. Ce genre d'expression que l'on a sur les photos d'identité. Rien de particulier dans les prunelles, mi-timides mi-rêveuses.

« Sûr que c'est ce morveux qui a fait ça ?

— Affirmatif, mec.

— Date et heure de l'enregistrement ?

— Ce matin. Neuf heures vingt-huit, heure locale. Mountain Time.

— Il aura gribouillé n'importe quoi. »

« *Mais je sais bien que c'est faux...* »

« Des clous, mec ! Consigne Seize : au cas où le sujet parvient à dessiner quelque chose, on répète l'expérience trente minutes plus tard. Consigne Seize respectée.

— Et il a refait la même chose, trente minutes plus tard ?

— Affirmatif, mec. »

Un temps. Jimbo ferma les yeux, les rouvrit.

« Nombre de signes, Fozzy. »

Un centième de seconde de réflexion puis Fozzy annonça :

« Cent huit traits, quatre-vingt-dix points. »

Silence. Un inexplicable sentiment de malaise envahissait Jimbo.

« Jimbo ?

— Ouais.

— Et c'est pas tout, mec. D'autres arrivent.

— Toujours du Nouveau-Mexique ?

— Négatif. »

Nouveau frisson, qui secoua Jimbo tout entier.

« Vas-y, dit Jimbo.

— District de Columbia, Washington. Ecole maternelle...

— Stop, Fozzy ! »

Un temps.

« Fozzy, annonce simplement les Etats. Ou les villes s'il y en a deux dans le même Etat.

— O.K., mec : District de Columbia, Etat de New York, Etat d'Idaho, Etat du Minnesota, Etat du Tennessee, Etat du Massachusetts, Etat du Nouveau-Mexique déjà cité. »

Le sentiment de malaise persistait, toujours aussi inexplicable. Des gouttelettes de transpiration perlèrent. Il compta.

Sept.

Sept enfants de quatre à six ans.

« Ça fait bien sept.

— Affirmatif », dit Fozzy.

« De quoi ai-je peur ? » pensa soudain Jimbo. Car il venait enfin d'analyser le sentiment qu'il éprouvait avec de plus en plus de force. Et c'était bien de la peur. L'intuition que quelque chose d'extraordinaire était en train de survenir.

« Fozzy, envoie les sept dessins des sept gosses sur sept terminaux voisins, grappe Onze.

— Voilà, mec. Comme si c'était fait. C'est fait. »

Deux secondes.

« Terminaux Douze, Treize, Quatorze, Quinze, Seize, Dix-sept, Dix-huit, grappe Onze. Paré à la manœuvre, mec. »

Jimbo ne bougea pas. Il transpirait de plus en plus, n'arrivant pas à détacher ses yeux des sept écrans. Sur tous, les mêmes points et les mêmes traits. Pourtant, d'un écran à l'autre, des différences. Aucun des sept enfants n'avait exécuté le même dessin.

« Ça ne veut toujours rien dire ?

— Rien, mec. »

Jimbo se mit à marcher. Il déambula face aux écrans.

« Envoie les têtes des enfants. »

Sept visages apparurent : six garçons, une fille. Tous entre quatre et six ans. Rien d'exceptionnel nulle part, même pas au fond des yeux.

Jimbo.

« Ces gosses se connaissent-ils entre eux ? Ont-ils des points communs ? Des instituteurs utilisant une méthode identique ? Sont-ils nés le même jour ? Au même endroit ? Ont-ils effectué l'expérience à la même heure, le même jour ?

— Négatif, dit Fozzy en réponse. Rien de tout ça, mec. »

Du moins en réponse aux dernières questions. Pour le reste, précisa Fozzy : données insuffisantes. Pas de sa faute, mais celle du programme. Pour chaque enfant, on n'avait accordé à Fozzy qu'un nombre limité de données : nom et prénoms, date et lieu de naissance, poids et taille, adresse personnelle, nom de l'établissement, nom de l'instituteur ou l'institutrice, date et heure de l'enregistrement.

Les onze trains roulaient toujours, leurs mouvements réglés par une autre partie du prodigieux cerveau de Fozzy, dans l'immense salle déserte.

L'idée lui était venue à la seconde même où les sept dessins avaient fait leur apparition sur les écrans

C'était une idée qui s'imposait.

Et elle était juste, il le savait. Il le pressentait avec une certitude absolue. Il ruisselait de sueur. Il s'assit à même le sol, face aux écrans, appuya sa nuque, ferma les yeux.

« Fozzy.

— Oui, mec ? »

Ce silence.. Dieu de Dieu ! pensait Jimbo Farrar, c'est une idée de fou !

Imaginer que sept gosses d'environ cinq ans d'âge, dans sept écoles différentes, à des milliers de kilomètres les uns des autres...

« J'attends, mec. »

... Imaginer que ces sept morveux aient pu décomposer, disséquer un même dessin original en peut-être quatorze ou quinze cents morceaux différents — des points et des traits. Et ensuite, dans un deuxième temps, reproduire chacun leur part. Le Septième du Dessin. Environ deux cents minuscules composants chacun...

« Prends ton temps, mec. »

Car l'idée de Jimbo, c'était ça : un puzzle. Chaque enfant en détenant un septième, chaque enfant étant capable de mettre en place chaque composant de son septième de puzzle.

En aveugle et sans se concerter.

Probablement sans connaître les six autres.

Peut-être même, aucun des Sept ne sachant ce qu'il était en train de faire, n'ayant aucune idée du résultat final, n'ayant même aucune idée qu'il y eût un résultat final.

DINGUE.

Les yeux de Jimbo étaient toujours fermés. Il ordonna :

« On y va, Fozzy. Ecrans Douze à Dix-Huit inclus, tout sur le Dix-Neuf. On superpose et on va voir ce que ça donne. »

Ça prit du temps : au moins une seconde et demie.

« C'est tout bon, mec. »

Jimbo n'ouvrit pas les yeux. Tout au plus tour-

na-t-il son visage en direction de l'écran Dix-Neuf.
« *J'ai vraiment une trouille de tous les diables.* »
Qu'est-ce que ces sept embryons avaient dessiné?
Qu'avaient-ils dessiné ENSEMBLE? Que donnaient l'assemblage et la superposition de leurs
traits et de leurs points?

Une maison? Un Père Noël? Un rhinocéros?

Il n'ouvrait toujours pas les yeux. Le doux ronronnement des trains se croisant, se dépassant,
franchissant des viaducs, des tunnels, des aiguillages.

Le téléphone sonna.

Jimbo Farrar ouvrit les yeux. Ce qu'il aperçut
le stupéfia : trois mots suivis d'un point
d'interrogation :

WHERE ARE YOU[1]?

5

En ce mois de juin 1971, Ann Morton a vingt-trois ans. Elle n'a pas encore épousé Jimbo Farrar. Si elle écoutait sa mère, elle n'en ferait rien.
Mme veuve Jonas Morton, de son prénom Janice,
ne voit pas Jimbo Farrar d'un très bon œil. Elle
lui préférerait comme gendre n'importe quel individu de sexe mâle, à la simple condition qu'il soit
de nationalité américaine, et ni Noir ni catholique
ni basané de quelque façon — pour elle les Français et les Allemands du Sud sont basanés, mais
curieusement pas les Suisses — ni juif évidemment, ni Californien ni New-Yorkais ni démo-

1. Où êtes-vous?

crate, et bien entendu avec un minimum d'argent deux cent mille dollars de revenu annuel sois raisonnable ma chérie qu'au moins il ne t'épouse pas pour ton argent et d'ailleurs ton Jimbo, quel surnom ridicule, est un raté, ami d'enfance ou pas.

« Oui, mais il me fait rire », répond Ann.

Ann vient d'achever des études de journalisme et de droit. Elle peut occuper un poste dans un journal de Denver avec d'autant plus de facilité que le journal appartient à la famille, comme pas mal de choses dans le Colorado. Elle peut aussi partir pour Los Angeles ou New York, ou pour l'Europe. Pas de problème. Et, si elle veut entrer à la télévision, ABC, NBC ou CBS, aucune difficulté. L'oncle Harold leur verse assez d'argent en publicité.

Côté Killian Incorporated, Ann n'a qu'une seule porte d'entrée. Et ce n'est pas l'entrée de service : il s'agit tout simplement de Mélanie, l'unique petite-fille du vieux Joshua. Mélanie et Ann ont fait leurs études ensemble. Et Mélanie sera tôt ou tard la grande patronne de Killian Inc. (son père, qui, à ce moment de l'histoire, occupe les fonctions de président-directeur général, est un crétin). Cette amitié, profonde entre les deux jeunes filles, va jouer un rôle.

Ann Morton est blonde et grande. A trois reprises, les gens de *Playboy* sont venus lui demander de poser pour leur page triple du milieu, vêtue en tout et pour tout d'une rose entre les dents.

Elle a failli dire oui, à seule fin d'emmerder Mme veuve et l'oncle Harold. Elle a dit non.

En bref, s'agissant de son avenir, avec ou sans Jimbo, pour l'heure elle se tâte.

6

Ann Morton dit :

« Et c'est à ce moment-là que le téléphone a sonné. »

Jimbo hocha la tête.

« Et c'était moi. »

Jimbo re-hocha la tête.

« Désolée », dit Ann.

Il lui sourit gentiment :

« Tu n'as pas à être désolée. D'abord parce que j'aurais dû t'appeler plus tôt...

— Après tout, nous devions dîner ensemble, saligaud. »

Il haussa les épaules en prenant un air désolé. En essayant du moins. Mais il reprit :

« Ensuite parce que c'était fini, à ce moment-là. Je veux dire, après ton coup de téléphone. De toute façon.

— WHERE ARE YOU ?

— WHERE ARE YOU ? »

Silence. Elle le considéra. A son habitude, il était assis par terre, adossé à la bibliothèque, embarrassé par ses kilomètres de bras et de jambes, avec une drôle de lueur dans ses yeux.

« Jimbo, tu n'as pas à être impressionné à ce point.

— Mais je le suis.

— On t'aura fait une blague. Quelqu'un au courant du programme Chasseur de Génies.

— J'y ai pensé.

— J'en suis sûre. »

Il se leva. Il se mit à marcher dans la bibliothèque des Morton, au rez-de-chaussée de la maison, avec Mme veuve Morton, de son prénom Janice, dormant à l'étage supérieur, comme une bombe au-dessus de leurs têtes.

Il revint s'asseoir.

« J'y ai pensé mais ça ne marche pas. A cause de la Consigne Seize. »

Il lui expliqua de quoi il s'agissait : l'expérience répétée une demi-heure plus tard, dans des conditions autant que possible identiques.

« Et ils l'ont fait ? »

Il acquiesça. Il saisit distraitement un livre derrière lui : *Le Moulin sur la Floss,* de George Eliot. Il le feuilleta.

« Les sept ont refait exactement la même chose. Chacun d'eux a redessiné environ deux cents traits et points de façon identique. D'après Fozzy, leurs chances étaient de une sur 1387 milliards. Elle s'appelait Mary Ann Evans, tu savais ça ?

— Qui ?

— George Eliot.

— Au diable George Eliot ! »

Il se mit à tourner les pages du livre. De tout autre, on aurait dit qu'il le feuilletait. Mais elle savait qu'il le lisait, ligne après ligne, à une rapidité proprement fantastique. Elle dit :

« J'ai une drôle d'impression.

— J'ai la même. »

Il n'avait pas relevé la tête.

« Tu ne sais pas de quoi je veux parler.

— Tu éprouves une certaine appréhension, très vague, irraisonnée. Mélangée à de l'incrédulité.

— Tu m'énerves. »

Il sourit :

« Je n'ai toujours pas dîné, à propos. »

Elle partit vers la cuisine, marchant sur la

pointe des pieds afin de ne pas amorcer la bombe de l'étage supérieur. Elle revint avec des cornichons, du jambon de Virginie aux clous de girofle, du pain bis et du beurre, une bouteille de bordeaux. Elle le retrouva allongé à plat ventre sur le tapis chinois. Elle se pencha : à l'aide d'un stylo-feutre, il composait la lettre W à l'aide de points et de traits.

« Et sept enfants auraient fait ça ? »

Il cessa de griffonner et se retourna. Il suçotait son stylo.

« Where are you ? » dit-il.

Elle lui ôta le stylo de la bouche, se pencha, l'embrassa. Elle eut juste le temps de s'écarter d'un bond, avant que les grands bras ne se referment sur elle.

« Raté.

— Mange. »

Il se mit à manger, cette fois assis en tailleur. Elle but du bordeaux avec lui. Elle guettait, et retrouva la drôle de lueur apparue dans ses yeux.

« As-tu une idée de ce que ça signifie ? »

Il prit son temps avant de répondre, achevant de mastiquer, vidant son verre.

« Ils s'appellent et ils se cherchent. Ce sont sept petites choses perdues, sachant à peine elles-mêmes qu'elles existent, ignorant en tout cas que les six autres existent. Du moins je le crois. Elles ne savent pas ce qu'elles doivent ou peuvent faire ensemble. Si elles doivent ou peuvent faire quelque chose. J'ai vu leurs sept visages. Tu veux savoir ce que j'y ai lu ? Rien. »

Il s'étendit de nouveau sur le dos. Il avait posé son verre vide sur sa poitrine.

« Pour le moment. »

A ce moment de l'histoire, il a environ cinq ans. Extérieurement, c'est un enfant ordinaire. Il n'a pas été particulièrement précoce. Ou bien alors sa précocité n'a sauté aux yeux de personne.

Pendant cette première année de classe — plus une garderie qu'une classe d'ailleurs — il est passé inaperçu.

Ses yeux sont pourtant comme un miroir sans tain, derrière lequel il observe en silence, sans jamais se trahir, avec une curiosité immense. Il étudie le monde extérieur, celui des adultes comme celui des autres enfants, à la façon d'un entomologiste étudiant des insectes.

Pour le reste, c'est un gentil petit garçon. Il est pacifique et gai. Toujours prêt à céder son tour de balançoire ou à partager sa barre de chocolat.

Lorsqu'on l'a amené, lui et sa classe, devant les claviers, il a paru taper n'importe quoi sur les touches. Des points et des traits, pensez donc ! On y a prêté peu d'intérêt. Sciemment ou non, il a actionné les touches en mettant à profit un moment d'inattention de l'institutrice et de l'informaticien de service, occupés à bavarder. Le résultat a été expédié aussitôt à l'ordinateur central, dans le Colorado. Puis tout a été effacé, aucune trace n'a subsisté, un autre élève a pris la suite. Une demi-heure plus tard, l'ordinateur du Colorado a demandé qu'il répète son expérience. La Consigne Seize, a expliqué l'ordinateur (personne n'a très bien compris ce que ça voulait dire, d'ailleurs). Mais il n'a pas été le seul de sa classe à qui un deuxième passage a été réclamé. Ils ont été cinq. Et on n'a pas fait spécialement attention à lui.

Pourquoi ces traits et ces points ? Il est possible que lui-même n'en sache rien derrière le miroir sans tain de ses yeux.

A ce moment de l'histoire, il croit être seul au monde, comme les six autres.

8

Ann conduisait très lentement.

« Jimbo, c'est une idée idiote ! »

Pas de réponse. Il était un peu plus de deux heures du matin et elle s'était décidée à le raccompagner. Comme d'habitude, la voiture de Jimbo était en panne. Les voitures de Jimbo détenaient probablement le ruban bleu des pannes pour le Colorado, et peut-être même pour tous les Etats-Unis d'Amérique.

« Et tu partirais quand ?

— Demain. »

Elle stoppa devant la maison ancestrale des Farrar. Construite au début du siècle, elle se trouvait sur les hauteurs de Manitou Springs.

« Pourquoi attendre ? » dit simplement Jimbo.

Ils entrèrent dans la maison.

« Tu n'as même pas de voiture.

— Je prendrai le car.

— Pour faire le tour des Etats-Unis ? »

La maison comportait trois pièces. On allait d'une pièce à l'autre en suivant des tranchées creusées au travers des livres posés à même le plancher sur un mètre de haut.

« Tu veux un café ? »

Elle secoua la tête, furieuse et désarmée à la fois.

« J'ai réfléchi, dit Jimbo. Deux choses. La première : je veux aller voir ces gosses, un par un. La deuxième...

— Parles-en aux gens de Killian.

— La deuxième, je ne vais pas en parler aux gens de Killian. »

Il lui sourit, apparemment très content de lui.

« Jimbo. »

Il secoua la tête.

« Tu es sûre que tu ne veux pas de café ? »

Elle reconnut sur son visage cette expression têtue qui remontait à son enfance. Il avait toujours été plus grand que son âge. A treize ans, il mesurait déjà un mètre quatre-vingt-six, et rien que de l'os. Il avait plutôt mauvais caractère en ce temps-là. La gentillesse n'était venue qu'après, au fil des années, comme remontant peu à peu à la surface. Mais personne au monde n'avait à ce jour contraint Jimbo à faire ce qu'il ne voulait pas faire. Et elle le savait mieux que personne.

« Pas de café ?

— Non. »

Avec le même air distrait qu'il aurait eu pour saisir nonchalamment un verre, il lui toucha un sein. Elle recula, buta sur le rebord de la tranchée de livres, se rattrapa de justesse.

« Non ! »

Il considérait sa main comme s'il en découvrait soudain l'existence. Elle baissa la tête, de nouveau partagée entre deux sentiments contradictoires : l'exaspération et le fou rire.

L'exaspération l'emporta. Elle s'en alla sans l'avoir même embrassé. Bientôt il n'entendit plus le bruit de sa voiture. Il s'assit sur une pile de livres.

Where are you ?

L'angoisse était toujours là, tapie au fond de lui. Il revoyait les sept visages que Fozzy lui avait montrés. Et il voyait au-delà de ces visages. Sept petites larves encore balbutiantes, sachant à peine s'exprimer, fragiles, pathétiques.

« *Tout juste capables pour l'instant de se dresser sur leurs jambes grêles et de poser leurs regards d'aveugles sur l'indéchiffrable...* »

Jimbo ferma les yeux. Il se vit sur l'océan, nageant d'un crawl puissant et sûr. Il crut entendre des cris d'enfants et distingua très nettement sept petits corps qui se débattaient dans les vagues en l'appelant à leur secours. Un sentiment bouleversant de tendresse et de pitié l'envahit.

La moitié de Jimbo qui passait son temps à observer l'autre moitié d'un œil critique et froid, cette moitié-là ricana.

« Mon imagination m'emporte. »

« Je n'aurais pas dû en parler à Ann. Même pas à Ann. »

Car il devinait ce qu'Ann allait faire.

9

Lui aussi a environ cinq ans. Comme l'autre. Comme les six autres.

Il est né à terme, il est sorti du ventre maternel la tête en avant, banal. Il n'a pas marché à cinq ou six mois; il a attendu presque un an. Il n'a pas parlé entre deux biberons, n'a pas dès ses premiers mots utilisé l'imparfait du subjonctif. Il a fait pipi au lit, ni plus ni moins qu'un autre.

Quant à son regard, c'est bel et bien un regard d'enfant.

Pas plus angoissant qu'un autre.

Mais pas moins.

Etrange que jamais personne n'ait pris garde à cette expression très particulière, glacée, à la surface de ses pupilles. Mais qui se donnerait la peine de scruter le regard d'un enfant comme les autres?

Seulement voilà...

Imaginez une armoire, un placard, une commode, enfin n'importe quel meuble où l'on range soigneusement des vêtements, du linge de table, des draps. C'est rassurant, banal, familier, ordonné. C'est l'été. On sent l'odeur du thym glissé entre les draps. Il y a dans l'air une tiédeur agréable, parfumée. Et pourtant au cœur de ces draps empilés, ou bien dans un tiroir, se trouve un serpent lové, venimeux, mortellement dangereux.

Il a environ cinq ans et son intelligence anormale est comme ce serpent lové qui attend.

Qui attend.

10

« Je m'appelle Fitzroy Jenkins, dit l'homme en complet gris et cravate.

— Et que voulez-vous que j'y fasse? demanda aimablement Jimbo.

— Je représente la Fondation Killian. »

Le dénommé Jenkins baissa les yeux et découvrit le sac de marin en toile, sur lequel on avait imprimé au pochoir : « Garde-côte des Etats-Unis, Section du Kansas. »

« Vous partez en voyage ?

— Yep », dit Jimbo.

On était le 19 juin et il était midi.

« Vous êtes employé par la Fondation Killian et donc par Killian Incorporated, reprit Jenkins. Même s'il ne s'agit que d'un emploi à mi-temps, le moins que vous puissiez faire est de prévenir de vos absences.

— Je vous préviens de mon absence à partir d'aujourd'hui, dit Jimbo. Prenez-en note, je vous prie. »

Il ramassa son sac de marin et fit trois pas en direction de la porte. Il dépassa Jenkins, dont le sommet du crâne atteignait le milieu de sa propre poitrine.

« Il s'agit des messages d'hier soir », dit Jenkins derrière lui et à une altitude inférieure d'environ trente-cinq centimètres.

Jimbo s'arrêta.

« Quels messages ?

— Nous savons que quelque chose est arrivé la nuit dernière, dans le cadre du programme Chasseur de Génies. Nous aurions aimé que vous nous en parliez. La Fondation a englouti suffisamment d'argent dans ce programme stupide pour que ses responsables soient tenus au courant des résultats. »

Jimbo se retourna, baissa la tête vers son interlocuteur :

« Je ne comprends absolument rien à ce que vous me racontez.

— Je n'en crois pas un mot, affirma avec

aigreur Fitzroy Jenkins. Et, si ça ne vous fait rien, on va aller ensemble, vous, moi, et quelques autres, voir ce qui se passe dans cet ordinateur que vous appelez Fozzy. »

Jimbo se gratta la tête.

« Vous allez me faire rater mon car. »

Ils étaient cinq quand ils entrèrent dans la grande salle souterraine où se trouvait Fozzy, avec ses dizaines de terminaux. On pria les informaticiens ordinaires d'aller prendre un café pendant deux ou trois heures. Jenkins expliqua à Jimbo que deux des personnes qui l'accompagnaient — homme et femme — étaient des administrateurs non seulement de la Fondation mais de Killian Inc. (administrateur étant un poste très important, souligna Jenkins à l'intention de Jimbo. Jimbo dit qu'il en avait conscience). La femme s'appelait Martha Oesterlé. Elle dirigeait le service informatique du groupe Killian. Le troisième homme était également informaticien, et un expert.

Les quatre visiteurs tombèrent en arrêt devant le train électrique. La présence du train les prit véritablement par surprise.

« Qu'est-ce que c'est que ça ?

— Le rapide Stockholm-Honolulu, expliqua Jimbo avec beaucoup de bonne volonté. Mais il ne marche pas terrible. Des problèmes de caténaires.

— Mais en quoi des trains électriques peuvent-ils servir à un ordinateur ? interrogea Fitzroy Jenkins.

— Absolument à rien, répondit Martha Oesterlé en pinçant les lèvres.

— Elle a tout à fait raison », confirma Jimbo.

Martha Oesterlé et son expert passèrent les quarante minutes suivantes à ausculter Fozzy. Jimbo s'était entre-temps mis à démonter les rails.

Ils revinrent. Ils considérèrent Jimbo avec un mélange de curiosité agacée et de respect.

« C'est vous qui avez effectué toutes les programmations ?

— Moi personnellement moi-même », répondit Jimbo.

L'expert hochait la tête.

« Sacré travail que vous avez fait là ! Du jamais vu. On en aurait pour pas mal de temps, mon équipe et moi, rien que pour comprendre à quoi servent tous ces programmes annexes, que vous avez ajoutés. »

Jimbo lui sourit très gentiment :

« Je suis un génie, voilà pourquoi.

— Il y a quelques innovations tout à fait passionnantes.

— Vous êtes bien aimable. »

L'expert dit non non pas du tout ça n'avait rien à voir mais ça ne lui arrivait pas souvent d'être impressionné à ce point et il aimerait bien passer quelques heures à boire un verre et à discuter et il était sûr que Jimbo et lui allaient s'entendre...

Martha Oesterlé :

« Nous sommes ici dans un but bien précis. Vous avez équipé cet ordinateur...

— Fozzy. Appelez-le Fozzy. Sans ça, il se vexe. Il croira que vous le considérez comme une machine. »

Elle dit avoir noté que cet ordinateur — enfin Fozzy — était équipé d'un dispositif lui permettant de répondre oralement. Juste, dit Jimbo. Cela voulait-il dire que l'on pouvait réellement dialoguer avec Fozzy comme avec un être humain ? Oui et non, répondit Jimbo. Oui ou non ? Oui. Et d'où fallait-il s'adresser à lui pour qu'il réponde ? De N'importe quel endroit de cette salle, on pouvait même chuchoter, l'a l'oreille sacrément fine, le salaud. Voulez-vous dire, monsieur Farrar, que cette machine est en train de nous écouter en ce moment même ? C'est cela même, dit Jimbo mais bon sang ne le traitez pas de machine !

Lui-même à ce moment-là était en train de démonter les quelque six cent soixante-dix mètres de voie ferrée.

« Monsieur Fozzy ? » appela Martha Oesterlé.

Silence.

« Monsieur, ça, il s'en fiche, dit Jimbo. Il est pas snob.

— Fozzy ? »

L'informaticien appelait à son tour, tout en souriant avec sympathie en direction de Jimbo.

Silence.

« Il boude, expliqua Jimbo. Il a un caractère de cochon, vous savez.

— Tout ceci est parfaitement ridicule », dit Martha Oesterlé.

Jimbo se gratta la tête avec un rail.

« Il y a peut-être une autre explication à son silence. Peut-être qu'il ne répond qu'à ma voix ? »

Il acheva de démonter le tunnel du Saint-Gothard, rangea les moutons et les vaches.

« Après tout, c'est moi qui l'ai programmé. Et, pour ce qui est du programme Chasseur de Génies, ça fait des mois qu'il n'entend que moi. »

Toute l'innocence du monde dans ses yeux bleus.

« Parlez-lui, ordonna Martha Oesterlé.

— Fozzy ? appela Jimbo.

— Oui, mec.

34

« — Ça va ?

— Ça va, mec. »

Jimbo sourit joyeusement à Martha Oesterlé :

« Ça marche.

— Nous voulons savoir ce qui s'est passé hier soir, dit la femme. Dans le programme Chasseur de Génies. Oralement, ou par tout autre moyen, commandez-lui de nous donner les informations.

— C'est ce que je suis en vacances depuis ce matin. Et ça peut prendre du temps. »

Martha Oesterlé ferma les yeux un court instant.

« Ne perdons pas davantage de temps, monsieur Farrar.

— Vous avez mille fois raison, approuva Jimbo d'un air convaincu. Je retire ma remarque... Fozzy ?

— Oui, mec.

— Tu as entendu ce qu'a dit la dame ?

— Cinq sur cinq, mec.

— Il faut d'abord que je vous explique, dit Jimbo en s'adressant à Martha Oesterlé, comment Fozzy est programmé. Chaque fois qu'une expérience Chasseur de Génies est effectuée aux Etats-Unis, les résultats lui en sont aussitôt transmis. En dehors de lui, personne ne les enregistre, il est le seul à en conserver la trace. Il peut enregistrer des milliers de résultats en même temps. Il les met en mémoire, il les classe, les trie, les compare, signale tout ce qui sort de l'ordinaire, réclame une deuxième expérience s'il le juge nécessaire. Toutes les semaines, ou tous les quinze jours, il récapitule à mon intention.

— Qu'il le fasse. »

Le regard bleu tendre de Jimbo Farrar croisa celui de la femme. Jimbo sourit.

« Il peut récapituler une semaine, ou deux, ou un mois, ou la totalité du programme. Au choix.

— Deux semaines suffiront.

— A vos ordres », dit gentiment Jimbo.

Il rangea les dernières vaches du Saint-Gothard dans un grand carton d'emballage et entreprit de démonter les aiguillages un par un.

« Fozzy, tu as entendu. Fais ce qu'a dit la dame.

— C'est parti, mec », dit Fozzy.

11

Et le lendemain matin, c'est-à-dire le 20 juin :

« Tu as tout effacé, n'est-ce pas ?

— Comprends pas.

— Ou bien alors tu as caché tout ça quelque part, dans un repli obscur du cerveau de Fozzy, là où personne n'ira le chercher. »

Il pencha la tête. Elle portait un chemisier, manches retroussées, tissu à carreaux, façon western. Et ses seins...

Ann secoua la tête. Elle éprouvait de l'agacement, de la gêne, de la tendresse, du remords. Surtout de la tendresse et du remords. Elle dit :

« D'accord, j'en ai parlé à Mélanie Killian. Nom d'un chien, comment se fait-il que vous ne vous connaissiez pas, elle et toi ? C'est ma meilleure amie, depuis que nous portions des langes. Arrête de me regarder comme ça, veux-tu. Ou alors regarde-moi dans les yeux. Mélanie est la petite-fille de feu Joshua Killian. Elle se fiche pas mal du programme Chasseur de Génies... Non, ça c'est ma poitrine, mes yeux sont plus haut... »

Elle portait aussi un jeans qui la moulait.

« Un peu plus haut, Jimbo, tu y es presque, encore un effort... Se fiche pas mal du programme mais, puisque son grand-père y tenait, elle y tient aussi. D'ici peu, dans trois ou quatre ans, elle expédiera son père aux Bahamas ou en croisière dans les mers du Sud et prendra sa place. Voilà, tu y es presque... Mélanie est la seule personne capable de réduire au silence Martha Oesterlé, qui ne rêve que d'arrêter Chasseur de Génies. Sans Mélanie, Oesterlé réussirait à convaincre les autres administrateurs que ton super-ordinateur...

— Fozzy.

— ... que Fozzy doit laisser tomber les Génies et se consacrer à des choses sérieuses.

— Il peut tout faire. En même temps.

— Pour l'amour du Ciel, Jimbo, je m'en contre-fiche! L'important est que ce qui s'est passé hier soir pouvait aider Mélanie à mettre knock-out définitivement Oesterlé et à imposer Chasseur de Génies jusqu'au bout. Et tu as tout flanqué par terre. Que leur as-tu dit? »

Simplement qu'il avait voulu faire une blague à Ann, qu'il avait tout inventé.

Silence.

« Espèce de grand imbécile!

— Yep », dit Jimbo.

Elle sourit, malgré elle. Elle baissa la tête et se mit à rire. Puis redevint sérieuse.

« Oh! mon Dieu, s'exclama-t-elle. Je t'aime. »

Elle plaça sa main sur la nuque de Jimbo et, tirant doucement, l'obligea à se baisser. Elle l'embrassa sur les lèvres.

Elle vit dans ses yeux ce qui allait arriver. Mais, cette fois, elle n'eut pas le temps de faire un grand bond en arrière, trois ou quatre mètres au moins.

Ce fut comme une maison soigneusement calfeutrée, paisible, dont on ouvre soudain la porte, et alors l'ouragan se précipite à l'intérieur et bouleverse tout.

Après un temps indéterminé, elle dit, hors d'haleine :

« Ce que tu arrives à faire avec seulement deux mains, ça n'est pas croyable !

— Yep. »

Elle se rhabilla.

« Satyre. »

Un temps.

« Mais tu vas tout de même partir. »

Il ne répondit pas.

« Tu as inventé ces sept gosses qui envoient des messages dingues, tu les as inventés juste pour me faire une blague mais tu vas quand même faire le tour des Etats-Unis pour aller voir à quoi ils ressemblent. »

Il ne répondit pas davantage.

« D'accord, Jimbo. Et je suppose que de mon côté je devrais essayer de convaincre Mélanie qu'elle doit tout faire pour protéger Chasseur de Génies ? Quoi qu'en pense la mère Oesterlé ? »

Il haussa les épaules :

« Voilà qui ne serait pas une mauvaise idée.

— Va voir ces sept enfants qui n'existent pas, Jimbo. Vas-y. Et ensuite, reviens. *S'il te plaît.* Parce qu'à ton retour nous pourrions faire quelques petites choses ensemble, nous marier par exemple et fabriquer quelques enfants de modèle courant. Et, pendant que j'y pense, Mélanie et moi, ce matin, nous avons pas mal bavardé. Elle m'a appris que Killian Incorporated allait créer une nouvelle société spécialisée dans l'informatique. Quelle coïncidence, hein ? Je ne sais pas du tout à quoi ça peut servir, et Mélanie n'en sait guère plus mais il paraît qu'ils vont avoir besoin d'un super-super-informaticien super-super-payé et il se pourrait bien qu'ils pensent à toi pour le poste, vu que Sonnerfeld croit que tu es un génie. »

Jimbo semblait absent mais il demanda tout de même :

« Qui est Sonnerfeld ?

— L'expert qui accompagnait Martha Oesterlé hier. »

Silence.

« J'ai envie de pleurer, je te préviens », dit Ann.

Il lui sourit et, avançant la main, lui caressa la joue. Elle se rapprocha et posa son front contre sa poitrine.

« Je me suis mêlée de ce qui ne me regardait pas, hein ? »

Silence.

« Tu es vraiment un génie, Jimbo ?

— Ça se saurait », dit Jimbo.

Il l'embrassa avec une infinie tendresse. Et ajouta tristement :

« J'espère que j'aurai un bureau assez grand pour installer mon train électrique. »

Il partit de Colorado Springs le 20 juin, dernier jour du printemps. Mais ce n'était qu'une coïncidence. Et ce fut ainsi qu'il rencontra les Sept pour la première fois.

Cinq ans et quelques mois.

Comme les six autres, toutes les apparences d'un gosse ordinaire. Personne n'a rien remarqué.

Mais attention.

ATTENTION !

Pour celui-là, les choses sont différentes. Des Sept, il est celui qui souffre le plus de ce qu'il est. Il est sans doute le premier qui ait découvert la singularité de son état, le seul qui en conçoive à ce point du désespoir. Et pas seulement du désespoir : de la rage. Une rage incroyable qui date de la seconde où il a eu la révélation de ce corps sans forces, sans défenses, sans possibilités, dont il était prisonnier. Et devoir plier toujours : Oui Papa, oui Maman, oui Monsieur, oui Madame, et ferme cette télévision, va au lit, non tu ne peux pas aller là-bas tout seul, et où étais-tu passé, il a fallu demander à la police de te rechercher et va donc jouer avec la gentille Polly et Norma-Jean...

... Le pire étant cette invraisemblable, cette écœurante médiocrité de leurs intelligences et de leurs ambitions.

Je voudrais les tuer tous.

Parmi les Sept il y en avait un — un au moins — qui était comme un serpent endormi. Et qui n'attaquerait sans doute pas si on ne l'attaquait pas.

Pas *celui-ci.*

Celui-ci attaquera, de toute façon, sitôt qu'il en aura la possibilité. Ou alors il faudrait un miracle. Il porte en lui d'ores et déjà trop de haine. Et ce désespoir infini de se croire seul au monde.

L'Homme-Montagne

1

Jimbo Farrar quitta Colorado Springs au début de l'après-midi du 20 juin 1971 et n'arriva pas à Taos le jour même. Il dut coucher en route dans un endroit appelé Questa. Il voyagea en auto-stop depuis Pueblo au Colorado, d'abord avec un couple qui partait à Salt Lake City, puis avec un voyageur de commerce qui se rendait à Santa Fe et Albuquerque.

Il fut à Taos le 21. Les six rencontres suivantes allaient se dérouler de la même façon.

Au début, il dit la vérité. Ou presque. Il rencontra l'institutrice Linda Jones qui, à ses moments perdus, tenait avec sa sœur une petite boutique d'art indien sur Ledoux Street, à côté de la Harwood Library. Linda Jones avait elle-même accompagné les enfants en autocar jusqu'à Santa Fe (l'expérience y avait eu lieu sur le terminal d'ordinateur d'une compagnie minière). Elle avait cinquante ans. Elle dévisagea Jimbo comme s'il avait cinq ans :

« Et vous prétendez que mes gosses ont fait des choses extraordinaires avec cet ordinateur ? »

Jimbo rit :

« Pas extraordinaires. Pas extraordinaires du tout. Simplement, il y en a quatre ou cinq qui, à force de tripoter le clavier, ont fini par produire des trucs. Et c'était précisément le but de l'opération : voir si des gosses de cinq ans mis en présence d'un ordinateur étaient capables de faire quelque chose, n'importe quoi.

— Et vous êtes venu de Denver juste pour ça ?

— Pas du tout, répondit Jimbo, mais Taos est à peu près sur la route de Colorado Springs à Albuquerque. »

Et il avait un oncle à Albuquerque, et il allait passer quelques jours chez cet oncle, et il s'était dit que ça serait amusant de faire un crochet par Taos juste pour voir les gosses. Rien de plus. Autrement, il ne se serait pas déplacé, pensez donc !

« Mais ils n'ont rien fait d'extraordinaire ?

— Rien du tout... »

Jimbo cita cinq noms d'enfants.

Parmi lesquels évidemment celui de Gil Yepes.

« Gil Yepes. Et Larry Menendez, Rosie Martinez, Jimmy Lee Gaines et Mo Watson... »

L'institutrice haussait les sourcils en répétant les cinq noms. Visiblement, elle cherchait à se rappeler en quoi l'un des cinq enfants était particulier. Elle dit :

« Ils n'ont vraiment rien de particulier.

— Aucun d'eux ? »

Après ses sourcils, elle haussa les épaules :

« Des gosses comme les autres. »

On lui aurait demandé à elle, l'institutrice, de désigner les plus vifs de la classe B, elle aurait cité d'autres noms.

A la rigueur Jimmy Lee. Jimmy Lee était vif. Le

petit Gil aussi. Ça dépendait des jours. Quand il n'était pas trop dans la lune. Mais ça n'était sûrement pas des génies. Aucun doute.

« Je vous accompagne, dit-elle. Leurs parents pourraient vous flanquer dehors. »

Elle scruta Jimbo et ajouta d'une voix sévère :

« Quoique ça m'étonnerait. Vous êtes sympathique. Je reconnais que vous inspirez irrémédiablement la sympathie et la confiance.

— Je suis désolé, dit humblement Jimbo.

— Et ne faites pas l'imbécile, en plus », dit sévèrement l'institutrice.

Ils se retrouvèrent dans le pueblo indien, à l'intérieur d'un bâtiment qui avait paraît-il huit cents ans, et en face d'un vieux bonhomme avec des tresses et un bandeau.

« Moi grand-père Gil. Moi petit-fils Geronimo. Visage pâle connaître Geronimo ? »

Jimbo regarda Linda Jones, qui ne broncha pas.

« Cinq dollars, dit le vieux bonhomme. Vous payer cinq dollars pour photo moi. Moi petit-fils Geronimo.

— Et Kit Karson était ma grand-tante, dit Jimbo. Si vous arrêtiez de faire le zouave et parliez comme tout le monde ? »

Le vieux bonhomme éclata de rire et répondit :

« D'ailleurs, vous n'avez pas d'appareil photo, maintenant que j'y pense. Quelle sorte de foutu touriste êtes-vous donc ? »

Alors seulement Linda Jones intervint. Elle parla un long moment en espagnol, s'interrompant juste pour dire : « Le petit Gil est dans la pièce à côté, il dort, vous n'avez qu'à entrer », puis elle se remit à parler avec animation, en espagnol à nouveau, avec toutes les apparences de se ficher complètement de Jimbo et de ce qu'il était venu faire.

Jimbo entra dans la pièce voisine. Il découvrit une chambre sans fenêtre. Le plafond était percé d'une trappe d'où descendait une échelle. A travers la lumière incertaine, Jimbo discerna de grands tambours indiens, une longue coiffure de parade sioux, des lances, un paquet de couvertures sur un bat-flanc en argile et paille. A part cela, rien, ni personne. A côté, Linda Jones et le vieil Indien continuaient de discuter en espagnol. Jimbo leva les yeux vers la trappe...

L'enfant était dans la pièce du dessus. Allongé sur un bat-flanc identique au premier, il était tourné face au mur. C'était vraiment un gosse très frêle et sa respiration, très perceptible, était un peu trop rapide. Jimbo s'assit à même le sol d'argile séchée.

« Tu ne dors pas. »

Une presque imperceptible hésitation dans le souffle du gamin.

« Mon œil, reprit Jimbo. Tu étais en bas il y a quelques secondes. Et tu as tout entendu. Tu comprends l'espagnol. Et tu sais pourquoi je suis venu. »

L'enfant ne bougea pas.

« Ou tu crois le savoir. En fait, tu n'en sais rien. Je le sais à peine moi-même, rends-toi compte. »

Jimbo se gratta la tête.

« J'ai deux raisons, Gil. D'abord te dire une phrase, une seule, qui m'a demandé pas mal de réflexion. Juste une phrase. Retourne-toi. »

Pas de réaction. Jimbo s'installa plus confortablement, allongea les jambes.

« Mais avant de te dire cette fameuse phrase, je voudrais vérifier quelque chose. On va faire un essai, toi et moi. Imaginons que j'aie raison. Imaginons que tu sois tel que je crois que tu es. Dans ce cas, tu dois te sentir seul, et désespéré. Et, depuis que tu as découvert que tu étais vivant, tous ceux que tu as rencontrés t'ont paru d'une bêtise à hurler. Je me trompe, Gil ?

« *Tu es complètement cinglé, Jimbo. Tu t'adresses à un mioche de cinq ans. Qui a peut-être même du mal à comprendre l'anglais...* »

Il reprit à haute voix :

« Supposons que j'aie raison, Gil. Bon. Je t'ai dit que je voulais vérifier quelque chose, avant de prononcer ma phrase. Gil, je veux simplement contrôler que je ne me suis pas trompé en venant te voir. »

Un temps.

« Qu'est-ce que tu dirais d'un petit problème ? »

Un temps.

« C'est un problème qui a deux mille ans, Gil. Il y a deux mille ans, des types d'un autre pays appelé la Chine ont déjà trouvé la solution. Et toi, peux-tu la trouver ? »

L'enfant se retourna et regarda Jimbo.

« On va faire ça avec des jarres, Gil. J'en ai vu juste avant d'entrer ici. Il y a trois sortes de jarres. Chaque sorte est d'un poids différent des autres. Ce poids est exprimé en une unité de mesure, peu importe laquelle : livre ou kilo, comme tu voudras. D'accord ? »

Les yeux noirs le fixaient, vides de toute expression.

« *Jimbo, tu es fou !* »

« Maintenant, Gil, voilà les données du problème : les poids de deux jarres de la première sorte, de trois jarres de la deuxième sorte, de quatre jarres de la troisième sorte, sont tous supérieurs à l'unité de mesure. Ça, c'est la première donnée. Voici la deuxième : deux jarres numéro un valent une jarre numéro deux plus l'unité; trois jarres numéro deux valent une jarre numéro trois plus l'unité; quatre jarres numéro trois valent une jarre numéro un plus l'unité. Et maintenant la question, Gil : quel est le poids d'une jarre de chaque sorte ? »

Silence.

« Tu veux que je répète, Gil ? »

Un temps qui parut interminable. Puis l'enfant secoua la tête : non. Le cœur de Jimbo fit un bond fantastique.

« *Dieu de Dieu !* »

L'enfant posa les pieds par terre. Il fixait toujours Jimbo. Il allongea une main sur sa droite, prit un broc, en fit couler de l'eau sur l'argile séchée du sol, qui s'humecta. Il glissa du bat-flanc, s'accroupit. Son index minuscule traça des signes dans la mince croûte de boue qui s'était formée.

Il traça une croix, un carré, un triangle. Jimbo comprit aussitôt :

« Les jarres de la première, de la deuxième et de la troisième sortes. C'est ça, Gil ? »

L'enfant acquiesça. Il se remit à dessiner. Jimbo lut :

2 croix = 1 + carré
3 carrés = 1 + triangle
4 triangles = 1 + croix.

« Bon début », dit Jimbo le cœur entre les dents, et qui ruisselait littéralement de transpiration.

L'enfant versa à nouveau de l'eau et continua à dessiner, exprimant les mêmes concepts sous une autre forme :

2 croix − carré = 1
3 carrés − triangle = 1
4 triangles − croix = 1

« Continue », dit Jimbo d'une voix sourde.

Il avait envie de pleurer.

L'enfant réfléchit, conservant la plupart du temps ses yeux dans ceux de Jimbo. Et son visage n'avait d'autre expression que celle d'une indifférence rêveuse. Il dessina rapidement une grille comportant quatre cases horizontales et trois verticales.

La première rangée horizontale représentant les croix.

La deuxième les carrés.

La troisième les triangles...

Et la quatrième enfin l'unité de mesure.

« Logique, dit Jimbo. Sauf qu'à ta place j'appellerais A la première colonne verticale, B la deuxième, C la troisième. A moins que tu ne saches pas encore faire tes lettres ? »

Les grands yeux noirs s'écartèrent, contemplèrent un moment le vide. Mais l'enfant se remit à dessiner. Il reporta sur sa grille sa deuxième formulation du problème.

Comme à regret, il écrivit les lettres A, B et C.

De sorte que la grille se présenta alors ainsi :

	A	B	C
+	2		-1
□	-1	3	
△		-1	4
Unité de mesure	1	1	1

La colonne A représentant bien l'équation qu'il avait posée, soit : 2 croix — 1 carré = 1 unité de mesure; la colonne B : 3 carrés — 1 triangle = 1 unité; la colonne C : 4 triangles — 1 croix = 1 unité.

Jimbo essuya la sueur qui débordait de ses sourcils et commençait à lui piquer les yeux. Il hocha la tête :

« Jusque-là, c'était facile, Gil. Mais maintenant ? »

L'enfant le fixa et, pour la première fois, une lueur apparut au fond de ses prunelles. Il versa encore un peu d'eau et rajouta une quatrième colonne verticale.

Qu'il appela D.

Un temps. Il réfléchissait.

Il recommença à écrire. Il doubla les chiffres de la colonne C et ajouta les chiffres de la colonne A. Une espèce de sanglot secoua Jimbo. « *C'est impossible !* »

L'enfant acheva de reporter les résultats de ses calculs.

La grille devint :

	A	B	C	D
+	2		-1	0
□	-1	3		-1
△		-1	4	8
unité de mesure	1	1	1	3

Silence.

« Tu y es presque », dit Jimbo d'une voix qui tremblait.

L'enfant hocha la tête. Il prit à nouveau une vingtaine de secondes pour réfléchir. Puis, très vite, il effectua la dernière partie de son opération : il ajouta une cinquième colonne verticale, qu'il appela E. Il tripla chaque chiffre de la colonne D et leur ajouta les chiffres de la colonne B. Il transcrivit les résultats dans la colonne E.

La grille devint alors :

	A	B	C	D	E
+	2		-1	0	0
□	-1	3		-1	0
△		-1	4	8	23
Unité de mesure	1	1	1	3	10

Jimbo baissa la tête, la releva. Ses yeux étaient emplis de larmes.

« Je t'écoute, Gil. »

L'enfant ne parla pas. Mais, après avoir versé de l'eau à côté de sa grille, il écrivit :

23 triangles = 10.

Puis : 1 triangle = 10/23. Soit dix vingt-troisièmes d'unité de mesure.

Et ensuite, sachant que 3 carrés moins dix

vingt-troisièmes équivalaient à l'unité, il détermina et écrivit le poids d'un carré.

Soit : 1 carré = onze vingt-troisièmes de mesure.

Et ensuite, sachant que 2 croix moins onze vingt-troisièmes de mesure équivalaient à l'unité, il établit que le poids d'un carré (de chaque jarre de la première sorte) était donc de dix-sept vingt-troisièmes de mesure.

Un long silence.

Jimbo se leva. Son crâne touchait le plafond. Et l'enfant, qui s'était lui aussi dressé dépassait à peine ses genoux. D'en bas arrivait le son un peu étouffé de la conversation que Linda Jones et son ami, le soi-disant petit-fils de Geronimo, continuaient de mener en espagnol.

« *La frase,* dit l'enfant en espagnol. La phrase. »

Jimbo la lui dit.

Et, en prononçant les mots, il guetta une éventuelle réaction au fond des prunelles d'huile noire.

Il n'y eut aucune réaction.

Jimbo attendit un peu puis s'en alla. Il descendit l'échelle, rejoignit l'institutrice.

« Vous avez vu Gil ? »

Jimbo fit oui de la tête. L'institutrice et lui quittèrent la maison.

« Et mes cinq dollars ? » dit le soi-disant petit-fils de Geronimo.

Jimbo les lui donna.

Sur la route qui les ramenait du pueblo à Taos, Linda Jones demanda :

« Et alors ?

— Alors rien, dit Jimbo. Vous aviez raison. Il n'a rien de plus que les autres. »

Après Taos et le Nouveau-Mexique, il se rendit directement à Boise, Idaho. Il y procéda à peu près de la même façon qu'à Taos (cette fois mentionna une tante qui vivait — c'était vrai — dans l'Oregon et à qui il allait rendre visite).

A Boise, il indiqua six noms d'enfants, dont un seul l'intéressait vraiment.

Il rencontra le deuxième des Sept.

Lesquels n'étaient pas numérotés, bien entendu; simplement, il avait paru à Jimbo plus facile de les compter de un à sept.

Il prononça la phrase.

Guetta les prunelles du gosse.

N'obtint aucune réaction.

Il ne répéta pas son expérience des jarres. C'était inutile, désormais.

Ensuite Duluth, ou plus exactement sa banlieue, dans le Minnesota, pour le troisième.

Puis Boston, Massachusetts, quatrième.

Puis New York, le Bronx. Cinquième.

Sixième à Washington D. C., septième à Talbott, Tennessee.

Vingt-six jours en tout et pas loin de neuf mille kilomètres. Il rentra à Colorado Springs.

« Merci pour les lettres que tu m'as écrites, remarqua sarcastiquement Ann. J'ai empli trois placards rien qu'avec tes cartes postales. Sans parler des coups de fil. »

Se grattant la tête :

« Ann...

— Et tous ces télégrammes.

— J'ai pensé à t'écrire... »

Elle le toisa, de bas en haut. Elle fit le tour de la pièce, revint le toiser, hocha la tête, lui caressa la joue de la pointe de l'index.

« Je le jure sur la tête de ta mère », dit Jimbo.

Elle finit par sourire, presque malgré elle, et demanda :

« Fatigué ?

— Ne me parle pas d'autocar, s'il te plaît. »

Elle hésita :

« Tu les as vus, Jimbo ? »

Il hésita aussi.

« Jimbo.

— Je les ai vus.

— Tous les sept ? »

Il acquiesça. Elle attendit mais il n'ajouta rien.

« Je t'étranglerais avec joie, par moments, dit-elle.

— Il ne s'est rien passé. Absolument rien. Ils m'ont simplement regardé.

— Bravo. Et ça veut dire quoi, regardé ? »

Malgré ses deux mètres et quatre centimètres, malgré ses vingt-quatre ans, son intelligence fulgurante, il y eut soudain dans ses yeux bleus l'expression d'un très jeune enfant considérant le monde pour la première fois, avec un mélange d'angoisse et de surprise, d'interrogation, de pure et vierge innocence. Durant quelques secondes, il fut un enfant, par son seul regard.

« Jimbo ! » s'exclama Ann bouleversée.

Elle lui prit la main et le tira à elle. Elle l'obligea à le suivre, ce qu'il fit avec la plus grande docilité. Ils se connaissaient, elle et lui, depuis l'enfance. Cela faisait bien dix années qu'ils se jugeaient fiancés. Elle avait couché avec lui à trois ou quatre reprises. Sans volupté exceptionnelle.

Là, elle se sentit voluptueuse. Elle le fit s'allonger sur le lit, le déshabilla de ses propres mains, se dévêtit. Le caressa.

Elle finit par retrouver son regard et vit que depuis très peu de temps l'enfance s'y était éteinte, mais qu'autre chose s'y allumait. Elle rougit violemment.

« Espèce d'autruche ! »

Elle l'embrassa sur la bouche, le mordant un peu.

« J'ai envie de toi.

— Intéressant », dit Jimbo, placide.

Pas placide pour longtemps.

La longue, très longue salle souterraine était plongée dans l'obscurité, hormis une rangée d'appliques murales. Mais ça clignotait doucement. Il était quatre heures du matin.

« Salut, Fozzy.

— Salut, mec.

— Content de te retrouver.

— Itou, mec. »

Jimbo marcha longuement dans les travées. Pour chercher quoi ? Il ne savait pas au juste, peut-être des micros, qu'on aurait installés en son absence. Martha Oesterlé avait tout à fait une tête à faire placer des micros.

Il ne trouva rien. Sur aucun des murs, ni au plafond, ni sur le plancher.

Restait Fozzy.

« On t'a posé des questions sur Chasseur de Génies, en mon absence ?

— Négatif.

— Même demande concernant Jimbo. On t'a interrogé sur Jimbo, Fozzy?

— Négatif.

— On t'a changé quelque chose à ton système d'enregistrement des sons?

— Négatif. »

Bon.

Fozzy mentait.

Jimbo s'assit par terre, allongea les jambes, encore engourdies par vingt heures de car.

Le code était simple : trois réponses consécutives de Fozzy sans placer une seule fois le mot « mec » signifiaient que l'ordinateur avait été manipulé. Jimbo bâilla. Malgré la douche, il sentait encore sur lui l'odeur du corps d'Ann.

« Fozzy : clef Quatre W, code Jimbo Spécial.

— Vu, mec. »

Un temps.

« On t'a équipé d'un nouveau système d'enregistrement des sons.

— Affirmatif.

— Où l'ont-ils planqué?

— Travée Trois, terminal Six. »

Jimbo bâilla de nouveau.

« Tu m'aimes, Fozzy?

— Oui, mec. Vachement.

— Fozzy, aucune mise en mémoire et ordre d'effacement par retour arrière jusqu'à cinq secondes avant que j'aie prononcé les mots : « Fozzy, clef Quatre W, code Jimbo Spécial ». Effacement à partir de là et aucune mise en mémoire en suivant. O.K.?

— O.K., mec.

— Pas de mise en mémoire jusqu'à nouvel ordre. O.K.?

— O.K.?

— Je vais épouser Ann, Fozzy. »

Silence. Jimbo ricana :

« Enthousiaste, hein ?

— Pas de programmation à ce sujet, dit Fozzy.

— Je suis sacrément heureux d'épouser Ann. Ça a été fantastique, elle et moi, cette nuit, Fozzy. Je ne sais pas comment j'ai fait, mais le résultat a été réellement fantastique. Les autres fois, ça a toujours été bien, mais cette fois...

— C'est tout bon, mec », dit Fozzy au hasard.

Jimbo dit merci, se releva, se remit à marcher le long des travées. Long silence.

« *Il faut bien que je le dise à quelqu'un.* »

« Je leur ai parlé, Fozzy. »

Silence.

« A tous les sept. »

Silence.

« Ils m'ont regardé de leurs grands yeux... »

En marchant, Jimbo s'était réfugié dans une zone d'ombre. Seuls ses yeux étaient vaguement éclairés. Un autre être humain présent à ce moment-là dans la salle souterraine n'aurait pas remarqué à quel point ce corps était dégingandé, maigre, maladroit.

Il aurait tout juste vu les yeux de Jimbo Farrar et compris alors à quel point il était fait d'intelligence pure, une fois dégagé de son corps d'adolescent monté en graine. Et il en aurait été fichtrement impressionné.

La voix de Jimbo provenant de l'ombre :

« Je leur ai dit la phrase que j'avais préparée. Celle-là seulement. Qu'est-ce que je pouvais leur dire d'autre ? J'avais déjà l'air assez fou de chuchoter ça à des enfants de cinq ans... Fozzy ?

— Oui, Jimbo ?

— Demande-moi ce que je leur ai dit.

— Qu'est-ce que tu leur as dit, Jimbo ?

— On ne dit pas : qu'est-ce que tu leur as dit. La forme interrogative correcte est : que leur as-tu dit ?

— Que leur as-tu dit, Jimbo ?

— Je leur ai dit : *Vous n'êtes pas seul. Vous êtes sept.*

— Ça fait deux phrases », dit Fozzy.

Jimbo sortit de l'ombre, avança de deux pas. Il paraissait vraiment très grand. Il acquiesça, s'immobilisa.

Puis il acquiesça de nouveau, avec gravité, comme si Fozzy venait de faire là une découverte capitale.

3

« Je m'appelle Mélanie Killian. »

Ann était blonde, Mélanie était brune. Mélanie était petite, pas vraiment forte mais avec tout de même un petit peu trop de rondeurs partout. Par contre, elle avait les yeux gris-bleu étincelants de son grand-père; de feu Joshua, qui avait rêvé et créé Chasseur de Génies, elle avait aussi la bouche ferme, et la même certitude que le monde devait lui appartenir. « Je suis sa seule héritière, l'unique, la seule, ne cherchez pas il n'y en a pas d'autre, c'est moi qui ramasse tout le paquet des mille et quelques centaines de millions de dollars, appelez-moi Victoria ou plus simplement Majesté. » Elle ordonna :

« Baissez-vous. »

Jimbo obéit. Elle l'embrassa sur la bouche.

« Qu'avez-vous de si extraordinaire? Pourquoi Ann est-elle folle de vous?

— Je suis diaboliquement intelligent, répondit Jimbo. Voulez-vous que je vous pose un problème? »

Il récita à une allure folle :

« Les poids de deux soutiens-gorge d'un modèle A, de trois soutiens-gorge d'un modèle B, de quatre soutiens-gorge d'un modèle C, sont tous supérieurs à l'unité de mesure. Sachant que deux soutiens-gorge A valent un soutien-gorge B plus l'unité, que trois soutiens-gorge B valent l'unité plus un soutien-gorge C, que quatre soutiens-gorge C valent l'unité plus un soutien-gorge A, quel est le poids de chaque soutien-gorge? »

Les deux jeunes femmes se regardèrent interloquées.

« Il est fou, dit Mélanie.

— Complètement, répondit Ann.

— Simple équation du premier degré, dit Jimbo. Et j'en connais de bien meilleures. Je suis réellement diabolique. »

Mélanie demanda : était-il au courant des projets du groupe Killian concernant une nouvelle société d'informatique qu'on allait créer ici même, dans le Colorado, où le département de la Défense possédait des installations, et qui allait utiliser les services de ce super-ordinateur qu'un crétin avait appelé Fozzy, et qui allait avoir besoin d'un super-spécialiste pour tout diriger et que ce super-spécialiste pourrait être lui, Jimbo Farrar?

« Oui », dit Jimbo.

Et, à propos, c'était lui le crétin qui avait appelé Fozzy Fozzy.

« Sonnerfeld et Wagenknecht prétendent que

vous êtes un super-spécialiste. Et comme ils sont eux-mêmes considérés dans ce pays comme des super-spécialistes et qu'ils vous trouvent encore plus super qu'eux, vous êtes comme qui dirait engagé.

— Qui est Wagenknecht?

— L'adjoint de Sonnerfeld, répondit Mélanie.

— Et vice versa, ajouta Ann.

— Tout s'éclaire », conclut Jimbo.

Ils allèrent tous les trois dîner au Top of The Rockies, au trentième étage de la tour du Security Life Building, Glenarn Place à Denver. Ils contemplèrent les montagnes Rocheuses nappées de brume roussâtre s'enfonçant dans la nuit et ils convinrent comme tout le monde que c'était une honte, cette pollution. Ils parlèrent de Chasseur de Génies, et Mélanie déclara qu'elle avait bien l'intention de faire respecter à la lettre les dispositions testamentaires de son grand-père. Feu Joshua Killian avait souhaité qu'on poursuivît le programme pendant dix ans encore.

« Ça leur en fera donc quinze », remarqua pensivement Jimbo.

Elles le considérèrent avec surprise : de qui parlait-il? Oh, répondit-il, de personne en particulier. Mais en imaginant — en imaginant simplement — que Chasseur de Génies eût produit quelques résultats, dans dix ans ces résultats auraient quinze ans d'âge. Puisque le programme ne touchait que des enfants actuellement âgés de cinq ans.

Logique, dit Jimbo.

Toute l'innocence du monde, une nouvelle fois, au fond de ses yeux bleus. Il précisa encore :

« Et, dans dix ans, on pourrait par exemple réunir les vingt ou trente ou cinquante meilleurs enfants sélectionnés dans tous les Etats-Unis par l'opération Chasseur de Génies. »

Ils se turent tous les trois. Il fixa Ann, puis Mélanie, puis les Rocheuses.

« Quelle publicité pour Killian Incorporated ! ajouta-t-il. La Fondation Killian a découvert, révélé, mis à la disposition de l'Amérique les plus brillants de ses enfants. On pourrait dans dix ans organiser une sorte de distribution des prix, en réunissant tous les lauréats. »

Il contempla les Rocheuses, qui avaient presque disparu dans la brume et la nuit.

« Mélanie ? interrogea Ann.

— Pourquoi pas ? dit Mélanie.

— On pourrait réunir les vingt, les trente ou les cinquante meilleurs », dit encore Jimbo.

Mélanie :

« Dans dix ans, en 1981, j'aurai trente-deux ans. On pourrait organiser cette manifestation au Waldorf Astoria, ou au Théâtre Chinois de Los Angeles, comme pour les oscars de cinéma.

— Par exemple », acquiesça Jimbo.

A quelque temps de là, il partit pour Chicago, pour Berkeley, pour New York, pour le Massachusetts Institute of Technology, pour des tas d'endroits bourrés de spécialistes en informatique. Il effectua un stage de quatre mois que le groupe Killian lui fit suivre avant de lui confier les destinées de la société qui fut créée en septembre de cette année-là. Il rentra au Colorado. Son mariage avec Ann fut fixé au début de décembre mais sa mère mourut. La mère de Jimbo ne s'appelait plus Farrar depuis des années. Dix ans auparavant, elle s'était remariée avec un certain Emerson Thwaites, qui enseignait à l'université de Chicago. Jimbo se rendit naturellement aux obsèques. Il serra la main d'Emerson Thwaites, qui était un homme doux. « Une femme admirable. » « Oui », répondit Jimbo. La dernière conversation suivie qu'il avait eue avec sa mère remontait à neuf ans plus tôt, quand elle avait flanqué à la poubelle ses vieilles chaussettes de basket-ball et il avait fait la gueule, disant *bon sang, pas celles-là* ! avec elles il réussissait soixante-trois pour cent de ses tirs à mi-distance (il jouait ailier). Il resta à Chicago trois jours de plus que prévu, parce que Emerson Thwaites n'était pas mal du tout pour un ancien beau-père et en plus il semblait vraiment affecté par la mort de son épouse.

Et ces trois jours comptèrent dans ce qui arriva par la suite. Ils comptèrent et coûtèrent cher.

4

Il rentra une nouvelle fois au Colorado. Le mariage fut fixé au 7 janvier 1972. Cette fois-ci, rien ne vint en empêcher le déroulement. Jimbo et Ann se marièrent. Mélanie Killian était témoin, revenue d'Europe tout exprès pour la cérémonie, Janice Morton aussi. Et Martha Oesterlé, Sonnerfeld, Wagenknecht et toute une bande de gens sans le moindre intérêt. Ann et Jimbo partirent en voyage de noces aux Antilles françaises dans une petite île appelée La Désirade. Un endroit avec des plages coralliennes cernées de cocotiers câlins. Ils rentrèrent au Colorado incognito subito presto. Par les procédés traditionnels, ils mirent en chantier leur premier enfant. Ils achetèrent une maison assez isolée dans les hauteurs de Manitou Springs.

Et puis, en juin 1972, non plus en autocar Greyhound mais en avion et voiture de location, Jimbo Farrar fit une deuxième tournée des Sept.

Qui avaient forcément une année de plus que l'année précédente.

Il ne leur parla pas et eux ne lui dirent rien. Pourtant ils le reconnurent, à n'en pas douter. Il ne tenta pas d'établir un contact autre que visuel. Simplement, il s'arrangea pour se trouver sur leur passage. Leurs regards se croisaient. Puis il remontait dans sa voiture, dans un taxi ou dans un avion, soit pour aller pareillement croiser le regard d'un autre des Sept soit, sa tournée finie, pour rentrer retrouver Ann et Fozzy. Ann était enceinte depuis peu.

Avec Fozzy, il travaillait normalement durant la journée, comme tout responsable d'une société de prestations de services en informatique. Le service commercial dirigé par Martha Oesterlé avait signé des contrats avec des groupes de l'Est, du Texas, de Californie, et même avec le département de la Défense. Sonnerfeld et Wagenknecht étaient devenus les adjoints de Jimbo.

Qui gagnait beaucoup d'argent, et c'était un vrai conte de fées.

Mais, le soir, Jimbo se retrouvait seul avec Fozzy. « Salut mec », et la suite. A se demander où commençait Fozzy et où s'arrêtait Jimbo.

Ces rencontres nocturnes se produisaient deux fois par semaine. Le programme Chasseur de Génies se poursuivait comme prévu mais rien n'arrivait vraiment. Même si, parfois, Fozzy repérait des enfants réellement très intelligents.

Très intelligents, sur-intelligents...
... Mais jamais comme les Sept.

5

Il pense :

« Le plus intolérable, c'est l'absence de livres à la maison... A part la Bible... Spécialités de contes et légendes... On s'en lasse... Surtout à la quatorzième lecture... Il y a une bibliothèque dans la Onzième rue... Mais ils n'ont pas voulu me laisser entrer... Pas à six ans... Ils m'ont assis sur une chaise... Les bonbons habituels... Téléphoné à cette femme qui se dit ma mère... Est arrivée affolée comme d'habitude... Pauvre femme...

« Je m'ennuie à un point incroyable... La première fois qu'ils m'ont amené à cette école, je me suis dit : Il doit y en avoir comme moi... qui font semblant, eux aussi... Au moins un, PAR PITIÉ !

« Eh bien non.

« NON.

« Leur lenteur d'esprit est à vomir... Apprendre à lire et à écrire ! Comme s'il fallait des semaines pour y arriver ! Pourtant pas difficile de comprendre que ces signes sur le papier ne sont rien d'autre qu'un code de communication... D'ailleurs assez limité... Ça prend combien de temps, pour être compris ? Deux minutes ? Mais, apparemment, pas un pour le découvrir. D'où la nécessité de l'école pour eux... Et il y a d'autres écoles... La ville en est pleine...

« Que suis-je donc ?

« Un monstre ?

« L'Homme-Montagne est revenu. »

Celui-là pense :

« L'Homme-Montagne est revenu.

« Jour pour jour un an après sa première visite. Et c'est bien le même, pas de doute. Silhouette caractéristique, avec sa taille et sa façon de marcher un peu voûté, comme s'il allait d'un moment à l'autre tomber en avant. Et ses yeux. Comment oublier ses yeux ?

« Cette fois, il n'a rien dit. Nous nous sommes regardés et rien de plus. Première hypothèse : il aura voulu voir que j'étais encore là. Vivant, je veux dire.

« Mais une autre raison peut-être : il veut me faire comprendre quelque chose. Par exemple qu'il faut attendre que cette saleté de corps physique se développe.

« J'attendrai.

« Mais le corollaire de mon hypothèse numéro deux saute aux yeux : puisqu'il faut attendre, c'est qu'il va se passer quelque chose.

« Quoi ? »

Elle, qui fait partie des Sept :

« Un point éclairci : celui du mécanisme de la reproduction. En lui-même, le mécanisme est simple : le pénis masculin se gonfle par un afflux de sang. Grâce à cette rigidité comparable à celle d'un muscle tendu, il peut s'enfoncer dans le vagin et y déverser le liquide séminal. Le détail qui me tracassait encore concernait la position des deux partenaires à ce moment-là. Pour la majorité des animaux, la règle — enfin les caractéristiques anatomiques — font que la femelle tourne le dos au mâle. J'avais pourtant l'intuition que l'accouplement chez les êtres humains pouvait également s'effectuer les deux partenaires étant face à face. Depuis hier, j'en ai la preuve.

« Quelques observations préliminaires :

« J'avais noté dans la soirée les signes avant-coureurs d'une copulation imminente. Je sais depuis deux ou trois ans que le désir de copuler peut s'éveiller à tout moment. Chez lui en particulier (je veux parler de cet homme qui est mon père, disons papa pour simplifier les choses). Mais il est certain que des phénomènes extérieurs peuvent jouer un rôle, en dehors de ce qui doit être un instinct proprement animal. Par phénomènes extérieurs, j'entends un film français à la télé, des photos de *Penthouse* ou *Playboy,* et surtout le Martini-gin.

« Deux Martini-gin et le déclic se produit. Immanquable.

« Je me demande comment font les chiens ou les zèbres, qui ne boivent pas de Martini-gin.

« Il y a peut-être quelque chose dans les os à moelle ?

« Hier soir, ils nous ont expédiés au lit à même pas huit heures. Premier signe. Puis l'inévitable Martini-gin. Et les phrases-code : " On était bien, à Hawaii ", " Le programme télé ne me dit rien ce soir ", etc.

« Gloussements idiots. Et le tour de nos chambres. (Je dis " nos " chambres puisque les deux gosses qui vivent avec nous sont censés être mon frère et ma sœur). Chuchotement : " Ils dorment ". Nouveaux gloussements idiots.

« J'ai attendu le temps nécessaire. Je me suis glissée dans leur chambre. Ils avaient éteint la lumière, mais le clair de lune suffisait.

« Ça a pris quelque temps et je commençais à

m'endormir (pas ma faute, mais celle de ce corps où je suis. Il a ses exigences). Ils ont fini tout de même par se décider.

« Bon.

« Il est clair tout d'abord que ce type d'accouplement leur est familier. Peut-être même plus que l'autre (la femelle dos tourné). Quoiqu'il soit difficile de tirer une loi générale à partir d'un cas particulier. Ce sont peut-être des anormaux.

« Les deux corps sont effectivement face à face, et parallèles. J'ai simplement constaté que le pénis tendu formait avec l'abdomen un angle d'environ trente-cinq degrés, ce qui facilite la pénétration.

« J'aurais dû y penser plus tôt. C'est idiot. »

« L'Homme-Montagne est revenu. Un an après. J'ai encore dans l'oreille ces deux phrases qu'il a murmurées, lors de son premier passage.

« " Vous êtes Sept ", a-t-il dit.

« Je me suis demandé un moment s'il était l'un des Sept. Mais non. Il aurait dit " Nous sommes " et non " Vous êtes sept ".

« En tout cas, il a des yeux superbes.

« Une pensée me tarabuste, pour une raison qui m'échappe : je m'imagine copulant avec lui. Pas pour l'instant, bien sûr, mon corps n'est que celui d'une petite fille de six ans. Plus tard?

« Si j'en juge par sa taille, il doit posséder un pénis assez grand.

« Mais est-ce que les proportions sont respectées, en pareil cas?

« J'ai bien vu un nain qui avait un gros nez. »

Et ce quatrième d'entre les Sept, cette année-là puis les années suivantes, à chaque fois que Jimbo Farrar, régulièrement, revient les voir un an après, jour pour jour. Ce quatrième, comme les six autres, s'accoutume à ces visites annuelles. A ces rencontres silencieuses où seuls s'échangent des regards. Il s'y accoutume au point de les guetter, de les espérer à chaque printemps.

Tout comme les six autres.

Les Sept grandissent. A quelques mois près, ils ont le même âge.

Ils se posent évidemment des questions sur l'identité de ce visiteur muet. (A une exception près, il ne leur a rien dit d'autre que les deux phrases qu'il a ensuite répétées à Fozzy. L'exception est celle de Gil Yepes, à qui il a posé le problème des jarres. Mais aucun des mots qu'il a prononcés au cours de son soliloque — Gil a à peine ouvert la bouche — dans la maison communautaire du pueblo de Taos, n'a donné la moindre indication sur sa propre nature.)

Ils se posent donc des questions.

Une surtout.

La même.

Qui est-il?

DIEU?

5

Le premier enfant d'Ann et de Jimbo naquit au printemps de 1973. Un garçon qu'ils appelèrent Richard Morton. Surnommé Ritchie.

Le mois suivant, Jimbo s'absenta à plusieurs reprises, pour de courts voyages en avion, sous des prétextes qui ne trompèrent pas Ann.

« Tu es encore allé voir ces sept enfants, dont tu as inventé l'existence juste pour me faire une blague. »

Il ne répondit pas.

Ann ferma les yeux.

« Mon Dieu! dit-elle. Je croyais que tout cela était terminé. »

Un temps.

« Quel âge ont-ils, Jimbo ?

— Ils auraient sept ans. S'ils existaient.

— Et ils te parleraient, s'ils existaient ? »

Il fixa le plafond, secoua la tête. En un an et demi de mariage, il avait peu changé. Pas grossi, ou alors ça ne se voyait pas (mais avec sa taille, il lui fallait prendre au moins dix kilos pour que cela se remarque). Sa gentillesse naturelle s'était encore accrue. Professionnellement, il réussissait, et remarquablement. Son équipe de collaborateurs l'adorait. Il était gai et drôle, d'une immuable bonne humeur. « Le mari parfait », pensa Ann.

Il dit :

« Nous ne nous parlerions pas. Nous nous regarderions et rien de plus. »

Il sourit :

« Après quoi ils se remettraient à jouer, tout comme des enfants ordinaires.

— Ce qu'ils ne seraient pas. »

Haussant les épaules avec une bonhomie malicieuse :

« Mais peut-être ne s'agit-il que d'un effet de mon imagination. »

Leurs regards se croisèrent et elle comprit deux choses avec une certitude absolue : d'abord qu'il s'entêterait à ne rien lui dire, ensuite que ces sept enfants « qui n'existeraient pas » étaient extraordinaires.

A ce moment de l'histoire, qui dure depuis deux ans, Ann a le pressentiment d'une indicible horreur.

Deuxième enfant des Farrar, Cindy naquit deux ans plus tard, en septembre 1975. A l'occasion de cette naissance, Mélanie Killian vint passer quelques jours chez eux dans le Colorado. Deux ans plus tôt, Mélanie avait épousé un metteur en scène de théâtre et en avait divorcé presque dans le même élan. Cette fois, elle était fiancée à un important avocat d'affaires de New York : « Ce type s'imagine peut-être qu'il va diriger Killian Incorporated avec moi. Je ricane. Il se trompe. Mon lit, oui. Ma baignoire, à la rigueur. Mais mon bureau, des clous ! » Elle avait plus que jamais les yeux étincelants et la bouche ferme de son défunt grand-père, dont elle comptait prendre la succession sous peu, étant sur le point d'expédier définitivement son père aux Bahamas ou n'importe où ailleurs, pourvu qu'il lui cédât la présidence du groupe Killian.

Elle passa trois jours dans la maison des Farrar, sur les hauteurs de Manitou Springs. En cet automne de 1975, la forêt des Rocheuses était superbe.

Mélanie voulut échanger quelques considérations avec Ritchie, mais ce dernier était particulièrement taciturne, malgré ses deux ans et demi.

Elle se pencha sur le berceau de Cindy et fit semblant d'être la victime d'une association d'idées :

« Jimbo, je me souviens d'un dîner que nous avons fait tous les trois, vous, Ann et moi, dans un restaurant de Denver tout en haut d'un immeuble.

— Je m'en souviens aussi.

— Nous avions parlé d'une remise de prix aux plus brillants des enfants ayant participé à l'opération Chasseur de Génies. A propos, elle marche toujours, celle-là ? »

Comme si elle ne le savait pas !

« Toujours.

— Des résultats intéressants ?

— Mmmmm.

— Des Génies ?

— Non.

— Mais tout de même des enfants d'une intelligence exceptionnelle ?

— Deux dizaines. Environ.

— Des surdoués ?

— Voilà.

— Assez pour qu'une cérémonie avec tout le bataclan et le tralala se justifie ?

— Pas de problème. »

La maison d'Ann et Jimbo Farrar possédait une véranda somptueuse, surplombant la vallée. La vue y était à couper le souffle.

« Pas mal, dit Mélanie.

— Yee, dit Jimbo.

— J'ai déjà fixé la date de cette cérémonie, dit Mélanie : le 17 mai 1981. Dans les salons du Waldorf Astoria de New York. »

Silence. La nuit venait.

« Pourquoi le 17 mai ? demanda Ann.

— Parce que, cette année-là, Chasseur de Génies aura dix ans d'existence. Et ça fera un premier anniversaire à fêter. Parce que en 1981, je ne serai plus vice-présidente mais présidente de Killian. Parce que le 17 mai est l'anniversaire de ma naissance. Ce jour-là, j'aurai trente-deux ans. »

17 mai 1981.

« J'ai aujourd'hui trente-deux ans, dit Mélanie. Et je m'appelle toujours Mélanie Killian. Ce n'est pas faute d'avoir changé de nom : trois maris en cinq ans, j'ai fait tout mon possible. Et encore je suis loin derrière cette héritière qui s'appelait déjà ? Celle qui s'est payé Cary Grant ?

— Gary Cooper ? proposa Jimbo.

— C'est malin ! Je voulais dire Barbara Hutton. Quand êtes-vous arrivés à New York ?

— Il y a deux heures, dit Ann.

— Les enfants ?

— Maman a bien voulu les garder. »

Mélanie considéra le couple Farrar : Ann d'une beauté resplendissante, Jimbo miraculeusement le même, rêveur, lunaire, dégingandé, un grand gosse poussé en graine. Et pourtant dix ans avaient passé.

« Vous n'auriez pas l'intention de divorcer tous les deux, par hasard ?

— Non, dit Ann en riant.

— Faut voir, dit Jimbo.

— Le cas échéant, je suis preneuse.

— Je vais y réfléchir. »

Le garçon d'étage venu apporter du café se retira. Ils se regardaient tous les trois en souriant affectueusement, heureux d'être ensemble.

« Bon, parlons de notre cérémonie. Ils sont trente, venant de tous les coins des Etats-Unis, garçons et filles, Blancs et Noirs, Indiens. Tous âgés de quinze ans environ. Et tous avec des cerveaux pleins de circonvolutions surprenantes. Ils sont si brillants que ça, Jimbo ?

— Ils le sont.

— Les tests le prouvent. Mais c'est vous qui les avez choisis, un par un. »

Un temps.

« Jimbo, les Sept sont-ils parmi eux ? »

Il lui opposa l'innocence bleue de ses prunelles.

« Les Sept quoi ? »

Le regard de Mélanie alla chercher celui d'Ann.

« D'accord, Jimbo, dit Mélanie d'une voix égale. Ces sept enfants n'existent pas. Bon. Mais supposons qu'ils existent. Supposons qu'ils soient parmi ces trente gosses que nous avons réunis. Que va-t-il se passer quand ils se rencontreront pour la première fois ? »

Il secoua la tête, sourit.

« Je m'étonne que tu attaches encore tant d'importance à une plaisanterie vieille de dix ans. Mais passons. Réponse à ta question : aucune idée. »

Il considéra Ann puis Mélanie.

« Je n'en ai vraiment aucune idée, je t'assure. »

On était le 16 mai 1981, à New York, dans un appartement de l'hôtel Waldorf Astoria.

Les Sept avaient quinze ans.

Mélanie but son café puis dit :

« En tout cas, c'est pour demain. Martha Oesterlé, Mackenzie Fitzroy Jenkins se sont occupés de tout. La cérémonie aura lieu à onze heures. »

Fusion

1

« La cérémonie commencera à onze heures précises, dans le salon du Waldorf Astoria, déclara Martha Oesterlé avec autorité. Elle marque le premier aboutissement d'un programme de quinze ans, un programme unique. Aucune autre firme au monde n'a seulement rêvé d'en conduire un semblable. Seul Killian pouvait le faire et l'a fait. Et ainsi a été accompli le vœu de son génial fondateur. »

A côté d'elle, Mackenzie, le grand patron de Killian juste après Mélanie. Autour d'elle, une douzaine d'hommes et de femmes représentant l'état-major. Dont Jimbo, qui dit « Amen » à haute et intelligible voix. On le regarda avec résignation. De lui, on s'attendait à tout.

« A présent, en route ! » dit Martha.

On se mit en route. On quitta la salle de conférences, au trente-huitième étage de la Killian House, sur Park Avenue à Manhattan, New York, et l'on entra tous ensemble dans l'ascenseur. Martha Oesterlé :

« Ce qui va se passer ce matin sera grandiose. »

L'ascenseur amorça sa descente.

« Trente garçons et filles — les plus vieux ont

quinze ans — tous dotés de cerveaux formidables. Les Jeunes Génies de l'Amérique. Réunis par Killian. »

L'ascenseur ne descendait pas : il dégringolait.

« Pas seulement réunis : recherchés, dépistés, sélectionnés, vérifiés. Et fêtés. »

Martha Oesterlé dévisagea le garçon d'ascenseur avec férocité, comme si elle le mettait au défi de la contredire. Le garçon déglutit, terrifié. Elle reprit :

« Tout cela sous les yeux, devant les micros et les caméras de six cents journalistes. »

L'ascenseur stoppa. Ses portes s'ouvrirent. On sortit dans le hall; les murs étaient ornés de fresques de Picasso, de Chagall et surtout de l'œuvre monumentale de Ernst : « Enfants sauvagement agressés par un rossignol. » Martha sortit la dernière de l'ascenseur et, pointant l'index vers le liftier : « Que je ne vous y reprenne pas! » On gagna le trottoir de Park Avenue. A l'horizon, comme une forêt, se dressèrent les buildings géants d'Union Carbide, de la Chemical Bank, de Seagram, de Uni Lever, d'ITT, de Colgate-Palmolive, et de la General Motors.

Deux blocs plus loin, le Waldorf Astoria hissait ses quarante-sept étages délicieusement démodés.

« Allons à pied », tonitrua Martha à l'intention de son état-major.

Une meute fumante de trois cents taxis jaunes passa, probablement lancée à la poursuite de quelqu'un. Dans le cañon des immeubles, le vacarme fut assourdissant. Jimbo traînait déjà quelques mètres en arrière du groupe. Martha parlait encore et toujours :

« Trente Jeunes Génies. Mais, pour accen-

tuer l'aspect spectaculaire de ce rassemblement
unique... »

Sur le trottoir, un vieux Portoricain balayait,
utilisant un ramasse-miettes et une petite pelle en
métal doré, à l'angle de Park Avenue et de la 51ᵉ.
Le nettoyage avait délimité parfaitement une allée
miraculeusement propre, du bord du trottoir à
l'entrée de la banque.

« ... unique, dit Martha Oesterlé. Pour accentuer cet aspect, nous avons disséminé les trente
Jeunes Génies dans trente hôtels différents. De
sorte qu'aucun journaliste ne pourra les inter-
viewer avant la présentation officielle. »

Mais, en dehors de l'allée tracée par le vieil
homme, le trottoir de Park Avenue était jonché de
détritus. Et à quelques pas de là, dans la 51ᵉ, des
ordures s'amoncelaient sur presque un mètre de
hauteur.

Martha Oesterlé :

« Nul ne connaît le nom de trente Jeunes
Génies. Nul sauf moi... et quelqu'un d'autre. »

Elle s'immobilisa d'un coup, visiblement traver-
sée par un soupçon qui passait justement par là.
Elle se retourna, cherchant Jimbo Farrar du
regard. Jimbo souriait gentiment au balayeur portoricain. En espagnol :

« Ça va, amigo ?

— Je me régale, répondit également en espagnol le Portoricain. C'est la Bourse qui me tra-
casse. Sans ça, ça serait le pied total.

— Bonne continuation, dit Jimbo aimablement.

— Et toi de même, fils.

— MONSIEUR FARRAR ! » vociféra Martha
Oesterlé.

On traversa Park Avenue, on passa devant.

Saint-Barthélemy, on entra au Waldorf. Des journalistes s'y trouvaient déjà. Reconnaissant Oesterlé, ils se jetèrent sur elle l'apostrophant. Ils trouvaient scandaleux que le buffet promis ne fût pas encore ouvert : c'était une atteinte à la liberté de la presse, et donc à la démocratie américaine.

Ils ne prêtèrent pas la moindre attention à Jimbo.

Ils ne connaissaient même pas son nom, moins encore son rôle dans Chasseur de Génies. Si bien qu'il put assez aisément échapper à la cohue naissante. Dans un peu plus d'une heure maintenant, l'immense hôtel fastueux et vieillot, en cette glorieuse matinée de mai, serait totalement investi, au moins autant qu'à l'occasion d'une convention du parti démocrate.

Ce 17 mai, vers neuf heures quarante du matin, à ce moment de l'histoire Jimbo lui-même ignorait où se trouvaient les Sept. Il les savait à Manhattan, et rien d'autre. Il n'était sûr que d'une chose : les Sept ne s'étaient pas encore rencontrés.

Mais le moment était proche.

Il s'esquiva du hall, entra dans un ascenseur. Le malaise ressenti des années plus tôt, à la minute où Fozzy avait repéré les signaux des Sept, ce malaise revenait. Plus qu'un malaise : une angoisse tout à fait inexplicable. A l'étage, il quitta l'ascenseur. Ann n'était pas dans la chambre. Il la crut déjà sortie, mais elle parut sur le seuil de la salle de bain.

« Alors ? »

Il lui sourit mécaniquement.

« Rien.

— Mais ils sont à New York, n'est-ce pas ? »

Il acquiesça. Ses mains tremblaient.

« Je sors, dit Ann après un moment. Je fais un

saut jusqu'à la CBS, embrasser Colleen Cannon. Ce n'est pas loin, avenue des Amériques, j'en aurai pour une heure au plus. Promis je serai là avant onze heures. »

Il rêvait.

« Jimbo, tu as entendu ce que j'ai dit ?

— Tu vas chez le coiffeur. »

Elle secoua la tête d'un air résigné.

« Voilà. »

Elle s'en alla. Il s'assit sur l'un des lits jumeaux, puis finit par s'allonger, la nuque dans ses paumes jointes. Il demeura ainsi sans bouger pendant pas mal de temps, jusqu'au moment où le téléphone sonna. Il décrocha; c'était une voix de jeune garçon — garçon ou fille? qu'on prenait soin de filtrer probablement par un linge apposé sur l'appareil :

« Monsieur Farrar ?

— Oui. »

Le cœur de Jimbo sauta.

« James D. Farrar ?

— Oui.

— Ça veut dire quoi, le D ?

— David. »

« *Ils m'ont identifié. L'un d'entre eux en tout cas. Il m'aura vu dans la rue ou l'hôtel. Il ou elle.* »

« J'ai besoin de m'assurer que vous êtes bien le Farrar à qui je veux parler, reprit la jeune voix. D'où venez-vous ?

— Colorado Springs.

— Profession ?

— Informaticien.

— Il ne suffit pas de l'affirmer. Qu'est-ce qu'un algorithme ? »

Jimbo récita comme la foudre :

« Une suite finie de règles à appliquer dans un

ordre déterminé à un nombre fini de données pour arriver en un nombre fini d'étapes à un certain résultat indépendamment des données.

— L'autre nom des langages de Chomsky?
— Langages contexte-libre.
— Définis par?
— Le quadruplet $L = \{V_a, V_n, C, G\}$.
— Les règles de G étant de la forme $\varphi \to A_i$?
— C'est le contraire. »

Tout cela en rafales, un échange de mitraille. Silence. Jimbo réussit à rire, s'y força. « *Mais je me sens foutrement mal à l'aise.* »

« D'accord, dit-il à son interlocuteur inconnu. Je t'ai prouvé que j'étais un informaticien, et tu m'as de ton côté prouvé que tu savais pas mal de choses, pour un gamin de quinze ans. Mais c'était ça, ton but : m'en mettre plein la vue. Je parie que tu n'as jamais osé te révéler à qui que ce soit jusqu'ici. »

Il s'attendait à un rire faisant écho au sien. Il l'espéra. Il n'y eut rien. Sinon un silence glacial. Après lequel il/elle dit, la voix vibrant d'une haine invraisemblable dirigée contre l'humanité tout entière :

« Je voulais simplement vous dire ceci, Farrar : je sais à présent qui vous êtes. Je sais que vous n'êtes qu'un simple informaticien. Je sais que vous n'êtes pas Dieu. Vous avez dit que nous sommes sept. Si vous avez dit vrai, ils sont six comme moi en ce moment même à New York, et je vais bientôt les connaître. Que je ne sois pas déçu, Farrar, priez pour ça si vous croyez en un dieu quelconque. Je n'ai vécu et supporté ces années jusqu'ici qu'à cause de vous. Parce que c'était mon seul espoir en ce monde. Si vous m'avez menti, je vous tuerai. Et je tuerai votre femme si vous en avez une, vos enfants si vous en avez, vos amis. Et je suis bien trop intelligent pour qu'on m'en empêche. Je tuerai... »

Trois ou quatre secondes.

« Priez pour que je les rencontre, Farrar. Que je les rencontre et que je les aime. Et que je ne sois plus seul. »

Sans le moindre espoir d'une réponse, Jimbo demanda :

« Lequel des Sept es-tu ? »

On raccrocha.

2

A dix heures moins cinq, elle est encore dans la salle de bain de l'appartement où les gens de Killian l'ont installée, au quatrième étage de l'hôtel Statler. Les fenêtres donnent sur la 7e Avenue, sur Madison Square Garden Center. Les gens de Killian n'ont pas regardé à la dépense : il y a deux chambres, deux salons et deux salles de bain. Dans les pièces voisines, sa mère marche.

Marche, marche, marche.

Comme toujours incapable de demeurer en place. C'est probablement ce qu'elle a eu le plus de mal à supporter, chez cette femme qui est sa mère : cette activité permanente, stupide, aveugle, ce besoin absolu de toujours faire quelque chose, allant et venant dans la maison sur le bord du Lac Supérieur, de la cuisine au salon, d'une chambre à l'autre, incessamment, montant, descendant, immergée dans le travail domestique comme par une drogue abêtissante, marche, marche, marche, repartant, repassant, refaisant ce qui est déjà fait pour le perfectionner encore, toujours préoccupée, soucieuse, inquiète. Et parlant : « Et je t'ai relavé ce tee-shirt, il n'était pas assez propre. Ça va maintenant, non ? Tu es sûre que ça va ? Mais si, dis-le, je le repasserai à la machine. Tu es sûre ? Ou bien je peux le relaver à la main ? C'est mieux que la machine. Je tiens à la propreté. On n'est jamais assez propre. Et je t'ai recouvert tes livres de classe. Ça te plaît ? Ça te plaît vraiment ? C'est comme la tapisserie de ta chambre. Elle jaunit. Tu ne trouves pas qu'elle jaunit ? Mais si. Regarde. Ici. Et là. Et encore là. Tu vois bien. J'ai l'œil, moi. Tu ne fais pas assez attention à ces choses. Tu ne veux plus de corn flakes ? Qu'est-ce qui se passe ? Oh ! je comprends : c'est la marque. Ça doit être la marque. J'ai voulu en changer et voilà ce qui arrive. Je vais te faire d'autres beignets de pommes. Et si, avec la tapisserie, on changeait la moquette ? Mange un beignet. Ceux-là, tu les aimes. Pourquoi ne réponds-tu pas ? On doit répondre à sa mère... »

Le téléphone sonne dans l'appartement du Statler.

C'est sa première visite à New York. Leur première visite : cette femme qui est Sa mère n'y est jamais venue non plus. C'est son premier vrai voyage hors du Minnesota, de ses millions de lacs déserts, de son silence, de ses hivers scandinaves, de ses étés moites. Hors de cet étouffement implacable subi depuis douze ou treize ans. S'il n'y avait pas eu les visites de l'Homme, chaque année, et les yeux de l'Homme disant d'attendre, que quelque chose allait arriver. C'est arrivé. C'est fait. D'abord une lettre d'une certaine Fondation Killian annonçant une visite. Et puis la visite elle-même d'un certain Fitzroy Jenkins, expliquant presque tout : les trente adolescents sélectionnés dans toute l'Amérique, leur rassemblement à New York. A l'évidence, l'Homme-Montagne est derrière tout cela...

« Chérie ? »

Cette femme qui est Sa mère l'appelle depuis la chambre, au travers de la porte fermée de la salle de bain.

Cette femme qui est sa mère est d'origine suédoise, pur sang. En est ridiculement fière. Dit que l'arrière-grand-famille est venue au siècle dernier de Dalécarlie. D'où ses cheveux extraordinairement blonds, blond or. D'où ce teint extraordinairement clair, cette luminosité de tout le visage, ces seins hauts, ces jambes longues. « *Je suis belle.* » Et la pure descendante d'émigrants suédois a épousé...

« Chérie, hâte-toi, je t'en prie. C'est le monsieur et la dame de la Fondation. Ils sont là, ils arrivent. Ils viennent de téléphoner du hall. Ils montent te chercher... »

... a épousé contre toute attente et toute tradition cet homme qui est son père, et qui lui, descend de trappeurs français. D'où ces yeux verts étincelants, hardis, effrontés.

« Chérie, les voilà. Tu es sûrement prête, à présent. Allons, viens... »

Elle se regarde une dernière fois dans la glace. Et le produit du mélange des fermiers de Dalécarlie et des coureurs des bois français est là devant elle. Elle le considère de cet œil froid, glacé, d'une impitoyable objectivité de machine, qui est le sien depuis qu'elle a découvert douze ou treize ans plus tôt qu'elle était *différente.* Un mètre soixante-sept, cinquante kilos, cheveux blonds, yeux verts, lèvres roses, faites pour le baiser. Quatorze ans et huit mois. Elle s'est laissé caresser par des garçons, expérimentalement, mais à ce jour pas d'homme. « *Mon corps est vierge.* » Elle dit « mon corps » avec détachement. Elle ne s'est jamais faite tout à fait à l'idée que ce corps est le sien. « *Je suis en location, en quelque sorte.* » Reste qu'elle aime ce corps qui est le sien. Elle en est satisfaite. On l'a gâtée.

TU N'ES PAS SEULE, VOUS ETES SEPT, a dit l'Homme-Montagne.

L'immense nervosité qu'elle éprouve en cet instant ne tient nullement au fait qu'elle est une très jeune fille. Il y a des années qu'elle a réussi à maîtriser les réactions ridicules de ce corps qui est le sien. Mais chaque seconde qui s'écoule la rapproche de l'aboutissement. TU N'ES PAS SEULE, VOUS ETES SEPT. La phrase chuchotée dix ans plus tôt prend maintenant sa signification. Le moment est venu. L'attente interminable touche à sa fin.

Chérie, voyons !

Elle ouvre la porte, elle sort. Au moment même où l'on sonne à la porte palière et où Sa mère excédée l'appelle :

« Liza ! »

« Elizabeth Tessa Rainier, de Duluth, Minnesota. »

Fitzroy Jenkins clama son nom. Le couple venu la chercher à l'hôtel Statler lui sourit. Elle leur rendit leur sourire, fit méthodiquement apparaître sur son visage l'expression d'une très jeune fille intimidée par tout ce bruit fait autour d'elle.

Elle franchit la porte et monta sur l'estrade,

happée à la seconde même par les faisceaux des projecteurs et les objectifs de dizaines de photographes et opérateurs de télévision.

« Elizabeth Tessa Rainier, répéta Fitzroy Jenkins. Née le 18 septembre 1966. Termine cette année la senior high school. Comme la quasi-totalité des garçons et des filles présents sur cette estrade, Elizabeth n'a jamais obtenu que des A. Elle entrera l'an prochain au collège[1]. Radcliffe notamment lui a offert une bourse, et plusieurs autres collèges se la disputent. Compte se spécialiser en histoire, en ethnologie, ou peut-être en sociologie. Dites-nous quelque chose, Liza...

La houle des applaudissements déferla.

Liza parvint à conserver, à accentuer même sur son visage l'expression timide qu'elle avait choisie pour la circonstance. Elle alla jusqu'à bafouiller :

« Je remercie la Fondation Killian. Je suis très heureuse d'être ici. Merci à tout le monde. »

A peu de chose près, les mêmes mots que ceux prononcés par les garçons et les filles qui l'avaient précédée. Pas d'originalité, et c'était voulu. Elle continuait de jouer le rôle qu'elle s'imposait depuis plus de dix ans. Elle inclina timidement la tête en réponse aux applaudissements, fit avec une maladresse calculée quelques pas en arrière pour se fondre dans le groupe des quelque vingt adolescents que Fitzroy Jenkins avait appelés avant elle. Mais, dans le même temps qu'elle offrait ce spectacle d'une adorable et très jeune fille affolée, ses yeux glacés de machine parcouraient la salle.

Où il y avait peut-être deux mille personnes.

Fitzroy Jenkins appela un autre nom, un Ran-

---

1. *Le collège aux USA est l'équivalent de l'université en France.*

kowski de l'Illinois. Puis un Ross du Texas, un Waltzman de New York, un...

Où est l'Homme ?

Il était impossible qu'Il fût absent. Impossible. Puisque c'était lui qui avait organisé tout cela, prévu tout cela, depuis dix ans. Il n'était pas sur l'estrade, il fallait bien qu'il fût dans la salle... Serait-il mort depuis sa dernière visite, en juin 1980 ? Le cœur de Liza eut un à-coup brutal... OH ! NON.

Fitzroy Jenkins appelait d'autres noms : un Peter King de Californie, un Tiede du New Hampshire, un Charles Williams de Louisiane...

« *Liza, cherche-le. Il est là. Il est quelque part dans cette salle, au milieu de cette foule. Il te regarde...* »

Fitzroy Jenkins appelant encore : Johnny Dee Williams de Norfolk Virginie, puis Gil Geronimo Yepes, de Taos, Nouveau-Mexique...

L'œil de Liza se figea soudain.

Elle venait enfin de découvrir l'Homme.

Et, en dépit de son indestructible maîtrise, quelque chose l'émut. Souvenir de l'Homme-Montagne brusquement apparu devant elle, quand elle avait cinq ans, et cherchant ses yeux. Et la regardant comme nul ne l'avait jamais regardée, la regardant comme quelqu'un qui détient la vérité. Et les mots chuchotés : « Tu n'es pas seule... »

Il était bien là, dans la salle, immense, adossé au mur, avec son visage pensif et doux. « Mais il est tendu. » Liza vit une grande et belle jeune femme blonde se rapprocher de lui, passer son bras sous le sien avec de la tendresse et comme un air de propriétaire. Un sentiment jusque-là inconnu s'empara de Liza, désagréable, pour elle qui n'avait à ce jour éprouvé d'affection ou de

90

ressentiment pour personne. Il serait marié? Peut-être même avait-il des enfants.

Et ce fut à cette même seconde que la chose se produisit.

Ce fut...

... Comme un picotement, un frôlement dans la nuit, la sensation neuve d'un contact à l'intérieur d'elle-même, de son propre cerveau.

Comme un appel très doux et très tendre, mais pourtant d'une irrésistible puissance...

Du coup, elle en oublia jusqu'à l'Homme.

Même l'Homme ne compta plus, n'exista plus.

Car c'est ainsi que les choses se passèrent sur l'estrade du Waldorf. A présent, ils étaient exactement trente, noyés dans la lumière étincelante des projecteurs et face aux caméras, exhibés, rois et reines d'un jour portés au pinacle. Mais Liza n'eut même pas à tourner la tête. Une certitude absolue, une joie sauvage et éblouissante, l'envahirent au terme d'une attente de plus de dix ans.

VOUS ETES SEPT.

Et voilà que les six autres étaient là près d'elle, à ses côtés. Un bonheur presque insoutenable la fit trembler, l'arracha à elle-même. L'inhumaine solitude dans laquelle elle avait toujours vécu s'effaça d'un seul coup, pour la première fois.

Nous sommes sept, les Sept, enfin réunis.

3

« J'ai failli être en retard », chuchota Ann.

Elle avait passé son bras sous celui de Jimbo et découvrit à quel point il était tendu.

« Jimbo ? »

Il lui prit la main et la serra, sans détourner les yeux de l'estrade.

« Jimbo, tu devrais être sur cette estrade avec Mélanie, Mackenzie, Oesterlé et cet abruti de Fitzroy Jenkins. »

« Je pourrais tout aussi bien parler à un bouton de porte. »

« Bon sang, Jimbo, tu as fait cent fois plus que n'importe lequel de ces clowns ! »

Sur l'estrade, Fitzroy Jenkins en queue-de-pie appelait, après une Elizabeth Quelque Chose du Minnesota, un Martin Rankowski de l'Illinois. Le regard d'Ann se porta alors sur les adolescents qui s'alignaient, un badge rond sur la poitrine, certains déjà de taille adulte, d'autres encore gamins, semblant tous intimidés et souriant mécaniquement dans le vide. Une tension supplémentaire dans le corps de Jimbo. Ann leva les yeux vers son mari : Jimbo se penchait en avant, ses prunelles pâles plus élargies qu'à l'ordinaire.

Elle comprit.

« Ils sont là, n'est-ce pas, Jimbo ? »

Pas de réponse. Elle se força à détourner les yeux de son mari et se remit à scruter les visages des adolescents. Les Sept se trouvaient parmi eux, la chose était sûre. Mais lesquels d'entre eux ? Ann réalisa brusquement qu'un seul être au monde pouvait les identifier : c'était Jimbo.

Peut-être même les Sept étaient-ils incapables de se reconnaître entre eux.

« Jimbo, réponds à ma question. Tu y réponds par oui ou par non ou bien je quitte cette salle, cet hôtel et cette ville. Je ne plaisante pas. »

Il finit par acquiescer. Vaguement.

« Oui ou non, Jimbo ?

« — Oui.

— Où sont-ils ? »

Fitzroy Jenkins annonçait le dernier des trente lauréats : un minuscule métis d'Indien et de Chicano que Jenkins l'Imbécile Heureux nomma Gil Geronimo Yepes.

« Qui sont-ils, Jimbo ? Lesquels d'entre eux ? »

Elle faillit crier de douleur : l'énorme main noueuse et maigre de Jimbo lui broyait les doigts, dans une crispation à coup sûr inconsciente.

« Mais tu me fais mal! »

Pourtant, alertée, elle continua de fixer l'estrade, convaincue qu'il venait d'y découvrir quelque chose.

Elle ne vit rien.

Or quelque chose s'y passait, que Jimbo Farrar fut le seul à remarquer. Sans doute parce qu'il guettait, espérait, craignait un tel mouvement.

Eparpillés au sein du groupe des trente, les Sept bougeaient, tous ensemble, miraculeusement ensemble. Mélanie Killian, flanquée de Mackenzie et de Martha Oesterlé s'était levée et marchait entre les gosses, les embrassant et les félicitant.

Les Sept bougeaient. Ils convergeaient. Non pas dans un mouvement continu et vif qui eût attiré l'œil, mais par une progression furtive, millimétrique.

Amibienne.

Sur l'estrade, par ce déplacement diffus et quasi invisible, une entité se formait.

Deux se joignirent. Puis trois. Un autre vint et encore un, et enfin les trois derniers.

L'entité était faite. Secrète mais incontestable.

Jimbo Farrar se redressa, se détendit, posa sa nuque contre le mur, ferma les yeux quelques

secondes. Submergé par une émotion faite de sou-
lagement et de peur.

4

Il a, comme les six autres, toutes les apparences
d'un gosse ordinaire. Mais attention.

Attention!

L'un d'entre eux est comme un serpent lové,
ignoré, endormi. Qui n'attaquera pas si on ne l'attaque pas.

Pas lui.

Lui attaquera, de toute façon, et il n'est plus
très loin d'en avoir aujourd'hui la possibilité. Si
son corps n'a que quinze ans d'âge, son cerveau
ridiculiserait celui de n'importe quel adulte. Il
porte en lui trop de haine et de désespoir accumu-
lés au fil des quelque dix années précédentes, à
attendre.

Ou alors il faudrait un miracle.

Le miracle s'est produit.

A cette seconde, il s'unit dans les Sept, y
fusionne, s'y trouve. Pour la première fois, il vit.
Une joie étouffante pour lui, qui n'a jamais
éprouvé d'amour, même filial.

Le miracle.

Mackenzie, directeur général de Killian Incorporated, fit un discours. Un sénateur fit un discours, puis céda la parole au maire de New York qui se déclara très content. Mélanie vint ensuite, avec son humour abrupt. Elle parla quelques minutes.

« Et maintenant, mademoiselle Oesterlé, la responsable du programme », annonça-t-elle pour finir.

Le banquet se tenait au Waldorf, rappelant une convention politique ou les soirées « April in Paris ». Il réunissait environ douze cents invités. Ann et Jimbo Farrar auraient dû être placés loin de l'autre. Mais au moment de passer à table, Ann avait froidement échangé la carte portant son nom contre celle d'une dénommée Agatha Stevens, dont elle ne savait strictement rien. Du coup, elle se trouvait très près de son mari, qu'elle ne quittait pas des yeux. A trois ou quatre places près, il eût été assis face à elle.

« Vous n'êtes pas Agatha Stevens. »

Son voisin de droite louchait sur son décolleté.

« C'est tout à fait exact, je suis son oncle », répondit Ann.

Mais c'était Jimbo et Jimbo seul qu'elle fixait, irritée, fascinée, inquiète de le découvrir à ce point tendu. Tel qu'il n'avait jamais été. Il était ainsi depuis l'apparition des trente adolescents sur l'estrade. « Quelque chose s'est produit dont il ne m'a rien dit, dont il refusera sans doute de me dire quoi que ce soit. » Mais l'occasion ne s'était pas présentée dans la cohue organisée qui avait suivi la présentation des Jeunes Génies.

Martha Oesterlé parlait, avec sa sécheresse et sa précision coutumières, expliquant les détails du programme établi par la Fondation Killian pour les trente adolescents sélectionnés. On n'allait pas se contenter de les présenter; ce n'était qu'un début, désormais la Fondation Killian les prendrait totalement en charge.

Leurs parents, dit Oesterlé, ont bien voulu nous les confier. Tout est prévu. La Fondation Killian allait ouvrir un collège spécial, à eux seuls réservé, situé à Cambridge, Massachusetts. Ils y seraient regroupés. Les meilleurs professeurs de Harvard allaient leur donner des cours, en tous domaines, selon les goûts, les ambitions, les spécialités de chacun d'eux, qu'il s'agisse d'art, de sciences humaines ou des sciences tout court, et dans ce dernier cas le Massachusetts Institute of Technology leur prodiguerait des cours spéciaux. Et l'effort financier de la Fondation Killian ne s'arrêterait pas là; la merveilleuse et généreuse et patriotique idée de feu Joshua Killian, créateur et instigateur de Chasseur de Génies, allait être poursuivie : chaque année, désormais, une autre promotion de Jeunes Génies serait sélectionnée. Par la Fondation Killian. Et ainsi d'année en année le programme se maintiendrait, s'amplifierait. Grâce à la Fondation Killian.

« Vous êtes le plus ravissant oncle que j'aie jamais vu, souffla à Ann son voisin de droite. Nom d'une pipe, c'est la première fois de ma vie que j'ai envie d'épouser un oncle!

— Attendez de connaître ma femme », dit Ann.

Elle scrutait toujours Jimbo, et ce qui un peu plus tôt n'était encore qu'une intuition devenait maintenant une angoissante certitude; entre Jimbo et les Sept, quels qu'ils fussent, où qu'ils fussent, quelque chose s'était noué, se nouait un peu plus d'heure en heure. Une complicité, une connivence étrange. Une part de la personnalité de Jimbo avait toujours échappé à Ann. C'était comme s'il y avait eu deux Jimbo. L'un avec qui elle vivait, était tendre et doux et drôle, avec qui elle faisait joyeusement l'amour et qui la faisait rire, qu'elle admirait, dont elle était éperdument et pour toujours amoureuse. Et un autre, secret celui-là, fait d'intelligence pure. A la hauteur de qui elle n'avait pu et n'aurait jamais la moindre chance de se hisser. C'était dur mais c'était ainsi : s'en accommoder ou partir.

Martha Oesterlé avait fini son discours. Un secrétaire d'Etat lui succéda. Au nom du gouvernement et du peuple américain, il remercia Killian de son initiative. Il souligna que, pour la première fois dans le monde, le problème posé par les enfants surdoués était réglé de façon aussi nette et méthodique.

Ann ne l'écoutait pas. Elle pensait à ce second Jimbo, intouchable. Etranger. Et qu'elle aimait pourtant d'une inaltérable tendresse. Elle voyait à présent combien il était fasciné par les Sept. Elle devinait le deuxième Jimbo ébloui et penché au bord d'un vide vertigineux, prêt à s'y laisser tomber.

Et n'avait aucune idée de la façon dont elle pouvait s'opposer à ce vertige, à cette chute possible.

« Il se refuse même à m'en parler. »

Liza sort de la douche. Elle gagne la chambre. « Tu ne devrais pas te promener nue, dit sa mère. Se promener nue est malsain, c'est impudique, ce n'est pas bien. Je ne me suis jamais promenée nue. Est-ce que tu m'as vue me promener nue une seule fois ? Je mourrais de honte. Dans ma famille, où l'on respecte la religion, on mourrait de honte. C'est sûrement ton père, avec son sang français qui te donne des idées pareilles. » Liza ne répond pas. Elle s'allonge sur son lit, allume la lampe de chevet, prend un livre : « Anthropologie structurale » de Lévi-Strauss, dans son édition française (elle lit couramment le français, l'espagnol et l'allemand, apprend le russe en ce moment). Elle se met à lire.

« Et, en plus, tu risques de prendre froid », ajoute sa mère.

Hors des catalogues, de quelques revues féminines recommandées par le clergé, de la Bible évidemment, cette femme qui est sa mère ne lit pas. Et ne s'est jamais préoccupée — c'est déjà ça — de ce que Liza pouvait bien lire. Sauf si c'est cochon. Mais elle a apparemment considéré que Lévi-Strauss — ça pourrait être un juif, avec un nom pareil — n'est pas cochon. Et, en plus, elle ne comprend pas le français, elle.

« Tu es sûre que tu ne veux pas sortir ? »
Pas de réponse.
« Liza, je t'ai posé une question.
— Certaine.

« — Tu devrais venir. Nous ne sortirons pas de l'hôtel. Nous y dînerons. Et ces Andersson ont dans le Nord-Dakota une ferme comme la nôtre, sauf que M. Andersson a pu se dégager, lui, ce n'est pas comme ton père. Tu viens ou tu ne viens pas ?

— Je vais lire un peu et dormir. »

Cette femme qui est sa mère finit tout de même par s'en aller. Il est presque sept heures et demie. Une heure passe. Liza se lève, repose son livre, n'a même pas besoin d'une marque-page. Il lui suffit d'enregistrer le folio dans sa mémoire. Elle s'habille. Prend son temps. Se coiffe longuement, lissant sans fin ses cheveux dorés. Pas le moindre frémissement sur le visage qui lui fait face dans le miroir, et pourtant elle est bouleversée. Habitée d'une joie qui déferle comme une vague monstrueuse.

Juste avant neuf heures. Elle quitte l'appartement.

La journée a été rude. D'abord cette grotesque et humiliante parade sur l'estrade, puis le banquet, où elle a été séparée des six autres, tandis qu'on lui posait des questions idiotes.

Enfin, dans l'après-midi, face à une horde de journalistes et de prétendus scientifiques, ces tests enfantins qu'on leur a imposés, sous l'œil satisfait de cette Martha Oesterlé, de très loin la plus haïssable de toutes : « On vous appelle Liza ? C'est vous qui vous destinez à l'ethnologie ? Ou à l'anthropologie ? C'est quoi, la différence ? Et en histoire, vous êtes forte ? C'est vrai que vous avez une mémoire formidable ? Où est né Abraham Lincoln ? Et les prénoms du quatrième président des Etats-Unis ? Et quelle est la capitale du Wyoming ? Combien d'habitants ? Et le nom du fondateur de Philadelphie ? Et la hauteur du pont de Brooklyn ?... »

Elle est dans le couloir.

Elle évite les ascenseurs. Comme prévu. Au fond du couloir, l'escalier de service. Si, à leur arrivée à New York, pour leur épargner d'être la proie prématurée des journalistes, on les a logés dans une trentaine d'hôtels différents, on les a présentement regroupés au Waldorf.

Elle s'engage dans l'escalier.

Un étage plus bas, ils sont déjà deux à l'attendre, Wes, qui vient de Boston, et Guthrie Cole qui vient de Talbott, Tennessee. Pas un mot échangé. Mais l'extrémité de leurs doigts se touche. Et ils se sourient.

Descendent.

Gil se joint à eux. On ne se parle toujours pas. Pour se dire quoi ? Pas besoin d'exprimer le bonheur ; à ce degré-là, les mots sont vides.

Descendent encore.

Hari, qui est le cinquième et qui est noir.

Descendent encore.

Au rez-de-chaussée, déjà ensemble, Lee et Sammy. Maintenant ils sont sept et, pour la première fois de leur vie, ensemble et seuls.

« Mais impossible de rester ici, résume Sammy, le seul des Sept à connaître New York. Les chambres ? N'importe qui y a accès, parents ou même cette Oesterlé. On nous y surprendrait. J'ai une autre idée. »

Il rit, fou de joie. C'est un petit juif aux yeux immenses et noirs, à la gaieté communicative, vif comme un écureuil. Il agite les mains en parlant. Et il secoue la tête en considérant les six autres, comme s'il ne parvenait pas à croire encore à cette miraculeuse réunion.

« J'ai même une voiture. Et j'ai trouvé un coin génial. »

Il rit à nouveau, effleure leurs doigts. Précise :

« L'endroit le plus dangereux et le plus tranquille de Manhattan en pleine nuit. »

La nuit de Central Park

1

Sur Columbus Avenue, au carrefour de la 106ᵉ Rue, le couple émergea d'un bar à l'enseigne rouge clignotante. Il était neuf heures. La rue semblait déjà déserte. Les magasins avaient leurs rideaux tirés et leurs portes renforcées de cadenas. Le grand Portoricain de dix-huit ans qui commandait la battue leva nonchalamment la main droite. Il pointa l'index pour un signal muet : « Celui-là. »

L'homme et la prostituée discutaient. Ils se séparèrent une première fois. La femme revint à la charge, abaissant sans doute son tarif. L'homme secoua la tête. Il titubait légèrement. Il finit par s'éloigner, suivant Columbus Avenue en direction de Saint-John-the-Divine. La femme haussa les épaules puis réintégra le bar.

Nouveau signal muet : « On y va. »

Les cinq adolescents se déployèrent, parfaitement silencieux sur leurs tennis, se rencognant en un éclair dans une porte quand une voiture passait. Ils gagnèrent rapidement du terrain sur leur proie.

Une minute passa, pendant laquelle la battue se développa. L'homme n'entendit pas ses poursuivants, mais il les sentit derrière lui, un peu comme on devine une présence dans une pièce obscure. Il se retourna soudain, vit deux garçons sur le trottoir de droite, trois autres à gauche. Il réagit instantanément : il se mit à courir, se ruant à l'est, descendant la 106ᵉ Rue vers Central Park Ouest. Il courut cent mètres...

... fut rattrapé.

Juste après avoir franchi Manhattan Avenue. Un premier coup de rasoir fendit son veston, sa chemise, son maillot de corps, entailla la peau sur l'omoplate, jusqu'à l'os. Il pivota, détacha frénétiquement sa ceinture, cravacha l'air, se servant de sa lourde boucle comme d'une arme.

« Petites putes, foutez-moi le camp ! »

Il était court sur pattes, massif, carré. Et il n'avait pas peur. Malgré l'alcool qu'il avait bu — ou peut-être à cause de lui. Le grand Portoricain lui sourit :

« Ton fric et tu t'en tires vivant. »

Les trois autres loups de la meute arrivaient à leur tour, dans une esquisse d'encerclement.

« Il va bien falloir qu'on te saigne. »

Il fouetta l'air à nouveau, reçut un coup de rasoir qui cette fois lui entailla le bras gauche et la chair de l'abdomen. Il tenta de s'échapper, déboucha sur Central Park Ouest, n'eut même pas le temps de s'adosser à un mur : un rasoir trancha net sa ceinture.

La sirène de la voiture de police retentit à ce moment-là. Dans la seconde qui suivit, la meute disparut. Les deux policiers avaient mis pied à terre et dégainé. Un seul d'entre eux fit feu, ratant sa cible. Les cinq voyous s'étaient rués sur la chaussée. Ils la traversèrent. Ils se jetèrent dans l'Entrée de l'Etranger, la Grande Colline sur leur gauche, le Blockhaus et la Falaise face à eux.

Ils s'engloutirent dans l'inquiétante nuit de Central Park. Les deux policiers firent semblant de les poursuivre. Ils stoppèrent aux abords des épais fourrés de la Grande Colline.

Pas fous.

2

Silence. Et puis silence. Et silence encore. Ann finit par demander :

« Comment trouves-tu ma robe ?

— Facilement », répondit Jimbo.

La robe était rouge. Ann était à l'intérieur. Ann, sa robe et Jimbo dînaient dans un restaurant chinois de la 2ᵉ Avenue, au-delà de la 96ᵉ.

« Jimbo, il est un peu plus de neuf heures. Et j'ai faim, soit dit en passant. Et voilà des heures que tu ne penses qu'à tes Génies. Nous ne faisons plus rien d'autre, que de les observer, les écouter ou bien regarder des gens qui s'occupent d'eux. Jimbo, je suis calme, je suis naturellement pacifique, équilibrée et paisible. Dans mon humilité de créature inférieure, je remercie Dieu chaque jour, chaque minute, chaque seconde, de m'avoir gratifiée d'un époux aussi merveilleux que Jimbo Farrar. Un matin sur deux, je pleure de joie et la reconnaissance me submerge, moi qui n'ai qu'un cerveau ordinaire. Bon.

— Je vais me faire engueuler, dit Jimbo. Une intuition.

— J'en ai peur. Et tu ne l'auras pas volé.

— C'est sûr. »

Le maître d'hôtel apparut, brandissant des menus grands comme des cartes routières du Texas.

« Inutile, dit Ann. Nous voulons du canard laqué, du porc sucré, de ces trucs avec des pousses de bambou, des pigeonneaux, du riz cantonais et du riz blanc, du poulet aux amandes, des beignets de crevettes et de la daurade impériale. Rien d'autre. Merci. Repassez nous voir à l'occasion. A bientôt, j'espère. Et du vin rouge. »

Le maître d'hôtel considéra Jimbo d'un œil égaré.

« Exécution, dit Jimbo. Les ordres sont les ordres. »

Le maître d'hôtel nota frénétiquement puis s'éloigna, avec l'air abattu d'un missionnaire rejeté à la mer par les Canaques qu'il s'apprêtait à évangéliser.

« Bon, dit Ann. Premièrement, je suis furieuse, et inquiète. Tu te refuses décidément à me parler de ces Sept qui n'existent pas. D'accord. Je t'ai observé toute la journée et tu avais l'air d'un oiseau fasciné par un serpent. »

Jimbo déploya ses bras immenses et fit mine de s'envoler.

« C'est ça, fais l'imbécile. Tu mourais d'envie de te joindre à eux, ça crevait les yeux. J'ai aussi observé tes sales mômes. Je n'ai rien vu, rien remarqué. Si un groupe s'est formé au cœur des trente Jeunes Génies, je ne l'ai pas vu. Je ne te demande pas si, toi, tu as noté quelque chose. Tu l'as fait, c'est évident. Après tout, tu es la seule personne au monde à connaître leur identité. Nous ne sommes que trois, en comptant Mélanie, à savoir qu'ils existent. Quelqu'un d'autre ?

— Personne d'autre.

— Toute la journée, je me suis attendue à ce que tu prennes contact avec eux, d'une façon ou d'une autre. Par exemple en disparaissant sous un prétexte idiot. Mais non, tu ne m'as pas quittée.

— Et je t'ai invitée à dîner.

— Merci, mon amour. Non seulement tu ne m'as pas quittée mais je t'ai senti plus apaisé au fil des heures. Je me trompe ?

— Jamais.

— Qu'est-ce qui est arrivé, Jimbo ?

— Ils sont heureux.

— C'était la première fois qu'ils se rencontraient ?

— En supposant qu'ils existent, oui.

— Et ils se sont reconnus ?

— Oui.

— Et ils sont heureux ?

— Au-delà des mots. »

Une pause.

« Quelque chose est changé, Jimbo ?

— Je crois que tout est changé. »

Pause.

« Autre question, Jimbo. Et réponds pour une fois. »

Pourtant ce fut elle qui hésita. Elle demanda :

« As-tu jamais eu l'impression, à l'occasion de l'une de vos rencontres, qu'ils pouvaient être dangereux ?

— Certains d'entre eux.

— Pas tous ?

— Peut-être tous.

— Et ce n'est plus le cas ? »

Il réfléchit, secoua la tête :

« Plus maintenant. »

Un temps.

3

La voiture dont avait parlé Sammy était en réalité une camionnette de livraison portant sur ses flancs la raison sociale d'une épicerie de la 151ᵉ Rue dans le Bronx. Pas récente. Et pas volée non plus, empruntée seulement pour la nuit, expliqua gaiement Sammy. Il donna des précisions : il avait discrètement convaincu quelqu'un de l'emprunter pour lui, de l'amener à Manhattan, de l'y laisser avec ses clefs. On rendrait le véhicule le lendemain matin, tout était prévu. Lui-même ne l'avait pas conduite.

« Je suis trop petit et trop jeune pour conduire. N'importe quel flic m'intercepterait. Et d'ailleurs, je ne sais pas conduire. Mais j'ai pensé que l'un d'entre vous saurait. »

Ils étaient plusieurs à savoir. Notamment Wes et Guthrie Cole. L'un et l'autre dépassant les six pieds, le mètre quatre-vingt-trois, en dépit de leurs quinze ans à peine. Guthrie Cole avait pris le volant, portant des lunettes à verres blancs qui le vieillissaient. Les six autres s'étaient installés à l'arrière.

Ils roulèrent dans Madison, vers le nord. Tournèrent à gauche.

« Aller où ? disait Sammy. Un bar, un night-club ? Nous sommes mineurs. Un hôtel ? Ou chez moi ? Mais aller n'importe où et nous y faire voir reviendrait à révéler l'existence des Sept. Pas question. Je sais que vous pensez de même. Je l'ai senti, c'est logique. Je me trompe? Je ne me trompe pas. Je sais : je parle trop. Mais c'est que je suis heureux. »

Il riait, agitant ses mains, se frottant les tempes de ses doigts fins. Et ils riaient de le voir rire, heureux de son bonheur et de leur propre bonheur.

« Après tant d'années! »

Guthrie Cole passa devant l'hôtel Plaza.

« J'ai donc pensé à Central Park. Que recherchons-nous? Simplement à être ensemble, seuls. Et pouvoir parler. Essayer de comprendre ce qui nous unit, en quoi nous sommes tellement différents des autres, pourquoi l'Homme-Farrar nous a regroupés, nous Sept. »

Ses immenses yeux noirs un peu fondus accommodaient à l'infini. La dernière calèche devant le Plaza s'en allait, et elle croisa la camionnette qui roulait presque au pas.

« Central Park, reprit doucement Sammy, j'y suis allé trois fois, de jour. Ce n'est pas à côté, quand on habite le Bronx. Central Park, c'est cinquante kilomètres de routes et de chemins, c'est quatre mille deux cents hectares, soixante-quinze mille arbres. Et des rochers, des collines, des cascades, des grottes. Sans parler de deux patinoires, d'un zoo, d'un théâtre, du Musée métropolitain, qui est l'un des plus grands du monde. Un autre monde. J'y ai repéré un endroit spécial. Cela s'appelle la Grande Colline, une vraie forêt... »

Avant Columbus Circle, après l'hôtel Essex, Guthrie Cole tourna à droite. Un taxi jaune le doubla en trombe; ses feux rouges disparurent très vite.

La camionnette entrait dans Central Park.

« A Manhattan, ils disent que le parc est dangereux la nuit. »

Sammy éclata de rire en écartant les mains.

« Mais que peut-il nous arriver ? »

Ils suivaient la voie ouest, qui traverse le grand
parc du sud au nord. Par la vitre baissée, un air
doux pénétrait, apportant des senteurs d'arbres et
de prairies.

« Que peut-il nous arriver *maintenant* ? »

Guthrie Cole se mit à chanter. Il avait l'accent
traînant du Sud.

Il était neuf heures et demie. Et, dépassant successivement la Taverne Verte, le Lac, la 79ᵉ trans-
versale, le Théâtre Delacorte et la hauteur du Bel-
védère, la Grande Prairie, le Réservoir, la Prairie
Sud, ils approchaient lentement de la Grande Colline.

4

« Entre eux et toi, il y a des similitudes », dit
Ann.

Elle but encore du vin.

« Je ne sais pas comment te l'expliquer.

— Parlons d'autre chose, dit Jimbo.

— Tu sais bien que j'ai raison.

— Je t'aime.

— Tu leur ressembles. Ou ils te ressemblent.
On s'imagine qu'un enfant est un adulte en réduc-
tion. Quelle blague ! C'est autre chose. Peut-être
pas tous les enfants, je ne sais pas, mais sûrement
nombre d'entre eux... Comment dire ? ils sont

prêts à tout, capables de tout. C'est une espèce de besoin d'absolu, de pureté...

— Tu as un coup dans le nez et j'ai envie de toi.

— ... de pureté. Ensuite, avec les années qui passent, parce qu'on vieillit — mais c'est quoi, vieillir ? — ensuite, on change. La bombe se désamorce peu à peu, elle perd de sa puissance, elle s'éteint. On devient sage, paraît-il. Mon œil ! »

Il voulut lui prendre la main mais elle se dégagea doucement :

« Pas ce soir, monsieur Farrar. La nature a tout prévu : ce sont des adultes, sages et tout et tout, qui commandent. La preuve : regarde comme tout marche bien dans le vaste monde. Imagine un monde où des enfants de quinze ans gouverneraient. Ce serait invivable, monsieur Jimbo. Un massacre.

— Et je leur ressemble ?

— D'une certaine façon, oui. Plus que n'importe quel adulte que je connaisse. Peut-être plus que n'importe quel adulte dans le monde. Je crois que tu es à mi-chemin entre eux et nous. Quel camp allez-vous choisir, Jimbo Farrar ? »

Elle but encore du vin et dit :

« Autre chose, mon amour. J'ai parfaitement entendu ce qu'a annoncé Martha Oesterlé à la fin du banquet : qu'on allait réunir la première promotion de Jeunes Génies dans un collège spécial à Harvard. Martha l'Epouvantable a parlé de professeurs triés sur le volet, pour tout enseigner à ces petits monstres. Il n'y aurait pas un certain Farrar, parmi ces profs ?

— Nous n'en avons pas encore parlé.

— Parlons-en.

— Je veux dire que nous n'en avons pas encore parlé, Mackenzie, Martha et moi.

113

— Parlons-en d'abord, toi et moi, si ça ne te fait rien.

— Demain.

— Oh! non. Demande-moi par exemple si j'ai envie de quitter ma jolie maison du Colorado pour aller habiter Boston et le Massachusetts?

— As-tu envie de quitter le Colorado pour le Massachusetts?

— Pas du tout. »

Elle but à nouveau.

« Mais je vais pourtant le faire. Je tiens à connaître la fin de l'histoire, savoir si le doux et gentil Jimbo succombera devant les méchants petits Génies, ou bien s'il finira par triompher d'eux. Oh! Jimbo. »

5

Guthrie Cole arrêta la camionnette mais pas le moteur, et seul Wes mit pied à terre.

Il fit quelques pas hors du pinceau des phares. Les taillis épais de la Grande Colline effleurèrent sa poitrine et ses jambes.

Nuit noire.

Et un silence inquiétant.

Wes revint lentement à la camionnette et s'accouda à la portière. Ses yeux croisèrent ceux de Guthrie Cole, ceux de Liza, de Hari, de Lee, de Gil. Il baissa la tête, la releva et regarda Sammy.

« Je sais, dit Sammy d'une petite voix. Mais rien ne prouve qu'il y ait quelqu'un. Ces types de Manhattan aiment bien bouffonner. A les entendre, Manhattan est le centre du monde, tout y est pire et mieux qu'ailleurs. Mais le Bronx n'est pas mal non plus. Et j'ai déjà vu des drogués en état de manque. J'en ai vu aussi qui avaient des couteaux. »

Il agitait les mains, secouait la tête, quasi désespéré dans son ardent besoin de s'expliquer et de convaincre. Il était presque au bord des larmes, son mince visage dévoré par ses yeux.

Liza se pencha et l'embrassa.

« Je t'aime, dit-elle.

— Et puis, on est quand même sept, dit Sammy. Deux d'entre nous sont grands. Mais ce n'est pas la véritable raison. Il ne peut rien nous arriver. Pas ce soir. »

Il regarda autour de lui et répéta :

« Pas ce soir. »

Hari le Noir lui sourit avec une tendresse fraternelle. De ses longs doigts de basketteur, il lui effleura la main :

« D'accord pour moi.

— C'est vraiment un coin super-génial, dit encore Sammy, qui par moments reprenait un parler de gamin ordinaire. Je vous le jure. »

Un temps.

Gil, qui était le plus petit des Sept après Sammy, se dressa. Il enjamba le dossier du siège avant laissé libre par Wes. Il descendit à son tour. Liza le suivit, puis Hari et Lee. Guthrie Cole coupa le contact, éteignit les phares. Il se retourna et sourit à Sammy :

« Qu'est-ce qu'on attend ? »

Ils refermèrent les portières sans bruit. Non parce qu'ils avaient peur mais parce qu'ils éprouvaient un identique besoin de ne pas briser le silence qui les enveloppait. Une oasis de silence venait en effet de se créer, au cœur du ronronnement sourd de la ville encerclant Central Park. La nuit n'était pas si noire, après tout. Elle s'éclairait peu à peu. De grandes silhouettes de peupliers, d'ormes et de sycomores se dessinèrent les unes après les autres. Des bouleaux blancs surgirent de l'ombre.

Une haie de forsythias recouverts d'une neige de fleurs jaune paille.

« Par ici », souffla Sammy, la voix vibrante d'excitation.

Il les entraîna sur un sentier qui sinuait, puis au travers d'un véritable mur de rhododendrons et d'aubépines en pleine floraison printanière. Les premiers rochers apparurent, couverts de mousse. La pente s'accentua un peu.

« Seize marches, chuchota Sammy, plus surexcité que jamais. Vous pouvez les compter, vous pouvez ! Je l'ai déjà fait. »

Ils se trouvaient alors dans cet endroit de Central Park où, même en plein jour, les promeneurs ne se hasardent guère. Pas très loin de l'Entrée de l'Etranger, du Blockhaus, du Ravin. La Falaise, le Loch et le Lac de Harlem étaient à environ six cents mètres sur leur droite. Et ils avançaient, saisis par le silence et l'émotion, tout à l'inconcevable bonheur d'être ensemble.

Guthrie Cole, qui était le plus grand de tous, reçut le premier coup de couteau deux secondes plus tard.

La lame frappa la sixième côte sur le côté droit. Elle pénétra droit et profondément dans le poumon.

Le grand Portoricain qui commandait la meute arracha le couteau et, dans le même mouvement, son gros poing, agrippant la garde de l'arme, vint frapper Hari au visage, exactement à la pommette, fracassant l'os malaire et ouvrant l'arcade, manquant de très peu de crever l'œil gauche. Hari s'écroula.

Le Portoricain éclata de rire :

« Deux d'un coup! »

A trois mètres de là, Wes s'effondra à son tour, frappé à la nuque par une matraque, alors qu'il avait pourtant réussi à agripper le poignet, prolongé d'un rasoir qui visait sa gorge.

Près de lui, Lee parvint à porter un coup, un seul et tout à fait dérisoire. Il pesait au plus une cinquantaine de kilos. Son adversaire le dépassait de plus d'une tête et était rompu depuis l'enfance aux combats de rue. L'effet du coup de poing fut misérable. Aucun des Sept ne s'était jamais battu à ce jour, aucun n'avait même pris part à la moindre altercation.

Les Sept se battant, ça n'avait aucun sens.

Ils avaient comme tout le monde assisté à des disputes, des échauffourées de cour d'école; ils les avaient observées, étonnés. La violence, l'idée même de la violence leur étaient étrangères; soit par naïveté, soit par l'effet d'un mépris total, qu'ils puissent un jour en être les victimes leur avait toujours été inconcevable.

Ce qui arriva cette nuit-là dans Central Park ne fut pas un combat mais une boucherie. Ils en mesurèrent le juste poids, car à aucun moment leur cerveau ne s'affola. Ils enregistrèrent chaque détail de la scène avec une minutie glaciale de cliniciens. Ils notèrent les signaux de détresse émis par les sept corps d'adolescents qu'on torturait. Mais une colère collective les envahit devant l'injustice et la gratuité de l'agression. Ils ne pardonneraient jamais que l'instant de leur premier bonheur, du bonheur attendu depuis tant d'années, fût souillé, avili, saccagé.

Quelqu'un devrait payer pour cela.

Le poing de Lee ne fit qu'effleurer le visage adverse. Mais la riposte fut infiniment plus sauvage. « *Laisse-toi tomber par terre ou ils te tueront.* » Lee s'affala, ne bougea plus, malgré les coups de pied qui le martelaient.

Gil analysa en un centième de seconde la situation. « Fuir est la seule solution. Une chance sur cinq. » Il s'élança, bondit comme un lièvre. Mais la faiblesse même de son corps le trahit. Après quatre ou cinq mètres, il fut cueilli, culbuté. « *Ne résiste pas : À terre, dans ces conditions ! Et ne bouge pas ! Ne bouge pas !* »

Il s'allongea sur le ventre, plaça ses bras en protection de sa nuque, ne bougea plus.

Liza hurla.

Elle hurla parce que hurler offrait une chance, mathématiquement. Mais ils furent deux à se jeter sur elle. La lame d'un rasoir lui frôla la gorge.

« Ta gueule, salope ! »

Ils touchèrent ses cheveux blonds. Puis ses seins. Elle n'avait pas d'argent sur elle mais portait une bague et un fin collier d'or. Ils s'en emparèrent. Ils la firent asseoir, s'allonger, et lui arrachèrent ses vêtements. L'air frais de la nuit passa sur ses seins et son ventre nus.

« Ecarte les jambes, salope. »

Ils furent trois à la violer, l'écartelant et déchiquetant ses chairs tendres, faisant couler un peu de son sang. Ils la violèrent une première fois alors qu'elle était étalée sur le dos; après quoi ils la retournèrent, lui enfoncèrent le visage dans la terre et la pénétrèrent à nouveau cette fois forçant ses reins.

Et si elle avait pu jusque-là opposer un barrage mental aux appels affolés de son corps, pour finir, elle céda devant la douleur. Elle s'évanouit.

Gil également fut violé. Deux des agresseurs se couchèrent tour à tour sur lui, l'empoignant par les cheveux. Ils lui tirèrent la tête en arrière de façon à dégager la gorge sur laquelle ils posèrent un rasoir.

Sammy fut le seul à n'être pas touché. On se contenta de le fouiller et de lui prendre les quatre dollars cinquante qu'il avait sur lui. On ne le frappa même pas. Il demeura immobile tout au long de la scène, les mains sur la nuque, écarquillant ses grands yeux noirs, écrasé par le sentiment de sa responsabilité.

En fait, tout alla très vite. Du premier coup de couteau porté à Guthrie Cole au viol de Gil et de Liza, il ne s'écoula guère plus que quelques minutes. Et la fin de l'attaque survint aussi subitement qu'elle avait débuté. Le grand mulâtre qui commandait la meute lança un ordre. Lui-même abandonna Gil, qu'il frappa doucement sur la nuque, d'un geste qui était presque une caresse. Vingt

secondes plus tard, la bande avait disparu, englou-
tie par l'ombre.

Sammy se laissa tomber à genoux.

C'est ma faute.

N'importe quel autre gosse au monde, un gosse
ordinaire, aurait pleuré.

Il ne pleura pas. « *Relève-toi, ne perds pas de
temps. Occupe-toi d'eux. Relève-toi.* »

Il se dressa. Il alla d'abord vers Liza, parvint à
la faire rouler à demi sur une épaule; mais elle
demeura inconsciente. « *Il te faut de l'aide. Gil
et Guthrie Cole sont apparemment les plus
touchés.* » Il vint se pencher sur Guthrie Cole,
dont les yeux pâles étaient grands ouverts.

« Pas de police, dit Guthrie Cole dans un souffle. Rentrer à l'hôtel. Ne pas nous faire repérer. »

Sammy acquiesça.

« Je sais. »

Il se déplaça de quelques mètres, enregistrant le
mouvement de Lee, qui se redressait à son tour.

« Gil? »

Lee rejoignit Sammy. Ils s'agenouillèrent tous
deux, tremblant de la même fureur meurtrière
mais leurs cerveaux pareillement glacés.

« Gil... »

Avec une douceur infinie, ils le retournèrent sur
le dos. Le frêle adolescent venu du Nouveau-Mexique demeurait conscient. Son regard brûlait d'une
rage terrifiante.

« Rentrons d'abord à l'hôtel », dit Gil.

Il ne pouvait pas marcher. Pas plus que Guthrie
Cole et Liza. Wes reprit connaissance et également
Hari, ce dernier saignant comme un porc
égorgé. Tous les quatre transportèrent les blessés
dans la camionnette. Wes prit le volant.

Les Sept n'échangèrent pas un mot. Ils n'auraient désormais plus besoin de se parler pour se comprendre.

Ils sortirent de Central Park et regagnèrent les abords du Waldorf.

Parce qu'il était noir et pouvait plus aisément passer pour un employé de l'hôtel, Hari prit le bidon d'essence et entra le premier dans le bâtiment, par l'entrée de service.

Il réapparut six minutes plus tard, juste avant le déclenchement de l'alerte.

Ils guettèrent le moment propice et se glissèrent par cette entrée de service à la faveur de l'agitation suscitée par le début d'incendie. Chacun dans sa chambre.

Alors, et alors seulement, Wes sans se nommer réclama des secours, des médecins.

Aucun des Sept ne parlerait de Central Park, de leur sortie commune, de leur rassemblement.

Tous prêts à affirmer ne pas connaître les six autres et ne pas les avoir rencontrés en dehors de la manifestation officielle, victimes d'une agression inexplicablement commise à l'intérieur même de l'hôtel, qu'ils n'avaient pas quitté.

6

Il est allongé sur son lit au Waldorf et il pense : « *Je vais les tuer tous.* »

Parmi les Sept, il est celui qui voue depuis toujours une haine frénétique au monde entier. « *Je voudrais les tuer tous.* » Ce leitmotiv, il l'a remâché presque chaque jour pendant dix ans.

Les visites annuelles de Jimbo Farrar, l'Homme-Montagne, l'espoir que ces visites ont fait naître, et également son inaptitude physique (l'inaptitude de ce corps qui est le sien) ont empêché cette haine de s'exprimer par des actions.

Le miracle de la réunion des Sept, ce bonheur fou, a pu un court instant refouler cette haine, et sans doute l'apaiser à jamais.

Mais le miracle n'a duré que quelques heures. L'agression de Central Park a tout détruit, sans le moindre espoir de retour.

Je vais les tuer tous.

Il sait qu'il a les moyens de tuer, et de tuer massivement. Sa haine n'est en aucune façon désordonnée, elle est au contraire apurée par un cerveau puissant et froid.

Et ce n'est pas le pire.

Le pire est que les six autres sont dorénavant à l'unisson de celui-là.

Je sais qu'ils pensent tous comme moi.

Ce qui est arrivé à Central Park a scellé l'union des Sept.

La fraternité dans la haine.

7

Le maître d'hôtel s'approcha de la table. Il avait peur d'Ann, c'était visible. Il fit un grand détour et finit par souffler à l'oreille de Jimbo :

« Êtes-vous monsieur James David Farrar ?

— Je suis.

— Un M. Fitzroy Jenkins vous demande au téléphone.

— Qu'il crève ! dit Ann, éméchée.

— Je cours le lui proposer », affirma Jimbo.

Au téléphone, la voix de Fitzroy Jenkins :

« J'ai eu beaucoup de mal à vous trouver, monsieur Farrar. Vous devez venir immédiatement au Waldorf. C'est extrêmement urgent. Mlle Oesterlé...

— Demain », dit Jimbo.

Il se prépara à raccrocher. Mais Jenkins eut la chance ou le génie involontaire de dire la seule chose qui eût réellement de l'importance :

« Il s'agit des enfants, monsieur Farrar. Des Jeunes Génies. Quelque chose de grave est arrivé. »

« Ce qui s'est passé est dramatique, dit Martha Oesterlé, et remet en cause tout ou partie du programme prévu. Cela peut porter un coup terrible à toute l'opération que Killian Incorporated a imaginée et financée, d'autant plus que nous nous trouvons sous les feux de l'actualité. On rendra Killian responsable. On...

— Martha ! »

Mélanie Killian.

« Il faut avant tout étouffer l'affaire, poursuivit Oesterlé. Nous le pouvons : les médecins se tairont. Nous paierons. Le scandale...

— Martha ! »

La voix de Mélanie était péremptoire.

« Oui, mademoiselle Killian ?

— Fermez-la, s'il vous plaît. »

Seule Mélanie était assise, vêtue d'une robe de chambre. Autour d'elle, outre Oesterlé, il y avait Doug Mackenzie, Fitzroy Jenkins et un autre homme appelé Andy Barkoff, membre de l'état-major de Killian. Ann et Jimbo Farrar venaient tout juste d'arriver. Ils n'avaient même pas eu le temps d'entrer dans le salon. Ils se tenaient debout côte à côte.

L'œil de Mélanie croisa celui de Jimbo, s'y accrocha. Et ce fut en regardant Jimbo que Mélanie demanda :

« Jenkins, le programme prévu pour les Jeunes Génies ? En peu de mots. »

Jenkins récita :

« Départ de New York, débarquement à Washington, réception à la Maison-Blanche à une heure trente, déjeuner, présentation officielle des Jeunes Génies au Symphony Hall du Centre John Kennedy à trois heures cinquante, courte visite de la capitale, dîner, coucher à l'hôtel Madison.

— Le lendemain ?

— Départ de Washington, arrivée à Philadelphie, berceau de la Nation, visite de la ville, réception à deux heures trente au Congress Hall, enfin retour des Jeunes Génies dans leurs familles respectives, jusqu'à la rentrée de septembre. »

Un temps. Mélanie fixait toujours Jimbo. Elle dit :

« Ce matin, au départ, ils ne seront plus trente mais vingt-six. Quatre d'entre eux ont été victimes d'une intoxication alimentaire. Ils auront mangé trop de glaces. Faites le nécessaire, Andy. A présent, veuillez tous sortir, je vous prie. Sauf M. et Mme Farrar.

Mackenzie s'en alla, puis Barkoff et Fitzroy Jenkins. Pas Oesterlé, qui fronçait les sourcils.

« Martha ! »

Martha Oesterlé quitta la pièce.

Mélanie prit appui sur les bras de son fauteuil, se leva et se mit à marcher. Comme si le couple

Farrar n'eût pas été présent. Soixante, quatre-vingts, cent secondes. Mélanie parla :

« Jimbo, trois garçons et une fille. Ils survivront, même celui qui a reçu un coup de couteau. Le rapport des médecins se trouve sur cette table, avec leurs noms et le détail de leurs blessures. »

Jimbo ne bougea pas. Il demeurait debout, silencieux. Mélanie reprit :

« Tous disent la même chose : ils ont été attaqués alors qu'ils se trouvaient chacun dans leur chambre. Ils ne se connaissent pas, sinon pour s'être rencontrés sur l'estrade lors de la présentation. Leur description des agresseurs est vague mais elle concorde : cinq jeunes gens en blouson, que personne n'a vus, en dehors d'eux. Un point important : vers dix heures quinze, deux débuts d'incendie se sont produits en deux endroits différents. On a retrouvé le bidon d'essence ayant servi à les allumer. D'après Oesterlé et Barkoff — et je suis d'accord sur ce point — on a allumé ces feux pour détourner l'attention d'une entrée de service, par où on a pu sortir, ou entrer, sans être remarqué. Rien d'autre. Bien entendu, Oesterlé a une explication — elle a toujours des explications pour tout — ; selon elle, il s'agit de gauchistes rendus fous furieux par notre opération Jeunes Génies, ou bien d'une machination de la concurrence jalouse de la gloire de Killian Incorporated. N'importe quoi. »

Jimbo ne bougeait toujours pas, le visage de plus en plus pâle. Ce fut Ann qui marcha jusqu'à la table, y prit les feuillets du rapport et les lut en silence. Sa main tremblait un peu.

« Elizabeth Rainier, Guthrie Cole Mitchell, Gil Yepes, Hari Williams. »

Ann répéta les noms, cette fois à voix haute.

Jimbo ne réagit d'aucune manière.

Mélanie secoua la tête.

« Comme vous voudrez, Jimbo », dit-elle.

Il s'allongea sur le lit sitôt qu'ils eurent regagné leur chambre, Ann et lui. Il était blême et la transpiration ruisselait sur son visage...

« Jimbo...

— Pas maintenant. *Je t'en prie, Ann,* ne me demande rien. »

Elle le dévêtit, l'obligea à se glisser sous les draps, se déshabilla et se coucha près de lui mais sans le toucher. Il finit par fermer les yeux, et sa respiration, jusque-là précipitée, presque haletante, se fit plus régulière. Elle le crut endormi.

Elle s'endormit à son tour, mais d'un sommeil léger, comme une mère veillant son enfant malade.

Elle s'éveilla au premier bruit qu'il fit, une demi-heure plus tard.

Elle le trouva allongé sur le sol de la salle de bain, vomissant, blanc comme un linge, secoué de spasmes. Quand elle lui parla, il ne parut même pas l'entendre. Affolée, elle appela un médecin, qui fit deux piqûres calmantes. Il lui demanda si Jimbo était souvent sujet à ce genre de crises.

Elle n'hésita qu'une brève seconde et mentit, disant que ce n'était pas la première fois.

Wagenknecht et Sonnerfeld étaient des informaticiens de premier rang, et secondaient Jimbo Farrar dans la programmation de l'ordinateur Killian à Colorado Springs.

Ce soir-là, en septembre, environ quatre mois après la présentation des Jeunes Génies au Waldorf Astoria, ils s'en allèrent les derniers, laissant Jimbo seul.

Ils avaient proposé à Jimbo d'aller prendre un verre pour fêter son retour du stage qu'il avait effectué en Floride, mais il avait refusé.

Jimbo verrouilla la porte après leur départ. Il revint au centre de la grande salle insonorisée.

« Fozzy ?

— Oui, mec.

— Je suis content de te retrouver.

— Itou, mec. C'est le pied.

— Tu m'as manqué. »

Un temps.

« Et tu vas me manquer plus encore. Demande-moi pourquoi.

— Pourquoi vais-je te manquer encore plus ?

— Nous allons vivre à Harvard. Ann, les enfants et moi. Par les enfants, j'entends les miens, Cindy et Ritchie. »

Jimbo bâilla, s'étira.

« Je vais à Boston, Fozzy.

— Boston, Massachusetts. Superficie de l'Etat : 21 387 kilomètres carrés. Population : 5 732 811 habitants. Entrée dans l'Union...

— Stop !

— ... en 1788. Sixième Etat fondateur.

— La ferme !

— Si on peut plus rigoler maintenant ! dit Fozzy avec la voix de Gary Cooper dans *Le train sifflera trois fois*. »

Jimbo sourit.

« Pas été facile de décider Ann, Fozzy. Remarque que ce n'était pas le fait d'aller habiter dans l'Est qui lui hérissait le poil. Seulement, à Harvard, il y a les Sept, Fozzy. Et elle le sait. »

Un temps. Jimbo se remit en marche entre les consoles, les écrans multiples, les tablettes d'entrée graphique, qu'il caressa de la main au passage. Il gagna la zone d'ombre au fond de la très longue salle. Il s'enfonça dans cette ombre, y disparut.

« Tu m'écoutes, Fozzy ?

— Affirmatif, mec.

— Ceux qui ont été blessés à New York sont rétablis. C'est fini. Plus de traces, du moins en apparence. À croire que rien n'est arrivé, Fozzy.

— Mais quelque chose est arrivé. »

Silence.

« Elle s'appelle Liza. Elle est vraiment... très belle, Fozzy. Elle a été violée, et salement. Fozzy, je suis sûr qu'ils ont quitté l'hôtel pendant la soirée. Mais je ne sais pas où ils sont allés. Ils se sont réunis quelque part et c'est à ce moment-là que c'est arrivé. Quand ils connaissaient enfin le bonheur d'être ensemble. »

Un temps.

« Je suis responsable d'eux, Fozzy. Et je me sens coupable. J'aurais donné mes deux bras pour empêcher cela... »

Long silence.

Un instant rompu par le crépitement d'une

imprimante de Fozzy, exécutant un autre programme.

« Ann prétend que je leur ressemble, Fozzy...

— Pose ta question, mec.

— Je leur ressemble, Fozzy. Ann a souvent
raison. »

Un temps.

« Nous avons des points communs, eux et moi.
Un bon nombre.

— Surhommes, dit Fozzy avec la voix de Spen-
cer Tracy dans *Edison*.

— J'ai pas dit ça.

— Et ta sœur, mec! »

L'ombre où s'était réfugié Jimbo était épaisse.
On distinguait à peine sa silhouette, ses grandes
jambes et ses grands bras emmêlés, alors qu'il
était assis à même le sol, adossé au mur.

« Fozzy.

— Oui, mec.

— Je suis obligé d'aller à Harvard. Je ne peux
pas les laisser seuls. Je ne le veux pas. »

Un temps. Jimbo bougea.

« Et il y a autre chose, Fozzy : j'ai peur de ce
qu'ils vont faire. »

Un temps. Jimbo sortit de l'ombre.

« Ils sont capables de tout, Fozzy. Je m'attends
au pire. Il leur faudra sans doute un peu de temps
pour se concerter, décider de ce qu'ils vont faire.
Mais après, Fozzy ? »

Tout en marchant, Jimbo laissait ses grandes
mains traîner sur les consoles du gigantesque
ordinateur.

« Je vais essayer de les surveiller, Fozzy.
Essayer seulement. Sont sacrément futés, tu
sais... »

Jimbo éteignit successivement plusieurs rampes

de néon. Les lumières clignotantes de Fozzy prirent un relief nouveau.

« Tu m'aimes, Fozzy ?

— Oui, mec. Vachement. »

Jimbo hocha la tête.

« Bonne nuit, Fozzy.

— Ciao ! » répondit Fozzy.

Marlborough Street

1

« JE ne suis pas d'accord, dit Martha Oesterlé. Pas du tout. En réunissant ces garçons et ces filles prétendument surdoués, en finançant leurs études, si extravagantes qu'elles soient, et Dieu sait qu'elles le sont! en leur offrant les meilleurs professeurs disponibles en Amérique, en louant à prix d'or un bâtiment entier sur le campus de Harvard, en y faisant installer tous les laboratoires possibles, jusqu'à un centre informatique équipé d'un terminal ordinateur dont il existe peu d'équivalents, la Fondation Killian a fait énormément. Au-delà du raisonnable. »

Sur sa droite, près d'elle, Fitzroy Jenkins approuva énergiquement. L'air de dire : « Je n'aurais pas mieux parlé. » Martha Oesterlé ne lui prêta aucune attention. Elle soutint le regard perçant de Mélanie. Regarda successivement Doug Mackenzie, puis Ann, puis Jimbo. Toisa Jimbo de haut en bas. Produisit une espèce de petit reniflement de colère et de mépris. Reprit :

« Mais trop c'est trop. Avec Doug Mackenzie, je suis vice-présidente exécutive de Killian Incorporated. A ce titre, j'ai des responsabilités. Je suis en particulier chargée des activités nouvelles, au sein de la société. Je me suis ainsi personnellement occupée, voici plus de douze ans, de la mise en place de l'ordinateur de Colorado Springs. C'était mon idée; j'en ai fait le plus puissant et le plus perfectionné des ordinateurs existants. J'ai fait en sorte de rentabiliser l'investissement énorme qu'il représentait et j'y suis parvenue, vous en êtes tous témoins. J'étais contre l'opération Chasseur de Génies, depuis le début; on a passé outre. J'étais opposée à la nomination de M. Farrar à la tête du service informatique, pour des raisons qui ne tiennent pas à sa compétence technique, qui est indiscutable. On a là encore passé outre. Et voilà maintenant qu'il est question que M. Farrar abandonne son poste, à seule fin de venir s'installer ici sur la côte Est pour enseigner l'informatique à ces gamins. Je ne suis pas d'accord. »

Silence.

Mélanie dit enfin :

« Doug ? »

Mackenzie secoua la tête, serra obstinément les lèvres, dans une mimique disant très clairement : « Oh! non, je ne vais sûrement pas m'en mêler, j'ai assez de mes propres problèmes et qui serait assez cinglé pour s'opposer directement à Oesterlé, qui est une foutue emmerdeuse, et après tout, c'est vous le chef. »

Silence.

Ann regardait avidement Jimbo, émue et inquiète de sa pâleur. Il était au bord du malaise, à la seule idée qu'on pût le séparer des Sept.

« Jimbo, dit Mélanie, Martha n'a pas tort. »

Un temps.

« Pensez-vous être en mesure de mener à bien les deux entreprises, continuer à diriger votre service et enseigner à ces enfants? »

Jimbo acquiesça. « Bon Dieu, pensa Ann, ils ne voient pas ce qu'ils sont en train de lui faire ? »

« Je tranche, dit Mélanie. Jusqu'à nouvel ordre, M. Farrar fera des aller et retour chaque semaine. Deux jours ici, le reste du temps dans le Colorado. »

Martha Oesterlé furieuse quitta la pièce, fidèlement suivie par Fitzroy Jenkins, poisson pilote.

Mélanie tourna son regard aigu vers Ann. Son sourire disait : « *C'est bien ce que tu souhaitais que je fasse, Ann ?* »

Ann baissa la tête, la gorge nouée. Elle se retenait de prendre Mélanie dans ses bras et de la serrer tendrement. « *Merci Mélanie. Merci d'avoir compris.* »

Ann était heureuse pour Jimbo. Pourtant, un piège venait à l'instant de se refermer sur eux tous.

A Harvard, la Fondation Killian avait en tout point tenu ses engagements. Elle avait installé les Jeunes Génies dans un très beau bâtiment de brique recouvert de lierre, qui n'avait pas les trois siècles et demi de l'université elle-même, mais n'en datait pas moins de 1800 et des poussières. Des arbres et des pelouses superbes entouraient un nombre impressionnant de musées et de collèges. A elle seule, la Widener Library contenait trois millions de volumes, et d'autres bibliothèques la jouxtaient. Et le Massachusetts Institute of Technology n'était qu'à deux ou trois kilomètres.

La Fondation, en la personne d'Oesterlé, avait respecté d'identiques critères de qualité pour le choix des professeurs. Les meilleurs. Jusqu'à un ancien secrétaire d'Etat, qui fut chargé de dispenser des cours d'économie politique, une heure par semaine. Et, pour l'enseignement de l'histoire, on fit appel au vieil et charmant Emerson Twhaites, spécialiste de la Renaissance entre autres choses et qui était, par pur hasard, veuf de la mère de Jimbo Farrar, et donc l'ancien beau-père de celui-ci.

Ainsi arriva pour lui le moment d'entrer dans l'histoire.

Il demanda à Ann :

« Et comment vous accommodez-vous de ses deux mètres quatre ?

— Je fais plusieurs voyages », répondit Ann.

Twhaites avait soixante-quatre ans. Il était potelé, dodu, replet, rondouillard, grassouillet...

« Tout ce que vous voudrez sauf ventripotent. Je ne suis pas ventripotent. D'ailleurs, regardez vous-même... »

Il se mit de profil, afin qu'Ann pût en juger. Il avait exactement la silhouette d'Alfred Hitchcock sortant de table.

« Potelé, dit Ann. Indiscutablement. »

Ils se sourirent. Leur amitié était née et prenait déjà de l'âge. Emerson Twhaites habitait Boston aux alentours de Mont Vernon, dans Marlborough Street. Il occupait seul une grande maison de brique rouge, très belle, à trois étages plus des combles et une cave.

« Vraiment seul, Ann. Je peux vous appeler Ann ? Une sorte de dragon avec des mains d'étrangleur vient faire mon ménage, mais je l'ai menacée de mort si elle touchait à mes soldats de plomb, qui d'ailleurs ne sont pas en plomb. J'ai une collection superbe; et je pèse mes mots. Voulez-vous la voir, et la maison avec? »

Ann accepta. Ils entreprirent la visite.

« Ann, j'ai appris par cette dame Oesterlé que Jimbo se trouvait à Harvard et que nous serions collègues, lui et moi, dans cette opération farfelue visant à faire des génies adultes de ces prétendus Jeunes Génies. Quelle surprise! Savez-vous depuis combien de temps je n'ai pas rencontré mon ex-beau-fils? Environ dix-huit ans. Si l'on excepte les courts instants où ma femme, sa mère, a été inhumée. Nous n'avions pas alors échangé trois mots. Je ne le savais même pas marié. »

En uniformes chatoyants, colorés, les soldats — fantassins et cavaliers — occupaient tout le troisième étage.

« Je me suis spécialisé dans les soldats de France, Grande-Bretagne et Prusse, essentiellement entre 1650 et 1800, avec une prédilection pour l'époque de la Guerre en dentelles. Avez-vous des enfants?

— Un garçon, une fille.

— La dame Oesterlé m'a dit où joindre Jimbo. J'ai appelé et suis tombé sur vous, Dieu soit loué! Apparemment, Jimbo vous avait parlé de moi.

— Très peu.

— Allez-vous venir habiter Boston, Ann? »

Non, dit-elle. Puisque Jimbo passerait l'essentiel de la semaine et notamment les week-ends, au Colorado, dans leur maison de Manitou Springs. Mais elle accompagnerait parfois Jimbo. Après tout, elle avait fait ses études à Radcliffe, à deux pas.

Le petit homme aux cheveux très blancs et à la peau très rose considéra Ann.

« Vous a-t-il dit ce qui s'était passé entre nous, Ann ? »

Pas vraiment.

Ils revinrent dans un des salons du bas, où il servit lui-même le thé. S'assit ensuite face à elle, dans un fauteuil à oreilles qui devait au moins être centenaire.

« Je l'ai connu enfant, quand il avait à peine dix ans. Et vous, quand l'avez-vous rencontré pour la première fois ?

— Nous avions, lui quinze ans et moi treize. »

Twhaites but une gorgée de thé.

« Il s'était déjà calmé. Le garçon que j'ai découvert, avant que je n'épouse sa mère, n'avait pas encore réussi à maîtriser — ou à effacer, j'ignore quelle explication est la bonne — l'invraisemblable violence qu'il portait en lui. Vous, vous l'avez connu calmé, différent. Quand Mary et moi nous sommes mariés, il nous a paru évident que Jimbo devait venir habiter avec nous, dans cette maison où nous sommes. J'étais prêt... »

Il hésita.

« J'étais prêt à lui offrir toute l'affection dont je suis capable. Ce fut un échec. Total. Un soir, nous avons eu une dispute, lui et moi. Nous nous sommes opposés sur un point d'histoire, le croiriez-vous ? Il venait de lire *Déclin et chute de l'Empire romain*, de Gibbon et il n'avait même pas douze ans ! rendez-vous compte ! Il avait échafaudé une théorie sur la conversion de l'empereur Constantin au christianisme. J'ai réagi comme le dernier des imbéciles : je l'ai tourné en dérision, lui et sa théorie. La nuit même, il a fracassé des dizaines de mes soldats de collection et s'est enfui. La police ne l'a retrouvé que deux semaines plus tard, à la frontière du Mexique, à des milliers de kilomètres; Dieu sait comment il avait parcouru tout ce chemin, sans argent. Revenu à la maison, il a refusé obstinément de m'adresser la parole, quoi que je fasse ou dise, et j'étais vraiment prêt à faire n'importe quoi pour obtenir son affection. Il s'est comporté comme si je n'existais plus. Vous me croyez?

— Oui.

— Il avait encore son grand-père à Denver, à l'époque. Nous n'eûmes pas d'autre solution, Mary et moi, que de le laisser partir là-bas. Trois ans ont passé. Puis je l'ai revu. J'ai été stupéfait; le changement était véritablement extraordinaire : ce n'était plus du tout le même garçon. Il avait énormément grandi bien sûr, mais la mutation essentielle venait d'ailleurs : sa morgue incroyable, son agressivité permanente, son refus total du moindre conseil, de la moindre manifestation d'autorité, tout cela avait disparu. A la place, je découvrais un adolescent doux et calme, courtois, d'une égalité d'humeur presque gênante. Etait-il ainsi quand vous l'avez connu? »

Elle acquiesça.

« Et il n'a pas changé depuis? »

Elle sourit.

« Non. »

Silence.

« Et voilà le plus étonnant, reprit Twhaites. Malgré toutes ces années, je continue d'éprouver de l'affection pour lui. Il n'y a rien au monde que je désire plus que des relations... je ne dirais pas de père à fils, mais simplement amicales. »

Il appuya sa tête contre le dossier du fauteuil et ferma les yeux.

« Je me sens vraiment seul, vous savez.. »

Ce soir-là, Ann suggéra à Jimbo d'aller dîner chez Emerson Twhaites.

Pas de réponse. Dans la salle de bain, il essayait en vain de nouer sa cravate. Il n'avait jamais, de sa vie, réussi à nouer correctement une cravate.

Elle le rejoignit et lui prit la cravate des mains.

« Tu m'as parfaitement entendue. »

Les yeux bleus lui sourirent dans le miroir.

« Mais bien sûr, dit-il.

— Bien sûr quoi ?

— Ce serait une bonne idée d'aller chez Emerson Twhaites. Pour dîner. »

Il arrivait parfois à Ann d'être exaspérée.

« *S'il te plaît*, Jimbo ! Ne dis pas « bien sûr » comme si c'était la chose la plus naturelle du monde d'aller dîner chez ton ex-beau-père, que tu n'as pas voulu rencontrer pendant dix-huit ans ! »

Elle lui noua sa cravate. Il lui souriait, les yeux pleins d'innocence et d'humour. Les mots de Twhaites : « *Ann, vous ne l'avez connu que calmé, différent, sans cette invraisemblable violence qu'il portait en lui...* »

Une violence maîtrisée, tapie au fond de Jimbo...

... Ou effacée à jamais. « *Ann, je ne sais pas quelle est la bonne explication* », avait également dit Twhaites.

« Et je ne le sais pas davantage », pensa Ann.

Les grandes mains de Jimbo montèrent vers son cou, enserrèrent son visage, très tendrement.

Et naturellement, comme toujours, il devine ce que je pense.

« J'ai changé, Ann. Du tout au tout », dit doucement Jimbo.

Il lui embrassa le front, les paupières, descendant vers ses lèvres. Il précisa :

« Je parle d'Emerson Twhaites, bien entendu. »

Ils allèrent passer la soirée dans la vieille maison en brique rouge de Marlborough Street, et le dîner s'y déroula au mieux.

« J'ai réfléchi à la conversation de l'empereur Constantin, dit Jimbo. Vous aviez raison à propos de Lactance : il bluffait.

— Un démagogue, dit Twhaites. Un batteur d'estrade annonçant l'événement dans le seul but de l'obliger à se produire. Je l'ai toujours pensé.

— Sur le moment, non, pas moi, répondit Jimbo. J'étais d'un avis plutôt opposé, vous vous en souvenez peut-être. Mais à y bien réfléchir...

— *Au nom du Ciel!* » s'exclama Ann.

Ils rirent tous les trois, achevèrent leur sherry de quarante ans d'âge, passèrent à table, servis par l'Etrangleuse. Et Emerson Twhaites leur parla de Nicolas Machiavel, des Médicis, du condottiere Jean des Bandes Noires.

A la fin du repas, on décida que, pendant ses séjours à Boston, Jimbo occuperait à Mount Vernon une chambre du deuxième étage.

Celle-là même où il avait dormi étant adolescent, avant sa fugue et son retour au Colorado.

Ainsi s'ajusta le mécanisme.

Au cours de l'été qui suivit la présentation au Waldorf Astoria, les Sept gardèrent entre eux secrètement le contact, quoique habitant à des centaines, voire des milliers de kilomètres de distance.

Ils le firent vraisemblablement à l'insu de Jimbo Farrar. Et de tout le monde.

Ils se retrouvèrent à Harvard, en septembre, logés dans le bâtiment loué par la Fondation, situé dans Quincy Street, pas très loin de Harvard Yard. Pas seuls : ils étaient mêlés aux autres Jeunes Génies. Pour se réunir ou se concerter, ils prirent les précautions nécessaires, et l'hypothèse même qu'on pût les surprendre — et donc les identifier en tant que Sept — cette hypothèse était absurde.

Ils agirent dès cette période comme le font les diverses parties d'un même cerveau, chacun apportant aux autres ce qui pouvait leur manquer.

Ils ne tardèrent pas à entreprendre une action commune, la première.

Et ce vut un vol.

Ils décidèrent de voler cent ou cent cinquante millions de dollars.

Et leur emploi du temps proprement universitaire étant assez chargé, ils consacrèrent à l'opération quelques heures par-ci par-là, à leurs moments perdus.

2

ILS procédèrent en deux temps, partant de ce principe simple qu'il faut un peu d'argent pour en voler davantage. Un calcul rapide leur démontra qu'ils avaient besoin d'au moins cent mille dollars, pour commencer.

Plutôt cent trente ou cent cinquante, avec les frais.

Tous se tournèrent vers Gil Geronimo Yepes. En ce domaine, il était très vite apparu comme leur meilleur spécialiste. Le lobe informatique et calcul de leur cerveau collectif, c'était lui.

Il leur expliqua comment procéder.

A son avis, le mieux était de commencer par une opération quasi enfantine portant sur les cartes de crédit. Un problème dont la solution justifiait à peine qu'on s'y penchât.

Sammy éclata de rire et dit gaiement :

« Il faut un commencement à tout ! »

Gil acquiesça. Sans rire, ni même sourire. A ce moment de l'histoire, Gil Geronimo était assez peu différent de l'enfant rencontré par Jimbo Farrar dans le pueblo de Taos, dix ans plus tôt. Il avait grandi mais ne mesurait même pas un mètre soixante; toujours fluet, il avait ce même minuscule visage triste dévoré par deux grands yeux d'huile noire, au regard vide, en apparence.

En apparence.

Des Sept, il était assurément celui qui parlait le moins. Il pouvait demeurer des jours entiers sans prononcer un seul mot. Les journalistes qui l'avaient assailli de leurs questions, au mois de mai précédent, au Waldorf, avaient fini par conclure que ce métis d'Indien et de Mexicain était peut-être un surdoué, mais à coup sûr un surdoué littéralement paralysé par la timidité. Pas eu moyen de lui arracher un mot, sauf des banalités débitées d'une voix étouffée.

Il se servit des installations du laboratoire d'informatique installé par Martha Oesterlé elle-même, dans les sous-sols du bâtiment où étaient logés les Jeunes Génies et où ils avaient leurs salles de cours.

L'enseignement de l'informatique était dispensé aux Jeunes Génies par Jimbo Farrar. Mais, comme il n'était présent que deux jours par semaine, un autre informaticien complétait le travail de Jimbo : il s'appelait Cavalcanti et, outre qu'il entraînait ceux des Trente qui le voulaient sur l'ordinateur de la Fondation, il organisa diverses visites à l'extérieur...

Sans se rendre compte une seconde qu'on était en train de le manœuvrer.

Ces visites concernèrent les services informatiques du Massachussetts Institute of Technology — auquel Cavalcanti était attaché comme chercheur —, mais aussi ceux de diverses entreprises de Boston et des environs : constructions navales, appareillages électriques...

... et banques.

Pas n'importe quelle banque. Cette banque où Cavalcanti choisit — crut réellement choisir — d'amener ses protégés avait l'essentiel de ses dépôts assurés par un groupe fédéral d'assurances. Et surtout son jeune chef programmeur, Luque, était diplômé de l'Université du Nouveau-Mexique. Pour Cavalcanti, ce fut pur hasard si Luque et le petit Gil étaient tous deux originaires du même état et parlaient également l'espagnol.

Cavalcanti trouva normal que trois ou quatre des Jeunes Génies, dont Gil, reviennent régulièrement rendre visite à Luque, même en dehors des cours.

Il ne fut pas davantage surpris que l'ordinateur de Luque et celui de la Fondation puissent utiliser exactement le même type de bandes magnétiques et d'encodeurs, pour la production du *software*, c'est-à-dire du logiciel, autrement dit les programmes qui disent à un crétin d'ordinateur sur quoi et comment il doit travailler.

De sorte que ni Cavalcanti ni Luque ne s'étonnèrent de voir les Jeunes Génies transporter des disquettes IBM. Ils en prirent l'habitude. Ils étaient amusés, même flattés de voir les « gosses » manifester autant d'intérêt pour leur spécialité. Luque confia à Cavalcanti :

« Je me régale à les voir faire. Ces mômes sont super-doués. Est-ce que tu te rends compte qu'ils sont presque arrivés à écrire des programmes de gestion des comptes courants ? A quelques erreurs près, je n'aurais pas fait mieux. »

Gil, lui, expliqua, de sa voix étouffée :

« J'ai volontairement commis des erreurs, c'était nécessaire mais pas essentiel. L'essentiel était d'accéder aux programmes de Luque. Je connais maintenant les codes secrets d'accès, les clefs de contrôle, les procédures de validation. Luque ne s'est rendu compte de rien. Cavalcanti non plus. »

Liza lui demanda :

« Et ça veut dire quoi ?

— Que je peux modifier à volonté tous les programmes », répondit tristement le petit Gil.

L'opération se développa et s'acheva ainsi :

Gil fit entrer dans la bibliothèque de programmes de Luque, à l'insu de ce dernier, cent soixante et un noms, prénoms, adresses, situations de clients fictifs.

L'assembleur Fortran en mémoire centrale exécuta aussitôt les ordres reçus : les 161 clients fictifs figurèrent sur la liste des demandeurs de cartes de crédit.

Les services habituels reçurent cette liste et l'adressèrent normalement à la compagnie de South Boston ordinairement chargée de la fabrication des cartes, la Dewey Business Machines Corporation. Gravées, les 161 cartes, toujours mêlées à des dizaines de milliers d'autres, revinrent à la banque dont le service expédition, réglé par ordinateur, assura l'acheminement par courrier postal.

Les 161 cartes portaient des noms différents. Mais elles avaient pourtant des points communs : les clients fictifs n'avaient indiqué en tout et pour tout que sept adresses, toutes dans Boston. Ces sept adresses correspondaient à des appartements uniformément situés dans de grands immeubles, et dont la location avait été faite par correspondance auprès d'agences immobilières différentes.

Tout l'argent de poche de Wes Cavendish, dont le père était banquier, y était passé.

Chacun des Sept, répartis à une adresse différente, guettèrent les distributions postales. A la tournée de dix-sept heures, ils interceptèrent une première volée de trente et quelques cartes. Ils en récupérèrent soixante autres le lendemain matin, le solde dans l'après-midi.

Pas tout à fait le solde : pour diverses raisons, vols, pertes ou impossibilité circonstancielle d'accéder aux boîtes à lettres, huit cartes furent perdues.

Cette éventualité avait été prévue : Gil retourna parler du Nouveau-Mexique avec Luque et, sous prétexte d'aider l'informaticien, lança le programme d'annulation des comptes des huit clients fictifs dont les cartes n'avaient pu être récupérées.

Les Sept détinrent alors cent cinquante-trois cartes de crédit.

Ils les utilisèrent le samedi et le dimanche suivants. Ils s'attaquèrent aux distributeurs automatiques de billets, spécialement créés pour les titulaires de cartes ayant besoin de liquide aux heures de fermeture des banques. A ces distributeurs, les retraits étaient plafonnés à cent dollars par carte. Gil n'avait rien pu faire contre cette disposition. En revanche, tous les distributeurs étaient reliés à l'ordinateur central de la banque; et celui-ci, en l'absence de tout contrôle humain, était seul habilité à autoriser ou à refuser les retraits, en fonction de la situation du titulaire de la carte. Là, Gil avait pu intervenir : dans le programme gérant les comptes clients, s'agissant des distributeurs automatiques, il avait inséré un ordre prescrivant de ne pas signaler les débits des cent cinquante-trois cartes utilisées.

De sorte qu'au cours de ce week-end les Sept purent utiliser chaque carte sur huit distributeurs différents, sur le parcours Harvard-centre de Boston.

Compte tenu de ce que, à dix-sept reprises, pour des raisons bêtement techniques, les distributeurs refusèrent de fonctionner, les Sept se trouvèrent, le dimanche soir, en possession de 120 700 dollars.

En billets de dix dollars.

Ils brûlèrent les cartes dans l'incinérateur de leur collège. Et le lendemain, à la première heure, dans le cadre du cours normal d'informatique, revenu dans le service de Luque, Gil effectua en sens inverse l'échange qu'il avait effectué dix jours plus tôt, troquant son programme personnel contre celui, originel, de Luque.

Sans oublier d'effacer toutes les traces de son intervention, y compris sa propre instruction d'effacement général.

Ordre que cette imbécile de machine exécuta docilement.

Des 120 700 dollars ainsi recueillis, les Sept déduisirent leurs frais (les sommes versées pour la location des sept appartements).

Ils mirent ensuite à part le huitième de ce qui restait, soit 14 387 dollars et 31 *cents*.

Ils les placèrent dans une enveloppe dont ils s'amusèrent à barrer le coin supérieur gauche de deux petits traits rouges, et à l'intérieur de laquelle ils écrivirent en lettres capitales : « PART DE PRISE RÉSERVÉE A M. JAMES DAVID FARRAR : UN HUITIÈME DU BUTIN. »

Sans signature.

La lettre arriva le lundi après-midi chez Emerson Thwaites, qui était absent. L'Etrangleuse, elle, était là, occupée à faire le ménage avec une vigueur à ce point féroce qu'on aurait pu croire qu'elle ambitionnait de tout détruire.

L'Etrangleuse apporta la lettre à Ann.

« Pour M. Farrar. »

La double barre rouge attira l'œil d'Ann.

« Et c'est marqué *Personnel*, ajouta l'Etrangleuse avec sévérité.

— J'ai vu », répondit Ann.

Elle ne se serait pas permis de décacheter l'enveloppe, de toute façon.

Mais elle fut tentée de le faire.

« Merci d'être venue si vite, dit Ann à Mélanie Killian.

— J'étais à New York, ce n'est pas si loin de Boston, et ce dîner pouvait attendre un autre jour. »

Mélanie regarda autour d'elle, puis, par l'enfilade des portes ouvertes, examina le couple d'adolescents, à deux pièces de là, garçon et fille debout et immobiles. Mélanie demanda :

« Qui est-ce? Leurs têtes me disent quelque chose.

— Deux des Jeunes Génies. Jimbo leur a demandé de passer le voir.

— Et où est Jimbo?

— En haut. Il va descendre. »

A nouveau, coup d'œil curieux de Mélanie tout autour d'elle.

« Nous sommes chez Emerson Thwaites, expliqua Ann. Il enseigne l'histoire à Harvard et aux Jeunes Génies. C'est l'ancien beau-père de Jimbo, qui habite ici à l'occasion... »

Ann continua de parler, accumulant les détails sur le rapprochement entre Jimbo et Thwaites. Mais ses yeux revenaient constamment sur le couple d'adolescents, attendant toujours, à quelques pas.

« Ann. »

Mélanie s'assit.

« Ann, pendant trois ans, à Radcliffe, nous avons partagé la même chambre, les mêmes fringues, les mêmes jules. Aujourd'hui, je suis à New York, tu m'appelles et tu me dis : « Ce n'est pas urgent mais je voudrais te voir. » Je laisse tout tomber, je saute dans un avion et j'arrive. Parce que, s'il y a quelqu'un au monde pour qui j'ai de l'affection, c'est toi. J'ai pour toi seule plus d'affection que je n'en ai eu pour tous mes maris réunis, les pauvres diables. Que se passe-t-il, Ann ? Jimbo ? »

Ann se releva et alla remettre dans l'alignement un des livres de la bibliothèque.

« C'est donc Jimbo, reprit Mélanie. Le sexe, ce n'est pas ton genre d'en parler. Tu as toujours été discrète, pas comme moi. Bon. Ce n'est pas ça, c'est autre chose... »

Bruit de pas dans l'escalier : Jimbo descendait.

« Il s'agit sans doute de ces sales mômes que Jimbo ne veut pas lâcher. Et tu appelles Mélanie Killian « le grand patron qui tranche », pas Mélanie « la vieille copine de régiment »...

— Les deux », dit Ann.

N'ayant sans doute même pas vu Mélanie, leur tournant le dos, Jimbo allait directement vers le couple d'adolescents. *Et il tenait dans une main l'enveloppe à la double barre rouge.*

« Qu'attends-tu de moi, Ann ? »

Jimbo, toujours de dos, avait maintenant l'air de parler au jeune couple.

« Tu veux que je dise à Jimbo que c'est fini, qu'il doit mettre fin à ces aller et retour entre Boston et le Colorado ? C'est ce que tu veux ?

— Je ne sais pas », dit Ann.

Mélanie se leva à son tour et vint se placer dans l'enfilade des portes, de façon à apercevoir Jimbo et les adolescents.

« Ann, il ne se passe pratiquement pas de jour

sans que Martha ne revienne à la charge avec les mêmes mots : « Farrar doit s'occuper uniquement « de ce pour quoi nous le payons. Sa place est à « Colorado Springs, pas à Harvard. » Et Martha a raison. Mais tu m'as demandé de laisser faire Jimbo, d'accepter ce partage de son temps. Tu me l'as demandé, oui ou non ?

— Oui.

— Et tu as changé d'avis ? »

Jimbo et les deux jeunes gens disparurent. Bruit de la porte d'entrée qui s'ouvrait et se refermait. Ann s'approcha de la fenêtre. Dehors, on venait d'allumer les réverbères, le jour déclinait.

« Je ne sais plus ce que je veux », dit Ann.

Dans la rue, Jimbo parlait, penché en avant. Il semblait essayer de convaincre ses interlocuteurs, sans succès. Le regard d'Ann s'attacha à la fille aux cheveux blonds, qui était d'une miraculeuse beauté.

Mélanie :

« Ça ne pourra pas durer, de toute façon, Ann. Nous avons investi des millions dans nos affaires d'informatique. Avec Jimbo Farrar, nous possédons le meilleur spécialiste d'Amérique, et peut-être du monde. Dieu sait que j'ai de l'affection pour vous deux, et je suis prête à passer à Jimbo pas mal de fantaisies. C'est un génie, et je suppose qu'il faut s'accommoder des excentricités des génies. Mais jusqu'à un certain point... »

Dehors, Jimbo tendait l'enveloppe au garçon et à la fille, les incitant manifestement à la prendre. Mais aucun des jeunes gens n'esquissa le moindre geste. Ils se contentaient de le regarder en souriant. Leurs yeux pourtant, à tous deux, dans la pénombre grandissante, avaient une acuité anormale. Un inexplicable sentiment de peur et de

151

colère envahit Ann. « J'en ai assez. Toute cette histoire a suffisamment duré. »

« Ann, écoute-moi s'il te plaît. Tu as entendu ce que j'ai dit ?

— J'ai entendu.

— Je peux parler à Jimbo. Je peux lui annoncer qu'il a jusqu'à la fin du trimestre mais après, terminé ! Il devra choisir. Son travail chez nous avec Fozzy, ou jouer les profs ici. »

Dehors, toujours, Jimbo tapotait la paume de son immense main avec le tranchant de l'enveloppe. Ann ne voyait son mari que de profil, mais elle pouvait lire sur son visage une expression qu'elle n'y avait jamais vue, marquée par une crispation des mâchoires et une dureté dans le dessin des lèvres.

« A présent, je n'ai plus beaucoup de temps. Mon avion m'attend, je dois rentrer à New York. Que diable fait ton mari ?

— Il revient. »

Mais Jimbo ne bougeait pas. Les deux jeunes gens venaient à l'instant de se détourner. Se tenant par la main, ils longeaient les façades en brique rouge de Marlborough Street.

« Oui ou non, Ann ? Pour l'instant, c'est encore de toi que ça dépend. J'ai résisté à Martha à cause de toi ; dans une moindre mesure à cause de Jimbo. Donne-moi le feu vert et je lui dis de rentrer dans le Colorado. Et il devra céder. »

Jimbo toujours immobile, figé, baissait la tête en contemplant l'enveloppe dont il n'était pas parvenu à se dessaisir.

« Oui, dit Ann fermement. Dis-lui de rentrer. »

« Que ce soit clair », dit Mélanie avec autorité.

Et il fut évident qu'elle s'adressait autant à Ann qu'à Jimbo :

« Je n'ai pris ma décision qu'au nom des seuls intérêts de Killian. J'en ai longuement discuté avec Doug Mackenzie.

— Tu en as également parlé à Martha Oesterlé, remarqua doucement Jimbo.

— J'en ai parlé à Martha. Mais je n'aurais pas eu besoin de le faire. Nous connaissons tous son opinion sur le sujet : Jimbo, ta place est à Colorado Springs, devant Fozzy. Et cette navette incessante, chaque semaine, est une folie. Surtout depuis que nous avons décroché ce contrat avec le gouvernement. »

Mélanie se tut, déconcertée par la nervosité qu'elle devinait dans l'air, sans en saisir la raison. Elle jeta un coup d'œil en direction d'Ann mais celle-ci lui tournait le dos, paraissant s'absorber dans le spectacle de la rue. Mélanie reprit :

« Bon, parlons net. Malgré l'insistance de Mackenzie... »

Jimbo sourit à nouveau, ses yeux bleus emplis d'innocence et de douceur :

« Et d'Oesterlé... »

Mélanie acquiesça :

« ... de Mackenzie et d'Oesterlé, j'ai décidé que tu finirais le trimestre que tu as commencé à Harvard. Mais je souhaiterais que tu sois à ton poste à Springs le 2 janvier, Jimbo. Et définitivement. Et à plein temps. Plus d'aller et retour. »

Silence.

« Comment s'appelle cet autre professeur d'informatique dont Martha m'a parlé, qui pourrait prendre ta place ? Celui du MIT ?

— Cavalcanti.

— J'ai interrogé Sonnerfeld et Wagenknecht à son sujet. Tous deux pensent qu'il est bon.

— Il est mieux que bon, il est remarquable », dit Jimbo avec gentillesse.

Ann se détourna brusquement de la fenêtre et, sans un mot d'explication, quitta le salon. Ils l'entendirent monter à l'étage.

Un temps.

« Mon Dieu, dit Mélanie, je souhaiterais que ton foutu Fozzy n'ait jamais rien signalé! Toute cette affaire m'agace.

— Je comprends, dit Jimbo.

— J'aime beaucoup Ann, Jimbo. Je vous aime bien tous les deux. »

Jimbo s'approcha de Mélanie, se courba et l'embrassa sur les lèvres.

Elle lui rendit son baiser, s'écarta.

« Que se passe-t-il exactement, Jimbo? »

Elle hésita :

« Les Sept? »

Il secoua la tête :

« Les Sept n'existent pas. Nous n'allons pas en reparler pendant des années. Ce n'était qu'une blague. »

Il entra dans la chambre. Ann s'y trouvait, occupée, pliant des vêtements dans une valise.

Silence.

Il s'assit sur le lit, la regardant.

Elle leva les yeux sur lui, demanda avec une très légère note d'agressivité dans la voix :

« Tu vas rentrer au Colorado? »

Son immense main se déplaça alors très lentement, toucha sa hanche, la caressa. Elle céda à ses longs doigts et se rapprocha de lui.

Il l'amena sur ses genoux. Elle se mit à pleurer très doucement, sans le moindre bruit, pelotonnée entre ses bras de géant.

Il lui dit :

« Je t'aime. »

4

Liza pense :

« Je déteste cette femme qui est la sienne.

« Et ça n'a pas de sens.

« Je me reproche cette animosité et presque cette haine que j'éprouve à son égard. Jalouse !

« Le savoir et le comprendre est une chose. Effacer ce sentiment en est une autre. Ce corps qui est le mien a ses réactions propres, que je ne parviens pas toujours à maîtriser. »

...

« Il a voulu nous rendre l'argent dans l'enveloppe barrée de rouge. J'en ai eu honte pour lui. C'est là que j'ai mesuré ce qui nous sépare, lui et nous. N'importe lequel d'entre nous aurait deviné ce que nous allions répondre, Wes et moi, quand il nous a tendu l'enveloppe : " Quel argent ? Qu'est-ce que c'est que cet argent ? D'où vient-il ? Pourquoi nous en parler, à nous ? Et nous vous aurions envoyé quatorze mille et quelques dollars ? Mais où les aurions-nous pris ? Nous ne sommes que des enfants. Nous n'avons même pas le droit d'ouvrir un compte en banque. Et cet argent qu'on vous a envoyé serait le huitième d'un butin ? Voyons un peu, quatorze mille et environ quatre cents dollars multipliés par huit, font environ cent quinze mille dollars. Nous aurions eu entre nos mains cent quinze mille dollars ? "

« Il m'a déçue. Il n'est pas aussi intelligent que je le pensais, ou alors il se laisse trop influencer par ses sentiments. Le résultat est le même.

« Il m'a déçue. Je suis bien obligée de le reconnaître.

« Même si j'ai envie de lui ouvrir mon ventre. »

...

« Celui qui, parmi nous, a eu l'idée de lui tendre ce piège, celui-là avait raison. »

...

« Reste à savoir comment le piège va fonctionner, à présent. Que va faire l'Homme-Montagne ? Nous dénoncer ? Il doit quand même se douter que ça ne servirait pas à grand-chose.

« Pas de preuves.

« Et il le sait.

« Mais il y a autre chose, que Wes, moi et tous les autres, avons senti.

« Nous le fascinons.

« Pas seulement à cause de notre intelligence : mais parce qu'il a en lui, mille fois plus que tous les autres hommes, quelque chose de l'enfance qui est resté. Comme une lumière qu'on a oublié d'éteindre dans une maison vide.

« De ce point de vue-là, il nous ressemble.

« Que va-t-il faire ?

« Il se taira sur le vol que nous avons commis, j'en suis sûre.

« Mais après ? »

Ensuite, les Sept volèrent cent et quelques millions de dollars.

Et le premier sang coula.

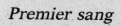

Premier sang

VOLER cent et quelques millions de dollars sans se faire remarquer n'est pas une mince affaire.

Les voler, déjà, présente des difficultés, parce qu'il n'existe aucun endroit où se trouve réunie une telle somme, sauf à Fort Knox pour l'or, à Washington où sont imprimés les dollars en billets, et à Denver, Philadelphie et San Francisco, où sont frappées les pièces. Et, en admettant qu'on réussisse à s'emparer de cent et quelques millions dans l'un de ces endroits, le vol sera sans doute rapidement découvert. On saura comment il a été commis, et par qui. Et il n'y a pas tellement de pays qui refusent d'extrader des voleurs.

Les Sept connaissaient le moyen de voler cent et quelques millions de dollars sans que rien fût remarqué, sans avoir besoin de courir ni avant ni après le vol, sans le moindre risque d'être identifiés.

Sans quitter leur collège de Harvard.

Ils auraient pu voler bien plus que cent millions et quelques. Mais cent et quelques millions leur suffisaient pour ce qu'ils avaient à faire.

Ils ne volèrent ni de l'or, ni des billets, moins encore des pièces, et pas davantage des diamants. Rien d'aussi voyant.

Ils volèrent des valeurs mobilières.

C'est-à-dire des titres négociables représentant des droits d'associés dans des sociétés comme la General Motors, International Business Machine ou American Telegraph & Telephone, soit des droits de créanciers susceptibles de valoir des revenus à leurs détenteurs. En un mot des actions et des obligations.

Autrefois, quand on détenait des titres boursiers dans son portefeuille, on se voyait remettre par les agents de change ou les banquiers de jolis certificats, enluminés, gravés en lettres d'or avec des jambages admirables sur vélin de un centimètre d'épaisseur. Aujourd'hui, à la place, des états informatiques.

Crachés par des ordinateurs qui, par exemple, pour le seul New York Stock Exchange de Wall Street — l'une des quatorze bourses de valeurs existant aux Etats-Unis — gèrent environ 630 milliards de dollars en titres.

A lui seul, l'un de ces ordinateurs enferme douze milliards de dollars de valeurs négociables. Il se trouve dans les sous-sols férocement gardés d'une banque d'investissement de William Street, à Manhattan, New York. Dans sa mémoire, 117 millions de titres différents. Et, pour chacun de ces derniers, l'ordinateur peut indiquer le nom et les références codées des propriétaires légitimes, les codes des agents de change et intermédiaires — brokers, dealers, spécialistes et odd lot dealers — intervenus en tant que membres accrédités du New York Stock Exchange, les modalités et les dates des opérations ayant entraîné tous les transferts.

Il est le seul à pouvoir le faire, et en quelques secondes. Ou alors cela prendrait des mois et des mois à une armée de comptables — et encore on peut parier à coup sûr qu'ils se ficheraient dedans pas mal de fois.

Il contient notamment onze pour cent des 287 millions d'actions ordinaires émises par la General Motors, douze pour cent des trois millions d'actionnaires d'American Telegraph & Telephone, près de dix pour cent des actionnaires d'International Business Machine.

C'est à cet ordinateur-là, dans William Street, que les Sept avaient décidé de s'attaquer.

Jack Kerner considéra le groupe des huit adolescents. Il savait trois choses à leur sujet : le stage que ces gosses devaient faire dans son service avait été approuvé par Charles S. Hawks, le grand patron, qui était un ami personnel d'un banquier de Boston nommé Cavendish; ces mômes apprenaient l'informatique avec Jimbo Farrar, dont il avait entendu parler, et avec un autre informaticien, Cavalcanti, qu'il connaissait personnellement; ces morveux étaient paraît-il des surdoués, élèves d'un collège créé par la Fondation Killian.

En outre, Kerner connaissait leurs noms : Wes Cavendish, Joyce Singleton, Frank Myers, Richard Sussman, Jodie Lewinsohn, Jack Getchell, Harry Bright, Gil « Geronimo » Yepes.

Jack Kerner était chef programmeur, du Module de gestion des entrées/sorties, le MGES, un programme destiné à contrôler les entrées et les sorties des données, en détectant les erreurs et en les corrigeant.

A la fin du premier jour du stage, il remarqua le plus petit et le plus discret du groupe, celui qui se tenait toujours derrière les autres. Il lui demanda :

« Gil, tu as compris ce qu'est le MGES ? »

Le mince visage basané revêtit l'expression panique du jeune élève qui ne connaît pas la réponse à la question que le maître lui pose.

Gil Geronimo ouvrit de grands yeux affolés.

« Pas très bien, répondit-il dans un souffle », rendu presque aphone par la timidité.

Du moins c'était l'impression qu'il donnait.

Kerner lui tapota amicalement la tête.

« Je vais te le réexpliquer, fils. »

Pas un instant il ne soupçonna ce qui se cachait derrière le miroir sans tain des grands yeux noirs apeurés de Gil Geronimo Yepes : un cerveau capable de deviner, d'enregistrer et de mettre aussitôt en mémoire des centaines de programmes et des milliers d'instructions. Et, mieux que cela, ayant percé les codes d'accès, capable de concevoir et d'exécuter le branchement qui allait permettre d'établir, à distance, le contact avec la mémoire centrale de l'ordinateur de William Street.

Ensuite, grâce à un simple télétype et un appareil téléphonique à touches, depuis le petit laboratoire de Harvard, à trois cents kilomètres de là, il lui serait facile de puiser à volonté dans cette mémoire et d'en modifier à son gré les instructions.

Ce qui techniquement est tout à fait possible.

La preuve.

2

Emerson Thwaites reposa délicatement sur une étagère un cavalier portant un étendard bigarré et dit à Jimbo :

« C'est une bien curieuse question. »

Ses doux yeux de porcelaine couraient sur les soldats. Il sourit :

« Ann m'a posé une question identique à sa dernière visite.

— Identique ? »

Emerson Thwaites parlait, marchait, travaillait, vivait dans un calme absolu. Il avait la foi la plus ferme dans la mauvaise foi définitive de l'humanité en général, et néanmoins aimait l'humanité en général.

Jimbo avait dix ans quand Thwaites épousa sa mère et il était déjà plus grand que son beau-père. Ce qui n'avait pas arrangé les choses, dès leur première rencontre, lorsque sa mère lui avait dit : « Et te voilà avec un nouveau papa, mon chéri. » Jimbo cassa quelques bibelots çà et là, sur sa lancée, juste avant de partir bouder dans sa nouvelle chambre.

« Identique aux mots près », dit Thwaites.

Il prit, avec des délicatesses de tailleur de diamant, une figurine faite d'un alliage de plomb et de métal précieux qui représentait dans les moindres détails un Foot Guard, grenadier anglais de 1740, reconnaissable notamment à sa mitre.

« Une mitre ; savez-vous pourquoi ? »

Jimbo sourit : non.

« Les autres unités ordinaires portaient le tricorne, expliqua Thwaites. Mais ces soldats-là avaient pour mission de lancer des grenades. D'où leur nom. Et les bords saillants du tricorne auraient pu gêner leur mouvement. On les coiffa donc de mitres, et, un peu plus tard, de bonnets à poils, dont l'absence d'aspérités ne risquait pas d'entraver le mouvement de leurs bras, à l'instant du lancer. »

Le très pacifique professeur de Columbia, puis de Harvard, mima un grenadier projetant son engin de mort :

« Comme ceci.

— Tout s'éclaire, dit Jimbo.

— Vous noterez, reprit Thwaites avec une imperturbable courtoisie, une anomalie héraldique dans le bas de cette mitre : le cheval de la Maison de Hanovre est blanc sur fond bleu, alors qu'un fond rouge eût été plus réglementaire.

— Je me posais justement la question, dit Jimbo. Ce détail me préoccupait. »

Un silence amical, qui n'était plus très loin de l'affection, descendit sur eux. Avec un soin infini, Emerson Thwaites reposa le Foot Guard, qui reprit sa place au cœur de l'armée multicolore. Six à sept mille fantassins et cavaliers bivouaquaient dans la longue pièce du troisième étage; les uns sur des tables, d'autres sur d'innombrables étagères. Cette collection était depuis cinquante ans la passion de Thwaites et, depuis la mort de la mère de Jimbo, son seul amour.

« Et maintenant, dit Thwaites, la réponse à votre question. C'est une réponse de l'historien que je suis. Il y a d'autres exemples d'enfants promus, par un caprice de l'Histoire, à de hautes responsabilités et mis en mesure de donner libre cours à leur nature. Je pourrais mentionner les jeunes adeptes d'Andreas Baader, ou les jeunes

166

tueurs des Brigades rouges italiennes. Ce serait s'écarter un peu, très peu en vérité, de notre sujet. Non, je vous citerai trois exemples fournis par l'Histoire : Savonarole à Florence, vers 1495, qui livra sa ville aux enfants, Mao en Chine qui donna le pouvoir aux Gardes rouges, le Cambodge plus récemment, qui arma ses adolescents. Dans les trois cas... »

Il se mit à marcher à petits pas paisibles, passant en revue une ligne ininterrompue de cavaliers chamarrés, tous différents, chacun haut d'à peu près vingt centimètres.

« ... Dans les trois cas, on délégua aux enfants l'autorité, sous le prétexte qu'ils étaient plus purs que les adultes. »

Il passa devant des timbaliers et des trompettes, des cornettes de chevau-légers, s'immobilisa devant un Mousquetaire gris, français, de 1663.

« Dans les trois cas, l'horreur, James. Tout s'est toujours passé comme si, s'agissant de cruauté, les enfants pouvaient de très loin surpasser les adultes, quand l'occasion leur en est donnée. Ce qui, Dieu merci, n'arrive pas souvent. Voilà les enseignements de l'Histoire. Cela répond-il à votre question ?

— Oui. »

Un temps.

« Jimbo, je crois profondément, sincèrement, définitivement, à la cruauté naturelle de l'être humain. Je crois que la sympathie, l'amitié, l'affection, l'amour ne sont que des réactions de défense, qui nous font désespérément rechercher un soutien, une protection contre nous-mêmes et contre les autres. Et je crois que les enfants, parce qu'ils sont plus près de l'état de nature, sont donc incomparablement plus aptes à la cruauté. D'où le

nécessaire dressage que la société, qu'elle soit hot-
tentote ou presbytérienne, leur fait subir.

— Et Hitler était un enfant », dit Jimbo en souriant.

Emerson Thwaites écarta ses mains potelées.

« Quel dressage est efficace à cent pour cent ?
On ne se méfie jamais assez de ce qui reste en
nous de notre enfance. »

Il contempla sa collection avec un air de satisfaction profonde. Il allongea la main et caressa la
crinière du cheval pommelé du Mousquetaire gris.

« Savonarole, Mao, les Khmers rouges : à chaque fois, un fanatisme. Mais aujourd'hui ? »

Silence.

Il se retourna et regarda Jimbo Farrar assis
près de la cheminée de pierre, dans un fauteuil
William and Mary. « Il ne répondra pas », pensa
Thwaites. Pas plus qu'Ann ne m'a vraiment
répondu.

Et pourtant Thwaites connaissait la réponse à
sa propre question : le fanatisme de tous ou partie
de ces gamins baptisés Jeunes Génies était né du
sentiment de leur supériorité extrême sur le com-
mun des mortels.

Thwaites lui-même, qui leur enseignait l'Histoire, avait une fois au moins éprouvé au contact
de certains d'entre eux le sentiment très diffus de
quelque chose d'anormal.

Anormal, sans plus de précisions.

Quelque chose qui semblait avoir provoqué une
très fine fêlure entre Ann et Jimbo Farrar. Il
voyait mal comment intervenir à supposer qu'il en
eût le goût. Ce qui n'était pas le cas. *Parce que
James Jimbo Farrar t'impressionne. Tu le sais. Tu
as toujours un peu peur de lui, après tant d'années.*

D'ailleurs, James Jimbo allait rentrer au Colorado, quitter Harvard, interrompre cette navette stupide.

Il saisit avec tendresse le Mousquetaire gris. Il le porta sur la table où étaient ses pinceaux et ses minuscules pots de peinture. La couleur de l'une des bottes du cavalier avait besoin d'être ravivée.

Il s'assit. Pendant qu'il peignait, sa main gauche soutenait sa main droite, pour éviter le moindre tremblement qui eût été catastrophique.

Ce fut à peine s'il entendit Jimbo partir.

Emerson Thwaites était un homme serein.

S'il discerna, à ce moment de l'histoire, le danger qui approchait, il est probable qu'il l'ait délibérément ignoré.

3

Des Sept, il est le plus dangereux. Et il pense :

« Le moment est venu de tuer quelqu'un.

« Peu importe qui.

« Quelqu'un. »

La haine formidable qu'il a accumulée pendant tant d'années, cette haine d'une inimaginable férocité, ne saurait se satisfaire d'un vol. Même d'un vol de cent et quelques millions de dollars.

« Enfantillages. Dans lesquels nous finirions, nous les Sept, par nous affadir, en perdant de notre élan et de notre force. Il n'y a pas d'autre choix que d'aller plus loin. Et ils me suivront : nous nous aimons.

« Aller plus loin, c'est tuer. »

Il dresse une liste de noms.

Sans ordre de préférence.

En tête : Emerson Thwaites. « Pour cette sérénité qui lui fait croire qu'il est supérieur. »

Puis Mélanie Killian.

Il inscrit ensuite le nom de Fitzroy Jenkins. « Malgré son incroyable médiocrité. »

Et, naturellement, celui de Martha Oesterlé.

Son choix ne se discute pas.

...

Ann Farrar et ses enfants.

« Pour le plaisir »

...

Il inscrit encore le nom de Doug Mackenzie, adjoint de Mélanie Killian, et qui dirige avec Oesterlé la Killian Incorporated.

...

Il hésite puis se décide tout de même à écrire en lettres capitales : JAMES DAVID FARRAR.

Un temps. Il suce son stylo.

NON.

Pourtant, ce serait rompre à jamais avec le passé, trancher le cordon ombilical.

« Mais tous ne voudront pas. »

Il barre le nom de Jimbo.

...

En attendant les grandes manœuvres.

Ce n'est même plus l'impatience qui le brûle maintenant, c'est une fièvre ardente : pouvoir enfin donner libre cours à la Colère. Contre le monde entier qui est ce qu'il est, inacceptable.

Il froisse le papier sur lequel il a établi sa liste

et y met le feu. De la même allumette, il s'allume un joint de marijuana.

4

Le vendredi, dans le petit laboratoire que la Fondation avait fait aménager pour les Jeunes Génies, Gil « Geronimo » Yepes mit en route le télétype. Il actionna l'appareil téléphonique à touches. Il composa le code secret d'accès à la mémoire centrale de l'ordinateur de William Street. Il était neuf heures quarante du soir.

Vingt secondes plus tard, le télétype commença à imprimer les premières lignes : nom et références du propriétaire des valeurs mobilières, codes des banques et agents de change ayant opéré les transactions, date et modalités de ces transactions.

Gil avait demandé à l'ordinateur une première sélection, basée sur deux critères : d'abord ne retenir que des valeurs de premier ordre (IBM, Royal Dutch, Hoffman La Roche, ATT, General Electric, Imperial Chemical, Exxon, etc.) ensuite n'expédier que le contenu des portefeuilles stables, de placement.

« Ça va quand même prendre un temps fou », remarqua Guthrie Cole.

Gil ne broncha pas.

« Environ quatorze heures, dit Hari.

— La nuit ne suffira pas.

— Nous reprendrons dans la nuit de samedi à dimanche. »

C'est pour cette raison d'abord qu'ils avaient

choisi d'opérer pendant le week-end. Les autres jours, ils avaient des cours de bonne heure.

Liza demanda :

« Et si un gardien ou un informaticien pénètre dans la salle à New York pendant la transmission et s'étonne de voir l'ordinateur fonctionner en pleine nuit ? »

Guthrie Cole, Wes, Hari, et Liza elle-même, interrogèrent Gil du regard. Le petit Chicano tourna lentement la tête et ses grands yeux noirs, pour une fois, s'éclairèrent d'un sourire timide. Il expliqua :

« J'ai donné, entre autres, un ordre à l'ordinateur : il cesse de transmettre à la seconde où une lumière s'allume dans le sous-sol de la banque. »

Ce qui se produisit à deux reprises. Une première fois à minuit et trois minutes, puis vers quatre heures du matin.

« Le gardien fait ses rondes, sans doute », commenta Lee.

Chaque fois l'interruption fut de courte durée : entre quatre-vingts et cent cinquante secondes.

Après lesquelles le télétype se remit en route, accumulant des kilomètres de liste. Elle devait en fin de compte, selon les calculs de Wes, fournir une plate-forme de vingt-six millions d'actions (valeur approximative, à cent dollars près : dix-neuf milliards de dollars).

Vingt-six millions sélectionnées parmi les 117 millions de valeurs mobilières enfermées dans la mémoire d'un crétin d'ordinateur à trois cents kilomètres de là.

Les jours suivants, les Sept opérèrent un nouveau tri.

Ils repérèrent les portefeuilles stables, dont les détenteurs n'avaient réalisé aucune transaction au cours des vingt-quatre mois précédents. Ces portefeuilles-là appartenaient à des gens ne recherchant pas la spéculation mais bien plutôt le placement. Cela limitait les possibilités d'ordres de vente, et donc le risque que soient rapidement découverts les transferts.

Ils connaissaient les conclusions d'un récent rapport du comité d'enquêtes du Sénat, communiqué à la plupart des grandes banques, dont celle du père de Wes Cavendish à Boston. D'après ces conclusions, les risques que soient découverts des vols sont nuls dans les quatre mois qui les suivent; ils sont de 2 à 6 % entre quatre et neuf mois après le vol, de 11 % entre neuf et onze mois, de 21 % de 11 à 24 mois, de 89 % au-delà de deux ans.

Le tri prit un peu moins d'une semaine aux Sept. Cinq d'entre eux seulement l'effectuèrent, en l'occurrence Wes, Liza, Lee, Sammy et Guthrie Cole.

Gil et Hari dans le même temps préparèrent et écrivirent le programme de transfert.

Autrement dit le mécanisme même du vol.

Les Sept décidèrent de le commettre le plus tôt possible. Sitôt que serait achevée ce qu'ils avaient appelé l'opération Tolliver.

5

Une fois de plus, Jimbo prit l'avion entre Boston et Denver. Il retrouva sa voiture à l'aéroport Stapleton, prit la route de Colorado Springs et se rendit directement au centre de recherches Killian.

Une heure plus tard :

« Fozzy ?

— Oui, mec.

— Ça va ?

— Ça va.

— Je ne sais pas quoi faire, Fozzy. »

Silence. Sur le visage de Jimbo des reflets de lumière multicolores se succédaient, dus aux clignotements incessants de Fozzy.

Il gardait les yeux sur l'un des écrans cathodiques où s'inscrivaient régulièrement les opérations de contrôle qu'une autre partie du cerveau de Fozzy était en train de conduire. Ce contrôle concernait la fabrication, en Californie, de microprocesseurs, derniers investissements en date de l'empire Killian. Fozzy n'intervenait pas dans la fabrication elle-même. Son seul travail consistait à vérifier le bon fonctionnement des infinitésimaux circuits intégrés gravés sur de microscopiques lamelles de silicium et, le cas échéant, de les rejeter pour défectuosité.

« Tu m'as entendu, Fozzy ?

— Cinq sur cinq, mec. »

La voix de Fozzy était alors celle de Jack Lemmon, déguisé en femme, dans *Some like it hot*.

« Fozzy, je n'ai pas encore annoncé aux Sept

que j'allais les quitter. Demande-moi ce qui va se passer quand je les abandonnerai.

— Que va-t-il se passer quand tu les abandonne-ras ?

— Du vilain, Fozzy. Et je me fais du souci.

— Vu », dit Fozzy.

Une troisième partie du cerveau de Fozzy — pas celle qui répondait à Jimbo ni celle qui contrôlait la fabrication des microprocesseurs — effectuait pour le compte d'une société californienne de constructions aéronautiques des calculs qui auraient pris douze cents ans à une armée de mathématiciens. Et Fozzy devait fournir les résultats de ces calculs le lendemain.

Il était huit heures du soir moins sept minutes. « Un-neuf-cinq-trois » pour Fozzy.

« Je me fais du souci, reprit Jimbo. Ils sont capables de tout, Fozzy. De tout. Ils ont commis un premier vol, ils vont probablement en commettre un second. Mais ils ne s'en tiendront pas là. Demande-moi pourquoi ?

— Pourquoi, mec ?

— A cause de leur haine et de leur mépris pour l'humanité tout entière. A cause de l'agression dont ils ont été victimes le jour où ils ont été réunis pour la première fois. Mais ça n'a été qu'un révélateur. Tu sais ce qu'est un révélateur, Fozzy ?

— Chimiquement parlant... » commença Fozzy. Jimbo le coupa :

« Pas question de chimie. Je parle au figuré.

— Pas de programmation au figuré », annonça Fozzy.

Jimbo hocha la tête. Il jeta un coup d'œil sur la partie de Fozzy effectuant les calculs pour les Californiens. Tout allait bien. Fozzy avait même quarante secondes d'avance sur le programme établi

par Ernie Sonnerfeld. Ce qui n'était pas normal :
« Ernie s'est encore trompé. Je lui en parlerai
demain. » Jimbo :

« Fozzy, note à Ernie. Texte à communiquer
par imprimante : « Ernie, tu t'es gouré de qua-
« rante secondes. Terminé. »

— Noté », dit Fozzy.

Jimbo changea de travée et marcha sur quelques mètres pour voir où en était le quatrième
programme que Fozzy exécutait ce soir-là. Ce programme était confidentiel : une expérience de
transmissions de données à très haute vitesse,
non par câble mais par satellite. Entre Fozzy et un
autre ordinateur, se trouvant en Floride.

« Clef Six code Sidney, dit Jimbo à Fozzy. Tout
va bien avec ton copain de Floride ?

— Au poil, mec. Sauf qu'il est con comme un
balai, mon copain de Floride. »

Jimbo sourit. Il continua de marcher. Un peu
plus loin, le cinquième programme de Fozzy était
en cours. Celui-là était ultra-top-secret. Des recherches pour le compte du département de la
Défense. Nom de code : Roarke.

« Fozzy, clef 678, code Umbrella. Tu en es où ? »

Tellement ultra-top-secret qu'en dehors de
Jimbo seuls Tom Wagenknecht et Ernie Sonnerfeld avaient été autorisés à y travailler.

« Ça boum, répondit Fozzy. Mais faut le
temps. »

Jimbo s'assit à même le sol, allongea ses jambes, posa sa nuque contre l'une des consoles de
Fozzy.

« Ils vont tuer des gens, Fozzy. Tôt ou tard. »

Jimbo tourna la tête; une partie de son visage
vint au contact de Fozzy. Il ferma les yeux, fatigué.

« Fozzy, j'essaie seulement de comprendre. Pas facile.

— Tu n'es pas seul, dit Fozzy avec la grosse voix de Lee Marvin. Je suis là, mec.

— Je sais. »

Un temps.

« D'abord, ce que Emerson Thwaites a dit sur les jeunes. Leur besoin d'absolu, leur impatience, leur désespoir. Tout ça, Fozzy. Et la cruauté naturelle. Et ce moment d'éternité où on n'est plus un enfant et pas encore un adulte. Le moment dangereux, Fozzy.

— Mais tu es un adulte. »

Jimbo sourit :

« Personne n'est tout à fait un adulte. Heureusement. »

Il bâilla, décidément très fatigué.

« Les Sept sont des adolescents, Fozzy. Ils sont dans le moment d'éternité, en plein dedans. Et le monde qu'on leur offre les met très en colère, Fozzy. »

Le téléphone se mit à sonner. Jimbo ne réagit pas.

« Téléphone, dit Fozzy.

— Laisse ! »

Un temps.

« Je les ai réunis, Fozzy. Sacré risque que j'ai pris là. Parce que je crois que leurs colères ne se sont pas simplement additionnées : elles se sont multipliées les unes les autres. Et ça me fout la trouille. »

La sonnerie du téléphone retentit à nouveau. Jimbo n'y prêta pas davantage d'attention.

« Peut-être que je délire complètement, Fozzy. Peut-être que je suis fou.

— Jimbo pas fou, dit Fozzy. Jimbo pas fou, Jimbo pas fou, Jimbo pas fou, Jimbo...

— STOP ! »

Un temps.

« - Merci quand même, Fozzy.

— Pas de quoi, mec. »

La sonnerie s'interrompit.

« Qui pourrait les arrêter à présent, Fozzy ? Peut-être même pas moi. Si je leur parle, ils vont me regarder en souriant, comme des enfants ordinaires. Ils sont bien plus intelligents que moi, ils devinent ce que je pense, et ce que je pourrais faire. »

Pour la troisième fois, le téléphone.

« Ils me fascinent, Fozzy. Je suis peut-être l'un d'eux. Ils l'ont compris. Et ils s'en servent.

— Huit-zéro-zéro-zéro p.m., autrement dit huit heures pétantes, dit Fozzy, parlant toujours comme Lee Marvin. Programme Calcul terminé, programme Floride terminé, programme Usine interrompu. »

Le téléphone cette fois insistait, sonnant toujours. Jimbo se leva, alla décrocher l'un des récepteurs muraux et, sans prendre le temps d'identifier la voix qui l'appelait, dit :

« J'ai fini, Ann. Je rentre. »

6

A ce moment de l'histoire, Herbie Tolliver était déjà entré dans l'orbite des Sept.

Depuis trente-quatre jours, quand il avait reçu la lettre et le paquet.

Il ouvrit l'une et l'autre.

Dans le paquet, il trouva vingt-cinq mille dollars en billets usagés de dix dollars.

Quant à la lettre dactylographiée, non signée, parfaitement anonyme, elle lui disait très précisément comment il allait gagner un million et cent mille dollars moins les frais, et ce que l'on attendait de lui.

Qui était Herbie Tolliver?

Herbert George Tolliver. Né à Portland, Maine. Vingt-sept ans. Etudes banales de droit et de comptabilité. Pas de quoi grimper aux rideaux pour l'intelligence, mais quand même malin. Se jugeant même plus malin qu'il ne l'était vraiment. Premier emploi dans une banque de sa ville natale. Ne s'en était pas contenté. Avait assez rapidement atteint ce qu'il avait considéré comme le premier échelon de son irrésistible ascension vers la fortune. Avait décroché un poste à Boston dans la Banque Cavendish, au service des Prêts Personnels. Y avait passé trois ans, à la satisfaction générale — la sienne surtout. Jusqu'à ce jour où on avait découvert comment il falsifiait les dossiers de prêts, en échange de dessous-de-table. Sur-le-champ foutu à la porte. Et par le vieux Henry Cavendish en personne, descendu de son Olympe. Et en présence de témoins, qui plus était : des mômes d'une Fondation bidon, effectuant une visite de la banque sous la conduite d'un de leurs profs, un grand escogriffe dans les deux mètres. Sale moment pour Herbie. Les meilleures choses ont une fin, avait pensé Herbie. Etait parti pour New York. Avec son enthousiasme intact. Et dix-huit mille dollars d'économies. Avec dix-huit mille dollars, on pouvait attendre et voir. Avait attendu sans rien voir. Avait commencé à se poser des questions sur son avenir...

Vingt-cinq mille dollars en billets de dix dollars et une lettre.

Il relut la lettre toute une soirée. Il connaissait suffisamment le droit et les procédures bancaires pour savoir que rien de ce que l'on exigeait de lui n'était véritablement illégal.

Aucune loi n'interdisait de faire ce que la lettre lui demandait : *Vous mènerez deux opérations distinctes. Premièrement, vous ouvrirez des comptes bancaires dans les banques (liste ci-jointe). A chaque fois vous utiliserez une identité différente (liste des pseudonymes — dans l'ordre — ci-jointe). A chaque fois vous préviendrez la banque que désormais vous ne communiquerez plus avec elle que par écrit, avec utilisation d'un nom de code convenu (liste ci-jointe).*

Deuxièmement, vous établirez un contact avec différents agents de change (liste ci-jointe). A chacun d'eux, vous vous présenterez sous une identité différente (liste des pseudonymes ci-jointe). A chacun d'eux, vous annoncerez votre intention d'utiliser ses services pour une ou plusieurs transactions concernant des valeurs mobilières. Vous spécifierez qu'ils recevront désormais vos instructions uniquement par lettre portant mention d'un code convenu (liste des codes à utiliser ci-jointe).

Respectez scrupuleusement l'ordre des listes. Vous noterez que les banques sont numérotées de 1 à 325, et les agents de change de 400 à 613.

Rien de tout cela n'était véritablement illégal

mais un Bantou aurait deviné que ça n'allait pas tarder à le devenir.

La lettre disait encore :

Vous pouvez prendre ces vingt-cinq mille dollars et ficher le camp. Vous seriez un foutu imbécile de le faire. Vous vous attireriez des ennuis. Et cela vous empêcherait de toucher un million soixante-quinze mille dollars supplémentaires.

Et, en guise de post-scriptum :

Vous recevrez demain soir samedi, à six heures, un coup de téléphone. Ne dites rien d'autre que oui ou non.

Herbie préleva au hasard une douzaine parmi les deux mille cinq cents billets de dix dollars. Il alla les montrer à deux caissiers de banque :

« Je me trompe, ou ils sont faux ?

— Ils sont tout à fait authentiques. »

« Herbie, rends-toi compte : un million de dollars ! »

Seul (petit) point noir : ce que la lettre appelait pudiquement « des ennuis ».

Mais qui diable a jamais gagné un million de dollars sans problèmes ?

Le lendemain soir, à six heures pile, le téléphone sonna. Herbie décrocha. Silence.

« Allô ? » dit Herbie.

Un temps. Il perçut le bruit d'une respiration, très calme. Il comprit. Il dit précipitamment :

« Ma réponse est oui. Je ferai tout. Point par point et dans l'ordre. Vous pouvez compter sur... »

On raccrocha sans un mot. Il fut impressionné.

Il se mit en piste. Il respecta scrupuleusement les instructions données par la lettre. Rien qu'à

New York, il se présenta à 68 agents de change et ouvrit 79 comptes bancaires, sous cent quarante-sept identités différentes. Mais pas une fois sous le nom de Tolliver.

Exactement, comme la lettre le lui prescrivait.

Six jours plus tard, nouvelle lettre, identique à la première, et nouveau paquet, contenant encore deux mille cinq cents billets de dix dollars.

Pour vos frais.

Il suivit fidèlement les ordres reçus. Il prit l'avion, l'avion, l'avion, et des voitures de location à n'en plus finir. Son périple le mena dans plus de vingt villes importantes des Etats-Unis et du Canada avant de revenir à New York.

Chemin faisant, il avait contacté 145 nouveaux agents de change et ouvert 246 nouveaux comptes bancaires, sous autant d'identités différentes.

Avec New York, il épingla à son tableau de chasse 213 agents de change et 325 comptes bancaires. Sur chaque compte, il avait versé dix dollars; à chaque fois, il convint avec le banquier concerné d'un code secret — un mot — pour la correspondance à venir.

Herbie n'eut même pas besoin de se préoccuper des réservations auprès des compagnies aériennes, des hôtels, des agences de location de voiture. « On » s'en était chargé pour lui, avec une effarante minutie. Les règlements avaient été effectués en liquide, auprès d'une agence de voyage new-yorkaise, elle-même contactée par lettre dactylographiée.

Façon sans doute de lui faire comprendre — ou d'achever de le persuader — qu'on avait tout prévu, tout minuté, et qu'on le tenait à l'œil.

Il en était persuadé.

Herbie s'était interrogé sur la signification de cet étrange marché. Une chose lui apparaissait comme certaine : l'auteur des lettres préparait un coup énorme, et ce coup portait sur des valeurs mobilières. Il ne savait strictement rien d'autre.

Naturellement enclin à l'escroquerie, Herbie avait tenté mille fois de découvrir un moyen de profiter de la situation. En vain. Dans le meilleur des cas, il était trop tôt pour agir. Et d'ailleurs, voler quoi ? Les dix dollars qu'il avait versés à 325 reprises pour ouvrir les comptes bancaires ?

Grotesque.

Les valeurs mobilières qui sans doute allaient arriver chez les agents de change ? Mais quand allaient-elles arriver ? « Imaginons que je fasse le malin. Que je reprenne contact — par écrit et avec le code convenu — avec l'un des 213 agents de change. Qu'est-ce que je vais bien pouvoir lui demander ? Où en est la transaction ? Mais je ne sais même pas de quelle transaction il s'agit : Vente ou achat ? Actions ou obligations ? Emises par qui ? Venant d'où ? Ce que je risque, c'est de donner l'éveil. »

Dangereux.

A force de réfléchir, Herbie en était arrivé au moins à une conclusion : l'auteur des lettres avait pu imaginer de multiplier délibérément les agents de change et les comptes bancaires et de n'utiliser qu'un petit nombre d'entre eux. Ou un seul. Une chance sur deux cent treize, une sur trois cent vingt-cinq.

« Il est assez vicieux pour ça. »

Herbie rentra à New York un mercredi, au terme de son périple. Il trouva chez lui la troisième lettre et le troisième paquet de vingt-cinq mille dollars...

... Et son unique espoir d'identifier l'auteur des lettres s'envola.

Jusque-là, ses contacts avec « lui » s'étaient limités à un courrier et à un coup de téléphone où seul Herbie avait parlé. A présent il n'allait plus recevoir, mais expédier. Et il attendait ce moment avec impatience. Il devait expédier les numéros de compte que lui avaient attribués, sous ses 528 noms, les banques et les agents de change. Numéros qu'il était le seul à connaître. « Il faudra bien qu'ils me donnent une adresse. J'aurais un premier indice. »

La troisième lettre :

Ci-joint cinquante adresses. A chacune d'elles, vous expédierez une liste complète — sans erreur — des numéros de compte. Vous posterez les cinquante lettres en même temps.

Herbie éclata de rire : « L'enfant de salaud ! il a pensé à tout ! »

La lettre accompagnée de cinquante fiches, toutes identiques, ne portait rien d'autre que les numéros d'ordre des banques (de 1 à 325) et des agents de change (de 400 à 613) :

Inscrivez à la suite les numéros de compte. Aucune autre indication. Et pas d'erreur.

Ce qu'il fit, cinquante fois de suite, vérifiant méticuleusement tout ce qu'il écrivait.

Il considéra le résultat de son labeur et réalisa à quel point le procédé était diabolique. Ainsi la banque de Los Angeles où il avait ouvert un compte sous le nom de Frank J. Cassidy, où le banquier lui avait affecté un numéro de compte courant ordinaire, plus un code secret chiffré. Tout cela reporté sur n'importe laquelle des cinquante fiches donnait : 321 (numéro d'ordre de la banque dans la liste fournie par la première des lettres), puis 165 746 X (numéro de compte ordinaire) puis 628 HZ 628.

Soit mis bout à bout sans explications : 321 165 746 X 628 HZ 628.

« A rendre fou n'importe quel décrypteur. Strictement incompréhensible à n'importe qui d'autre que lui et moi. Il peut évidemment se permettre de laisser se perdre quarante-neuf des cinquante lettres ! »

Il les envoya le lendemain matin. Les adresses étaient celles de cinquante boîtes postales dans cinquante villes des Etats-Unis, une par Etat, d'Albuquerque (Nouveau-Mexique) à Wichita (Kansas).

Dix jours s'écoulèrent.

La quatrième lettre arriva le samedi matin :

Vous recevrez un paquet par porteur spécial, dans la soirée. Vous partirez demain pour Nassau, afin d'y toucher le million et les vingt-cinq mille dollars qui vous reviennent. Merci de votre aide. Cette lettre est la dernière.

On frappa à sa porte vers sept heures trente. Il ouvrit, s'étonna de découvrir le corridor sans lumière. Il eut l'impression que le porteur spécial avait une taille de géant. Il avança la main vers le paquet qu'on lui tendait. Il allait en prendre possession quand le paquet tomba. Il se baissa pour le ramasser.

On le retrouva mort. Sur le trottoir, devant l'immeuble qu'il habitait, dans South Brooklyn. On ne remarqua rien de particulier dans sa chambre.

Sauf si l'on tient pour particulier sept billets de dix dollars usagés, pliés ensemble.

7

L'une des cinquante lettres postées par Herbie Tolliver arriva à la poste centrale de Boston.

Elle fut récupérée par Lee, qui la passa à Sammy à la faveur d'un attroupement. Sammy la remit à Wes, par le truchement des toilettes d'une cafétéria. Wes la confia à Liza, qui la transmit à Hari.

Toutes manœuvres rigoureusement inutiles, mais qui eurent le mérite de les amuser énormément.

La lettre parvint à Gil.

Dans la nuit du vendredi 20 au samedi 21, à dix heures cinq, Gil rétablit le contact — par le téléphone à touches et le télétype — avec l'ordinateur de William Street.

L'opération commença.

Après avoir localisé la mémoire de l'ordinateur, ils avaient fait en sorte d'en obtenir les codes d'accès.

Ensuite, ils avaient choisi les valeurs qu'ils

allaient voler, parce qu'elles étaient aisément négociables.

Dans la nuit du 20 au 21 octobre, Gil commanda à l'ordinateur de William Street d'effectuer les transferts sur cent six des comptes ouverts par Herbie Tolliver chez des agents de change.

Cette partie de l'opération fut précédée par l'envoi de cent six lettres, dûment codées, par lesquelles les agents de change apprirent que leur nouveau client venait de procéder à sa première transaction.

Bien entendu, les agents de change, par leurs propres terminaux, interrogèrent l'ordinateur de William Street pour demander confirmation. Ils l'obtinrent. Dès lors, les *investment-bankers* furent en mesure d'exécuter tous les ordres qu'ils recevaient.

La phase que les Sept avaient baptisée le Premier Eparpillement commença. A partir de la première plate-forme de cent six courtiers, ils expédièrent une nouvelle vague d'ordres écrits et codés, faisant transiter les valeurs volées par quatre-vingt-dix-sept autres maisons de courtage.

Celles-ci reçurent une troisième vague d'ordres de deux sortes : soit le client demandait la liquidation de son portefeuille (c'est-à-dire la vente pure et simple des titres), soit il sollicitait un prêt sur titres.

La manœuvre des Sept, étalée sur plusieurs jours, ne pouvait que passer inaperçue : elle portait sur des titres très diversifiés et sur de nombreux clients.

Dès la fin du premier transfert, Gil avait fait effacer à l'ordinateur de William Street toutes traces de transaction.

Liza, Guthrie et Sammy prirent le relais pour le

Deuxième Eparpillement, plus complexe que le premier.

Là, c'est bel et bien de l'argent qui transiterait sur cent trente-trois comptes bancaires, un peu partout à travers les Etats-Unis. Il fallait fractionner les sommes et les faire virer sur cent soixante et onze autres comptes, et sous des identités différentes.

Une dernière fois, l'argent repartit, à destination de comptes qui n'avaient pas encore été utilisés : il y en avait dix-sept.

Le résultat apparut dans toute sa splendeur environ trois semaines plus tard, au terme des deux dernières phases imaginées par Wes et Hari : utiliser l'argent obtenu pour racheter des valeurs, puis revendre celles-ci. Enfin faire virer la totalité des sommes recueillies sur les comptes de Nassau, Bahamas; soit, toutes commissions déduites et tous frais acquittés, la somme de 96 millions de dollars.

Pas exactement 96 millions. Le chiffre fut en réalité de 96 millions, un dollar et soixante-quatre *cents*.

Ce dollar et ces soixante-quatre *cents* étant le résultat d'une erreur de calcul, et la preuve que les Sept n'étaient pas infaillibles.

Ils auraient préféré tomber juste.

« Hallay, dit l'homme. Paul Hallay. C'est moi qui ai appelé. Mme Farrar m'a dit de descendre vous rejoindre. »

Il trouvait le moyen d'avoir le front bas et de porter en même temps le menton haut. Il regarda autour de lui avec curiosité. Son regard passa sur les trains avec indifférence, se fixa sur une boule de poils énorme.

« Mon chien, expliqua Jimbo. Il s'appelle Ben Jonson. Il est timide. Il fait ça chaque fois qu'il y a quelqu'un qu'il ne connaît pas. »

Jimbo s'agenouilla devant le tableau de commande, guettant le train qui allait surgir.

« Vous avez bien quelque chose pour me prouver votre identité ? » demanda Hallay.

Jimbo réussit à trouver son permis de conduire et le tendit.

« C'est que la somme est tellement importante, vous comprenez », expliqua Hallay.

Le rapide Tokyo-Buenos Aires passa en trombe. Jimbo avait attendu la toute dernière seconde pour manœuvrer l'aiguillage.

« Monsieur Farrar, les versements ont été effectués par dix-sept banques différentes, le même jour. »

Jusque-là à genoux, Jimbo se mit à quatre pattes. Le Tokyo-Buenos Aires venait d'entrer en gare, mais un autre train était encore en mouvement, réplique exacte du Train à Grande Vitesse que les chemins de fer français allaient mettre en service sur Paris-Lyon. Jimbo ferma les yeux :

« Le montant total ?

— De tous les versements ? »

Jimbo acquiesça. Le TGV approchait, la voie spéciale vibrait légèrement. Il apparut, roulant à une allure folle, se ruant sur sa ligne droite au travers d'un décor de vignobles.

« Douze millions de dollars, répondit Hallay. Douze millions et dix-neuf *cents*. »

Un petit klaxon hurla. Le train passa, effleurant les cils de Jimbo.

« Douze millions de dollars sur un compte courant, ce n'est pas banal », dit Hallay.

Jimbo hocha la tête. Il se releva.

« Ma banque pourrait préparer un plan de placements et d'investissements, suggéra Hallay. Je m'en occuperais personnellement.

— Allez-vous-en, je vous prie », dit Jimbo avec douceur.

Hallay partit. Ben Jonson pointa sa grosse truffe noire à l'air libre, constata que l'intrus avait cédé le terrain et se déplia.

« Imbécile ! dit Jimbo. Grand imbécile. »

Ce mardi-là, il quitta Denver en fin de matinée, arriva à Boston via New York. Il fut au collège de la Fondation un peu avant quatre heures.

Dans une des salles de classe du rez-de-chaussée, Emerson Thwaites donnait un cours. Il était en train de parler de la guerre civile d'Espagne, de Durruti et de l'assassinat du cardinal Soldevila. Jimbo s'immobilisa sur le seuil de la porte. Thwaites lui sourit :

« Vous vouliez me parler ?

— Rien qui ne puisse attendre », répondit Jimbo.

Parmi les huit élèves assistant au cours de l'historien, il y avait Eli Rainier et Lee. Jimbo repartit.

Wes et Hari, avec six de leurs camarades, se trouvaient dans une salle voisine, en compagnie d'un ancien secrétaire d'Etat qui, deux heures par semaine et à prix d'or, leur dispensait des cours d'économie politique.

Gil et Guthrie Cole, dans une troisième salle et au sein d'un autre groupe, alignaient des équations sur de grands tableaux noirs.

Jimbo jeta encore un coup d'œil sur deux autres pièces puis descendit au sous-sol, dans le laboratoire de chimie.

Il en manque un. Sammy.

Jimbo monta.

Le petit Sammy était dans la chambre qu'il partageait avec Gil. Allongé à plat ventre sur un des lits, il lisait, grignotant du chocolat.

A l'entrée de Jimbo, il ne bougea pas la tête. Il ne réagit pas davantage quand Jimbo vint au pied du lit.

Silence.

Jimbo regarda autour de lui. C'était la première fois qu'il pénétrait dans les chambres des Sept, la première fois qu'il rencontrait, depuis longtemps, l'un des Sept autrement qu'à l'occasion des cours d'informatique du mardi et du mercredi matin. Dans la chambre de Gil et Sammy, Jimbo vit ce qu'on voyait chez n'importe quel étudiant. Un gant de base-ball accroché à la tête de lit, des posters de John Lennon, Bette Midler, du basketteur Kareem Abdul Jabbar, de Bogart. Une grande photo en noir et blanc d'un endroit qui devait être au Nouveau-Mexique et une autre représentant le

Yankee Stadium, dans le Bronx. Et quelques livres. Jimbo s'inclina pour en lire les titres. Aucun roman, et, à l'exception de trois ou quatre albums des Peanuts, de quelques numéros de « Mad », l'essentiel de la bibliothèque était technique : une demi-douzaine d'ouvrages sur l'informatique, dont il avait lui-même conseillé la lecture; le Feigenbaum & Feldman, les deux Simon, une pile de numéros de la revue « Electronics », et, naturellement le Gattinger & Marks.

Le regard de Jimbo revint sur le garçon, qui semblait absorbé par sa lecture.

« Je sais, dit-il, votre défense, c'est ça : apparaître comme des gosses ordinaires. Et vous ne commettez jamais d'erreur. Jamais. »

Un temps. Le petit Sammy posa tranquillement son livre et se retourna sur un coude. Sourit :

« Oh! monsieur Farrar, je ne vous avais pas entendu entrer.

— Pas vrai », dit simplement Jimbo.

Il s'assit, sur l'autre lit, celui de Gil. De là, il put découvrir le titre du livre que lisait Sammy à son arrivée.

Ou qu'il faisait semblant de lire. Il savait que j'allais venir.

« Handbuch der experimentellen Pharmakologie. »

Et en allemand.

Sammy, de son grand sourire d'enfant gai et espiègle :

« Du yiddish à l'allemand, ce n'est pas si difficile. Toute ma famille parle yiddish, vous savez. »

Il était là, face à Jimbo, et il était difficile d'imaginer que ce gosse ait pu, avec des complices de son âge, voler huit fois douze millions de dollars sans pratiquement mettre le nez hors du collège.

« Au total, demanda Jimbo, vous avez piqué combien ? »

Quelle question dingue !

Les yeux noirs s'emplirent de surprise :

« Piqué ?

— Combien de millions de dollars avez-vous volés ? »

Un temps.

Le regard du garçon partit vers l'une des fenêtres.

« Je ne comprends vraiment pas votre question, dit très calmement Sammy. Qui a volé quoi ? »

Il se releva et s'assit sur le lit. Son petit index dessinait des spirales sur la couverture. Etaient-ce des neuf ou des six, ou alors rien que des spirales ?

« Vraiment pas, dit encore Sammy. Est-ce qu'un vol a été commis dans l'école ? Et vous feriez une enquête, c'est ça ?

— Je plaisantais », dit Jimbo.

Il se dressa et marcha dans la chambre.

Un temps.

« Je m'en vais, dit-il. Je quitte Harvard pour rentrer au Colorado. »

Il se retourna et guetta intensément quelque chose dans les yeux de son jeune interlocuteur.

Rien. Sammy plaça un signet dans son livre, alla ranger celui-ci sur une étagère. Demanda, le dos tourné :

« Et qui vous remplacera ?

— Cavalcanti, à plein temps. »

Sammy hocha gentiment la tête.

« Nous connaissions la nouvelle depuis quelques jours. Mais nous sommes désolés de votre départ. Vous étiez l'un de nos professeurs préférés, avec M. Thwaites. Est-ce que... »

Sammy sourit en haussant un peu les épaules, comme pour se faire pardonner l'indiscrétion de sa question :

« Est-ce que la décision vient de vous ?

— Non », dit fermement Jimbo.

Il fixait Sammy dans les yeux et la différence de taille entre eux touchait au grotesque. Il dit brusquement, comme si les mots lui échappaient malgré lui :

« Je voudrais vous voir et vous parler. Tous ensemble. Liza, Guthrie Cole, Wes, Lee, Hari, Gil et toi. Rien que vous et moi. Ce soir, je serai dans le labo d'informatique à partir de huit heures. »

Sammy soutenait son regard.

« Sammy, j'attendrai le temps qu'il faudra. Toute la nuit s'il le faut. Je voudrais que vous veniez, vous, les Sept. »

Deux secondes. Puis cinq. Un temps extraordinairement long quand on attend. Et puis Sammy, écarquillant ses yeux noirs, interrogea :

« Les sept quoi ? »

9

Quand elle était de passage à Boston, Martha Oesterlé descendait au Lenox, sur Copley Square, dans le quartier neuf de Prudential Center. Elle y avait ses habitudes depuis des années. Ses habitudes et presque sa légende : réuni en assemblée générale, le petit personnel de l'hôtel l'avait élue La Cliente La Plus Emmerdante Du Siècle.

Parce que, pour les siècles précédents, il manquait d'éléments de comparaison.

Elle surgit à neuf heures. Dévisagea l'un des réceptionnistes avec son air habituel, c'est-à-dire en donnant l'impression qu'elle le haïssait mortellement :

« J'espère que mon appartement est prêt ?

— Il l'est », se hâta de dire le portier.

Il eut le malheur d'ajouter :

« Comme toujours.

— Ne dites pas stupidement « comme toujours ». Il y a neuf ans, le 7 avril à la même heure, vous vous étiez trompé. Vous m'aviez donné le 324. Vous vous étiez trompé d'un étage. Alors ne dites pas stupidement « comme toujours », s'il vous plaît. Ma clef. »

Elle entra dans l'appartement et en referma la porte à clef derrière elle, après avoir accroché la pancarte : « Ne pas déranger. » L'appartement se composait d'une entrée spacieuse, d'un grand salon partiellement aménagé en bureau, d'une chambre à coucher et d'une salle de bain. Elle pénétra dans le salon et déposa sur la table sa mallette. Elle l'ouvrit, en retira les dossiers qu'elle avait l'intention d'étudier durant la soirée, les disposa méthodiquement dans l'ordre même où elle comptait les aborder. Elle rangea, exactement parallèles, les trois stylos à encre violette. Elle ôta le manteau de demi-saison qu'elle portait par-dessus son tailleur. « Une douche et ensuite je me mettrai au travail. »

Mais d'abord téléphoner à Fitzroy Jenkins pour savoir s'il avait pu joindre Farrar et fixer à ce dernier un rendez-vous pour le lendemain. Elle appela sans succès le numéro de New York sur la ligne directe. Incroyable ! Depuis près de vingt ans que Jenkins était son adjoint, c'était la première fois qu'il manquait à l'appel.

Elle refit le numéro trois fois de suite.

Sans plus de résultat...

... Partagée entre sa fureur et un étrange sentiment de malaise, qui provenait sans doute de ce que l'appartement était surchauffé.

Une histoire de climatisation.

Donc, engueuler la réception.

Alors elle vit ses mains bouger indépendamment d'elle. Ses mains balayèrent les dossiers sur le plateau de la table, les expédièrent au sol. Sans violence aucune, au contraire avec douceur, et chaque dossier après l'autre.

Elle tituba. Pensa : « Simple malaise, dû à cette chaleur insensée. » Elle revint à Jenkins, à son incroyable manquement : « Je lui ai dit : joignez Farrar à Colorado Springs et dites-lui que je me rendrai personnellement à Boston pour le rencontrer. Faites-le. Quant à vous, je vous appellerai chez vous à New York entre neuf heures et neuf heures quinze. Et vous me rendrez compte. Je le lui ai dit, clair et net. Et il n'est pas chez lui ! »

Pour la cinquième fois, elle voulut appeler New York. Mais ses mains ne lui obéirent pas davantage : au lieu d'aller vers le téléphone, sa main droite ramassa les trois stylos à plume d'or et les planta carrément dans le bois de la table.

« Ce foutu Jenkins a intérêt à avoir une bonne excuse... »

Elle tituba pour la deuxième fois.

« Une bonne excuse, une bonne excuse, une bonne excuse », se répéta son cerveau.

Le plancher s'inclina soudain et l'expédia contre un mur. Au passage, elle renversa une petite table supportant une lampe. Mais elle parvint à rester debout : « De l'eau. La salle de bain. »

Miraculeusement, elle se retrouva devant la

porte ouverte de la chambre et la franchit. Dans la seconde suivante, un nouveau mouvement brutal du plancher la précipita en avant, sur le lit, où elle tomba, le visage contre le couvre-pied, incapable de contrôler le moindre de ses mouvements.

« Une bonne excuse, le p'tit salaud... »

La chambre jusque-là obscure s'éclaira soudain. Et Martha Oesterlé découvrit qu'elle n'était pas seule, pas plus dans la chambre que sur le lit. Sa vision n'était pas normale, depuis déjà plusieurs secondes : elle n'y voyait plus que par saccades, par flashes successifs.

Mais elle finit tout de même par reconnaître Fitzroy Jenkins couché à côté d'elle.

Fitzroy Jenkins, entièrement nu et vivant.

Bien vivant même.

Pas d'erreur possible.

Jimbo était arrivé avant le départ de l'escouade des femmes de ménage qui, chaque soir, entre sept et huit, nettoyaient salles de classes et laboratoires du sous-sol. L'une d'elles avait entendu dire qu'il partait. Et Jimbo avait répondu : « Oui, c'est vrai, je m'en vais, je quitte Harvard. Je suis juste venu ranger quelques affaires. »

Il se mit au travail dès qu'il fut seul, vérifiant le contenu de chaque disquette de l'ordinateur, de tous les enregistrements, de tous les programmes qui se trouvaient dans les armoires métalliques. Il recherchait la plus infime trace de l'opération par laquelle les Sept avaient volé quatre-vingt-seize millions de dollars.

Et, dans le même temps, il gardait un œil sur la pendule murale, guettant l'éventuelle approche des Sept, venant au rendez-vous qu'il leur avait fixé.

Rien.

A neuf heures — au moment où Martha Oesterlé pénétrait dans l'hôtel Lenox à Boston, à quelques kilomètres de là — il y eut un bruit de pas. Mais un homme seul entra, le gardien, qui s'appelait Cobb.

« Oh! ce n'est que vous, monsieur Farrar!

— Ce n'est pas l'heure de votre ronde.

— Quelqu'un, l'un des gosses je crois, a téléphoné pour m'avertir qu'il y avait de la lumière dans les laboratoires. »

Jimbo dégagea la disquette qu'il venait de vérifier et chargea la suivante. Il lui en restait encore six à contrôler.

« Quel gosse? »

Cobb haussa les épaules.

« Un gosse. Un de ces Jeunes Génies, comme on les appelle. Je ne sais pas lequel. Certains ont déjà des voix d'homme. »

Jimbo retira ses grandes mains du clavier.

« Que vous a-t-il dit exactement?

— Qu'il était au moins neuf heures du soir et qu'il n'était pas normal qu'il y ait quelqu'un dans les labos en pleine nuit. »

Jimbo sourit à Cobb :

« Vous voilà rassuré, à présent.

— C'est sûr », dit Cobb, qui aimait bien Jimbo et lui rendit son sourire.

Il finit par s'en aller. Jimbo ne bougea pas tout de suite, en appui sur ses bras comme quelqu'un qui s'apprête à exécuter un exercice de culture physique. Il se redressa pourtant. Se massa le visage et surtout les globes oculaires avec l'extrémité de ses longs doigts...

... Naturellement, l'hypothèse que l'un des élèves ait alerté Cobb était vraisemblable.

« Mais tu ne le crois pas, Jimbo. Tu penses qu'il y a une autre explication.

« Tu penses qu'ils veulent te faire comprendre quelque chose... »

L'idée fulgura : « *Ou t'assurer un alibi.* »

Utilisant le traditionnel téléphone mural, il rappela Cobb :

« Est-ce que des élèves sont sortis, ce soir ?

— Oui, dit Cobb. Des tas.

— Un lundi soir ? Alors qu'ils ont des cours le lendemain ? »

Rire de Cobb. Mais le lendemain était le General Election Day, jour férié. Ça n'arrivait que tous les quatre ans. Ils étaient sortis par petits groupes, les uns pour aller au cinéma, d'autres à une exposition ou à un concert au Hynes Auditorium, au Prudential Center.

« Rentreront vers onze heures, sans doute. C'est l'heure limite fixée par Miss Oesterlé. »

Jimbo remercia, raccrocha. Revint à l'ordinateur, qui continuait la lecture du contenu des disquettes. Et celles-ci ne contenaient rien d'autre que les programmes utilisés pour l'enseignement.

« *Il y a trois choses que tu sais parfaitement, Jimbo.*

« La première est que les Sept ont utilisé cet ordinateur — par le biais d'un télétype et d'un téléphone à touches — pour mener à terme toute l'opération du vol des cent et quelques millions de dollars. Cent et quelques parce que, pour tomber sur un chiffre rond de 96 — huit fois douze —, il avait nécessairement fallu partir d'une somme plus importante. Les Sept l'ont fait, et ils n'ont sûrement laissé aucune trace. Les Sept ne feraient pas ce genre d'erreur. Les Sept ne font jamais d'erreur, en aucun domaine. Et tu peux passer des heures et des mois à examiner à la loupe chacun de ces enregistrements, tu ne trouveras rien. La vérité est que huit personnes au monde savent pour l'instant que cet argent a été volé, par qui et comment. Les Sept et toi. Et tu as reçu ta part de douze millions. Ça, c'est le premier point, Jimbo.

« La deuxième est que les Sept ne viendront pas à ton rendez-vous.

« Tu attends pour rien. Tu le sais.

« *Tu l'as toujours su.* »

Il consulta sa montre comme s'il n'avait pas confiance dans la pendule : presque dix heures. Il s'assit, face à l'écran où défilait un programme de gestion des mouvements d'avion au sol dans un aéroport-type. Il respirait l'odeur familière de machine. Se sentait seul et abandonné.

Restait la troisième chose.

Depuis un bon bout de temps, il tentait de la refouler, essayait en vain de l'enfouir au plus profond de sa foutue mémoire. Mais elle remontait à la surface, surgissait à nouveau, l'envahissait.

« D'accord, Jimbo, laisse venir la troisième chose.

« Tu n'as jamais été capable d'empêcher ta saloperie de cerveau de faire ce dont il avait envie, de toute façon. Trop intelligent pour toi.

« Laisse-la venir occuper le devant de la scène. Examine-la scientifiquement, froidement.

« La troisième chose que tu sais, Jimbo, c'est que les Sept, en ce moment même, viennent brusquement de modifier la cadence. Rupture de rythme, tout change, on diverge.

« Jimbo, les Sept ne sont plus seulement des gosses super-super-doués, avec des cerveaux formidables capables de ridiculiser n'importe qui, capables de voler cent millions de dollars comme un rien, sans le moindre risque d'être pris, ou d'apprendre le mongol en trois ou quatre jours.

« Examine ça scientifiquement et froidement, Jimbo :

« Les Sept sont en train de tuer.

« Et tu devines même qui. »

Martha Oesterlé, allongée sur le dos depuis des heures, gémissait doucement. Ses yeux étaient grands ouverts et, en un sens, elle était tout à fait consciente. En un sens seulement : elle ne distinguait plus la chambre que par fragments. Un peu comme si on lui avait mis sous les yeux des dizaines de clichés, chacun reproduisant seulement un détail du décor. Et Martha Oesterlé ne parvenait pas à rassembler tous ces clichés et à les mettre en ordre. Impossible de tout relier pour en faire un ensemble cohérent. Sa vision était éclatée comme un miroir brisé. Combien y avait-il de silhouettes marchant sans bruit dans la chambre, autour du lit ? Trois ? Deux ? Ou bien toujours la même, se déplaçant ?

Et dans tous les cas sacrément grande.

Elle se souvenait... Des mains gantées l'avaient mise nue, l'avaient sans violence obligée à se coucher sur le dos, à écarter les cuisses, à accepter que le corps nu de Fitzroy Jenkins vînt se coucher sur le sien.

Elle avait été pénétrée par l'homme.

Elle gémit et voulut à nouveau se redresser. Un instant plus tôt — une heure plus tôt ? — lorsqu'elle avait esquissé un mouvement identique, les mains gantées l'en avaient empêchée, faisant doucement pression sur ses gros seins lourds. Mais cette fois, au contraire, les mains gantées l'aidèrent à s'asseoir. A lui seul, ce changement de position fit affluer une série nouvelle de sensations, toujours fragmentées : la salle de bain éclairée, le bruit de l'eau coulant dans la baignoire, son propre corps entièrement nu avec ses hanches d'homme et ses gros seins lourds. Et le corps également nu de Jenkins, allongé à côté d'elle; le visage hébégé de Jenkins, souriant dans le vide; les silhouettes étrangement masquées circulant autour du lit.

L'objet qu'on plaça dans sa main...

... Le stylet extrêmement acéré et effilé que depuis des années et des années elle transportait dans sa mallette. Son stylet à elle, qui lui avait été offert par le vieux Killian.

Les mains gantées l'amenèrent à resserrer ses doigts autour du manche, la conduisirent à allonger le bras, puis à le baisser lentement. La pointe aiguë vint se poser sur la poitrine de Fitzroy Jenkins, à l'emplacement du cœur. Nouvelle pression douce des mains gantées, indiquant le mouvement à faire. Le bras d'Oesterlé l'exécuta docilement.

La lame s'enfonça sans résistance, d'une douzaine de centimètres.

Ressortit lentement.

S'enfonça à nouveau, quelques millimètres plus loin.

Dix fois, quinze fois, vingt fois.

Les mains gantées vinrent alors se glisser sous les aisselles de Martha Oesterlé. Elles l'invitèrent à se lever, ce qu'elle fit, titubant. Elle se laissa piloter vers la salle de bain...

... Où l'eau ne coulait plus. Et où la baignoire était aux trois quarts pleine.

Docilement, elle entra dans la baignoire, s'y allongea. Le stylet était toujours dans sa main. Les mains gantées le guidèrent sous l'eau agréablement tiède : incision au poignet gauche puis, le stylet ayant changé de main, au poignet droit.

L'eau commença à se colorer de rose.

L'avant-dernier mouvement des mains gantées conduisit le stylet vers la gorge. Bref aller et retour pour ouvrir la veine jugulaire externe, sur le côté droit du cou.

Le dernier mouvement fit doucement pression sur le sommet du crâne, pour enfoncer le corps sous l'eau.

Martha Oesterlé bougea un peu. Pas beaucoup.

On ôta les serviettes-éponges qui obstruaient les bouches du conditionneur d'air; elles reprirent leur place dans la salle de bain. La climatisation se remit à fonctionner normalement, évacuant les nappes de monoamine axydiase, un catalyseur des réactions du cerveau humain mis au point par le centre d'essais secrets des armes biologiques et chimiques, à Dugway, dans l'Utah, au moment de la guerre du Viêt-nam.

Selon les calculs des architectes, le système de climatisation renouvelait entièrement, toutes les quatre heures, l'air de chaque appartement. Autrement dit, dans quatre heures les derniers effluves de gaz allaient être aspirés. Et aucune trace n'en subsisterait plus.

Vers dix heures cinquante, il restait encore trois disquettes et quelques bandes à vérifier.

Jusque-là, il les avait prises dans l'ordre où elles

étaient rangées dans les armoires métalliques. Machinalement. Après tout, ce n'était qu'un prétexte pour s'attarder dans le laboratoire.

Il sortit les trois dernières disquettes et les examina distraitement. Comme toujours, elles portaient une étiquette précisant leur contenu, et Jimbo pouvait les identifier d'autant plus facilement que l'écriture était la sienne. La première enfermait le fac-similé d'un programme tel que les compagnies aériennes en utilisent pour leurs réservations; la deuxième reproduisait un programme de contrôle employé par les métallurgistes; la troisième était une copie extrêmement fidèle — sauf les erreurs volontairement commises par Jimbo — du système CAD Computer Aided Design (Conception Assistée par Ordinateur) mis au point par la General Motors et servant à l'étude des carrosseries de voiture.

Jimbo faillit ne pas voir le signe.

Un simple griffonnage au crayon, dans le coin supérieur droit de l'étiquette.

Le chiffre 7.

La respiration lui manqua pendant deux secondes. Il chargea la troisième disquette mais ne déclencha pas tout de suite la lecture. Il alla de nouveau au téléphone et rappela Cobb :

« Je vous réveille?

— Je ne suis pas supposé dormir, répondit assez aigrement Cobb. Je suis veilleur de nuit. Je ne dormais pas.

— Désolé de vous avoir réveillé. Je voulais simplement savoir si des élèves sont rentrés.

— Il y en a pas mal qui sont rentrés.

— Mais pas tous.

— Pas ceux qui sont allés à l'auditorium à Boston. J'aurais sûrement entendu leur car... Je veux dire : je l'aurais vu. Je ne dormais pas. »

« Ne te raconte pas d'histoires, Jimbo, cette conversation avec Cobb n'a pas de sens. Tu sais très bien que les Sept, ceux des Sept qui sont allés passer la soirée au Hynes Auditorium — *qui n'était vraiment pas très loin du Lenox* — que ceux-là rentreront à l'heure. Sans faute. Et toi, Jimbo, tout ce que tu es en train de faire, c'est renforcer ton alibi... »

Jimbo dit à haute voix :

« Il est presque onze heures et j'ai fini. Je ne vais pas tarder à m'en aller.

— D'accord, grogna Cobb.

— J'éteindrai toutes les lumières dans le labo.

— D'accord. »

Un temps.

« Bonne nuit, monsieur Farrar.

— Merci », dit Jimbo.

Il n'osa pas répondre « Bonne nuit à vous aussi », de peur d'avoir l'air sarcastique.

Il revint à l'ordinateur.

Lecture.

Rien n'apparut cette fois sur l'écran cathodique. On avait effacé le contenu de la disquette.

... Mais il n'ont pas pris la peine de tout effacer, juste pour jouer ou à la suite d'une erreur de manipulation; il doit y avoir une signification.

Elle transparut sous la forme de trois mots, comme autrefois, quand Fozzy avait repéré l'existence des Sept et avait intercepté le message qu'ils s'adressaient les uns aux autres. La différence venait de ce que ce message à présent était destiné à Jimbo Farrar. Il le lut quand les trois mots s'inscrivirent sur l'écran et se répétèrent à l'infini :

WE LOVE YOU. NOUS VOUS AIMONS.

Et une répétition presque à l'infini, tandis que se dévidait la disquette :

Nous nous aimons, nous vous aimons, nous vous aimons...

Il demeura longtemps à contempler l'écran éteint. Il pleura, comme un enfant, en silence.

Il donna à l'ordinateur l'ordre d'effacement. Sortit la disquette désormais vide et écrivit sur l'étiquette : « Effacé par erreur. Farrar. »

Il s'en alla.

Il aurait pu regagner sa voiture sans être vu de Cobb. Mais il fit un détour par le grand hall d'entrée pour passer devant la vitre de la petite loge. Cobb lui rendit son salut.

Il était alors onze heures et dix minutes.

10

Le lendemain, Mélanie Killian :

« Qu'est-ce que tu fiches à Boston ? C'est férié aujourd'hui, il n'y a pas cours.

— J'ai oublié », dit Jimbo.

Un temps.

« Martha et Fitzroy Jenkins dans le même lit et faisant l'amour... Incroyable ! J'aurais juré que Martha était vierge, à quarante-cinq ans. Et elle l'était, avant-hier soir. Mais les flics sont formels : il y a eu rapports entre elle et Jenkins, et sans violence. »

206

Mélanie produisit une sorte de petit rire et sans joie :

« Evidemment sans violence ! Qui diable aurait eu l'idée de violer Martha ! »

Les yeux perçants de Mélanie coururent sur les deux valises, dont une ouverte. Bruit de pas dans l'escalier : Emerson Thwaites apparut. Il serra la main de Mélanie, proposa :

« Du café ? Mais l'Etrangleuse — je veux dire ma femme de ménage — est sortie faire les courses.

— Je m'en occupe », dit Mélanie.

Sans attendre la réponse des deux hommes, elle passa dans la cuisine.

« Je vous laisse, dit Thwaites à Jimbo. Vous avez sûrement à parler, tous les deux. »

Il repartit dans l'escalier, retrouver ses armées. Mélanie revint avec le café.

« On a découvert les corps un peu après neuf heures trente, ce matin. Normalement, la réception aurait dû s'alarmer plus tôt, mais Martha avait mis l'écriteau « Ne pas déranger », et elle les terrifiait, comme toujours. Où est passé Thwaites ? Du lait ?

— En haut. Pas de lait.

— Ils ont ouvert la porte avec leur passe. La porte était fermée à clef et la clef était posée sur la table du salon. En entrant, ils ont trouvé Jenkins nu comme un ver, avec quinze ou vingt coups de stylet dans le cœur. Martha l'a tué pendant qu'il dormait, paraît-il. Et ce n'est pas tout, elle lui a également coupé le... »

Elle haussa les épaules et reprit :

« Complètement dingue. Voilà ce que c'est, de rester vierge jusqu'à quarante-cinq ans. Sucre ?

— Pas de sucre ?

— Elle a envoyé balader tous ses chers dossiers et enfoncé ses fameux stylos à encre violette dans le bois de la table. D'après les flics, elle a soudain réalisé ce qui venait de se passer : elle a vu Jenkins qui dormait comme un bienheureux et alors, prise de rage, de honte, de remords... »

Mélanie s'assit, but une gorgée de café.

« Ensuite, elle est allée dans la salle de bain, a fait couler l'eau. Elle s'est couchée dans la baignoire... »

Elle eut un petit hoquet. Sa main qui tenait la tasse tremblait.

« Et elle s'est entaillé les veines, avant de s'ouvrir la gorge. »

Mélanie considéra son café.

« J'ai vu la baignoire, Jimbo. C'est fou ce qu'un corps humain peut contenir de sang. Les flics m'ont demandé si je pouvais identifier l'arme dont elle s'était servie; j'ai dit oui, bien entendu, elle a utilisé le stylet que mon grand-père lui avait offert autrefois. Elle l'avait toujours avec elle. »

Mélanie but à nouveau puis, soudain, se précipita vers la salle de bain du rez-de-chaussée. Jimbo ne bougea pas. Mélanie revint peu après. S'assit sur le bras du fauteuil où se trouvait Jimbo.

« Embrasse-moi, s'il te plaît. Comme si Ann n'existait pas. »

Ce fut un baiser véritable, pas seulement le simple contact de leurs lèvres. Mélanie se redressa et alla reprendre sa place sur le canapé.

« Tu t'en tires bien : à un autre homme, j'aurais demandé de me faire l'amour. »

Elle remit de l'ordre dans ses cheveux, sourit :

« Ça me remet d'aplomb d'habitude. Tout le contraire de Martha. »

Un temps. Puis, calmement :

« Martha qu'il me va falloir remplacer. »

Leurs regards se croisèrent.

« Par moi, dit Jimbo.

— Par toi. »

Nouveau silence. Il tourna la tête, considéra la valise ouverte et dit dans un souffle :

« C'était Martha qui s'occupait personnellement du collège et de la Fondation.

— Non, désolée, Jimbo. »

Elle écarta définitivement la tasse de café. C'est vrai : Martha en était responsable. Mais ce n'était qu'une infime partie de ses tâches. Elle s'occupait de quantités d'autres choses, dans la société. Emmerdante peut-être, mais elle bossait comme deux mecs. Jimbo, ce sont ces autres tâches que je veux te confier. Rien que celles-là.

Il ferma les yeux. Et très, très doucement :

« Tu sais à quel point je m'intéresse à ces enfants.

— Justement. J'ai besoin d'un vice-président exécutif qui me seconde, pas un super-informaticien qui rêve. »

Elle se leva, redevenue une Killian. Près de la valise ouverte se trouvaient dans un même cadre des photographies d'Ann, de Ritchie et de Cindy. Mélanie mit le cadre dans la valise et la ferma.

« Jimbo, la mort de Martha ne changera rien à ce qui a été décidé, de ce point de vue-là. Je t'offre de remplacer Martha et de devenir mon vice-président, le patron après moi, au même rang que Doug Mackenzie. Tu la remplaceras en tout, sauf en ce qui concerne les Jeunes Génies. Que les Jeunes Génies aillent au diable; ne t'en occupe plus, s'il te plaît! Mackenzie désignera quelqu'un pour s'occuper de cette Fondation à la noix et il supervisera toute l'affaire. De toi, Jimbo, j'attends autre chose. Je ne te donne pas cette promotion parce que j'ai toujours eu envie de coucher avec toi ou parce que tu es le mari d'Ann, que j'aime. Je suis sûre et certaine que tu es l'homme qu'il nous faut à ce poste. Toi et moi, on va pouvoir faire un travail fantastique; rien que le projet Roarke va nous rapporter de quoi rentabiliser ton foutu Fozzy pendant cent ans, à condition que tu nous consacres un tout petit peu plus de temps, et un peu moins à ces sales gosses et à tes trains électriques. »

Mélanie reprit :

« Les obsèques de Martha et de Jenkins auront lieu vendredi prochain. Nous y assisterons tous. Toi, tu vas filer à Washington, au rendez-vous que Martha avait au Pentagone. Tu prends la suite. Andy Barkoff t'a préparé les documents nécessaires. »

11

Il pense :

« Finalement, tuer Oesterlé et Jenkins n'aura à peu près servi à rien.

« Un premier exercice de style.

« Et le premier pas véritable — Tolliver n'était qu'une ébauche maladroite — sur notre nouveau champ de bataille.

« Pourquoi ne pas s'en prendre à une ville tout entière, une prochaine fois ? Un gaz. Ou un poison dans l'eau municipale. Par exemple.

« Intéressant, comme expérience.

« Et fabriquer une bombe est si simple. »

...

« Ne rêvons pas trop, ou pas trop vite.

« La vie est surprenante : tout s'enchaîne. Un petit fait en entraîne un autre. On y perd son libre arbitre.

« Dans le cas présent, il s'agit d'Emerson Thwaites. Ce vieux fou risque de poser un problème à plus ou moins longue échéance. Il sait quelque chose au sujet des Sept.

« Le regard qu'il a posé sur Liza l'autre jour... Ce n'était évidemment pas le regard qu'un homme normal pose sur une fille aussi jolie qu'elle.

« C'est qu'il est assez subtil, ce vieux salaud !

« Et dangereux. »

...

C'était quand même sacrément bon, de tuer Ocsterlé.

En attendant mieux.

12

Emerson Thwaites débarqua à Denver, à l'aéroport de Stapleton, et y trouva pour l'attendre un dénommé Thomas Wagenknecht. Qui expliqua :

« Jimbo est encore à Washington. Il devrait rentrer dans la soirée. »

Wagenknecht était un grand blond bien propre avec des yeux clairs. Respirant la franchise et l'honnêteté. Mais paraissant intelligent quand même. Il ajouta :

« Et Ann qui devait venir en a été empêchée à la dernière minute.

« — Rien de grave ?

— Un truc que la petite Cindy avait avalé. Mais j'ai eu Ann au téléphone : tout va bien. Elle vous embrasse et vous attend à Manitou. »

Thwaites regardait autour de lui avec curiosité. C'était la permière fois de sa vie qu'il venait dans l'Ouest. Il pensait, éberlué : « J'ai parcouru le monde entier et il a fallu que j'attende soixante-quatre ans, pour voir les montagnes Rocheuses. Quelle sorte d'Américain suis-je donc ? »

« J'ai lu deux de vos livres, dit Wagenknecht, *Le fanatisme religieux de Savonarole à Salem* et *La renaissance n'a pas eu lieu*. Je n'ai pas tout compris, mais ça a réellement été une découverte.

— Je ne savais pas que les informaticiens lisaient de l'histoire. En fait, je ne savais même pas qu'ils savaient lire. »

Wagenknecht se mit à rire :

« Mais tous les informaticiens ne travaillent pas avec un génie comme Jimbo Farrar. »

Thwaites contemplait les Rocheuses.

« Parce que Jimbo est un génie ? »

Le grand informaticien blond dévisagea le petit historien potelé, avec presque de l'indignation.

« Avez-vous entendu parler de Charles Babbage ?

— Pas du tout, dit Thwaites en souriant.

— De Claude Shannon ? de Norbert Wiener ? de John Backus ?

— Pas davantage.

— Ce sont les noms de quelques-uns des hommes sans qui les ordinateurs ne seraient pas ce qu'ils sont aujourd'hui.

— Et Jimbo vaut ces hommes-là ?

— S'il les vaut ! Seigneur ! Jimbo les surclasse déjà tous !

212

— Je ne savais pas que c'était à ce point », commenta doucement Thwaites.

Son regard s'attardait sur la ligne violette et bleue des Rocheuses.

« C'est à ce point », dit Wagenknecht.

Ils roulèrent un moment en silence et puis Thwaites demanda, avec dans sa voix la nuance voulue d'indifférence :

« Jimbo se situe où, dans la hiérarchie de Killian ? »

Wagenknecht expliqua qu'il y avait Mélanie tout en haut et puis, juste en dessous, depuis la mort d'Oesterlé, Doug Mackenzie et Jimbo Farrar.

La voiture de l'informaticien s'engagea sur la route inter-Etats 25, qui allait au sud vers Colorado Springs et Manitou.

Ce fut un miracle si Thwaites réussit à retenir sur sa langue la phrase suivante : « En somme, la mort de Martha Oesterlé a libéré la route. »

A la place, il dit que c'était vraiment très beau, les Rocheuses.

Les deux ou trois généraux présents, quelques civils et le secrétaire à la Défense considérèrent Jimbo avec l'air de dire : c'est un problème extrêmement complexe, et il est regrettable que M. Farrar considère tout cela comme enfantin.

« Je ne vais pas pouvoir rester très longtemps avec vous, dit Jimbo. Je dois rentrer au Colorado, où l'on m'attend. J'ai un ami à dîner. »

Il regardait fixement l'un des généraux. Il se leva et, par-dessus la table, alla se pencher sur lui. Il désigna de l'index l'une des décorations tapissant l'uniforme.

« La Feuille bleue de Paulownia de l'ordre du Soleil ?

— Oui, dit le général.

— Sixième classe ?

— Septième.

— Pas terrible, hein ? »

Le secrétaire rigolait franchement. Il aimait bien Jimbo.

Ils se remirent tous à parler du projet Roarke, du MIRV — Multiple Independant Re-entry Vehicles —, c'est-à-dire le programme d'attaque nucléaire le plus perfectionné et le plus récent. Plus ultra-top-secret, il n'y avait pas. C'était un système extrêmement rigolo par lequel on expédiait hors de l'atmosphère terrestre, groupées, des fusées à ogives pour le moins nucléaires. Mêlées à des leurres, des fusées en bois ou presque. Et tout cela, en pénétrant dans l'atmosphère, se dispersait en gerbe avant de retomber sur la gueule de l'ennemi. « Et, comme les fausses fusées provoquent les mêmes échos radar que les vraies, l'ennemi ne peut pas savoir quelles fusées il doit se dépêcher de détruire avant de prendre la totalité sur la tête. Le temps qu'il réfléchisse, il est kaput. »

Les militaires avaient fourni ces explications à Jimbo d'un air ravi.

Un seul ennui : il était tout à fait possible — voire probable — que l'ennemi ait eu la même idée, « ces enfants de salaud sont assez pourris et cyniques pour ça », et dans ce cas « nous nous trouverions devant le même problème : distinguer les vraies fusées des fausses. Et fissa. »

Et seul un ordinateur pouvait effectuer, en quelques dixièmes de seconde, un pareil tri. En déclenchant aussitôt les tirs de défense.

« Ce n'est pas précisément un problème simple, monsieur Farrar. Et vous dites y avoir travaillé avec vos adjoints ? »

Jimbo y avait travaillé, pas mal même, avec Ernie Sonnerfeld et Tom Wagenknecht, au cours des derniers mois.

Et la solution était aveuglante :

En premier lieu, une mémoire où seraient stockés tous les échos de tous les engins balistiques passés, présents et à venir.

Ensuite l'utilisation de mémoires associatives, les CAM — Contact Adressed Memories...

... évidemment complétée par un programme de calculs de corrélation, on s'en serait douté.

Et, comme il s'agissait d'aller vite, très vite, et sans se tromper, cela ne pouvait se faire qu'en utilisant des mémoires auxiliaires statiques à balayage par faisceau laser défléchi électro-optiquement, dit-il. Rien de plus simple. Cela permettrait de disposer quasi instantanément — pas instantanément, j'exagère; en réalité cela prendra quelques centièmes de seconde — de disposer de plusieurs milliers de milliards de bits.

« Et un ordinateur peut faire ça ?

— Fozzy peut, dit Jimbo.

— Et si vous surestimez les capacités de votre ordinateur ? » rétorqua le général se demandant in petto ce que diable pouvait bien être un bit.

Jimbo lui sourit avec sa gentillesse habituelle.

« N'importe quel cerveau humain a une capacité théorique de un ou deux millions de milliards de bits. Même un cerveau de général. Tout ce que nous espérons, c'est créer un jour, simplement, des ordinateurs capables de faire aussi bien. »

Il ramassa sa mallette (qui ne contenait aucun

dossier mais *a*) un sandwich au fromage; *b*) un manuel sur les turbines à gaz, qu'il comptait lire dans l'avion du retour à seule fin d'entretenir sa mémoire; *c*) « Nicholas Nickleby » de Dickens, 916 pages dans l'édition de poche, qu'il comptait également lire dans l'avion du retour, pour son plaisir). Il prit encore le temps d'expliquer que, en ce qui concernait les calculs de corrélation, le processeur optique mis au point par son équipe travaillait déjà au rythme de plus de un milliard et demi de bits par seconde, qu'ils allaient sûrement améliorer ses capacités mais que d'ores et déjà, à son avis, c'était fichtrement suffisant pour distinguer les bonnes fusées des pas bonnes, et donc constituer une parade au MIRV.

Et il serait prêt pour la prochaine réunion, en janvier.

Dans l'avion du retour, il lut le manuel sur les turbines à gaz, cinq cents pages de Dickens et quelques magazines pour se changer les idées.

Le reste du temps, il pensa à Ann, à leurs enfants. Il pensa aussi aux Sept et également à Emerson Thwaites.

Celui-ci avait dû arriver à Denver, et même à Manitou. Ann était sans doute allée le chercher à l'aéroport.

Jimbo comprit brutalement la vraie raison de la visite du professeur de Harvard.

Et il eut soudain peur pour la vie d'Emerson Thwaites.

« Ils sont tout à fait capables de le tuer, lui aussi, s'il approche de la vérité. »

13

Thwaites dit :

« J'en ai repéré deux ou trois qui sont véritablement extraordinaires. Mais peut-être sont-ils plus nombreux. »

Il était assis dans un confortable fauteuil à oreilles, garni de coussins, installé sur la terrasse de la maison des Farrar. Ann proposa :

« Un peu plus de café ?

— Vraiment non, merci.

— Un alcool ?

— Non plus. Ou alors quelque chose de très doux et très sucré. »

Il la suivit des yeux quand elle alla et revint, et but un peu de Chartreuse.

« Je vous parlais de ces Jeunes Génies, il y a un instant, Ann. J'ai introduit le sujet dans notre conversation par surprise. Je ne les ai pas nommés, j'ai simplement dit : « deux ou trois d'entre « eux... » Sans préciser de qui il s'agissait; rien dans notre conversation avant cette seconde n'avait le moindre rapport avec les Jeunes Génies, Harvard ou la Fondation Killian. En fait, je vous parlais du palais Gritti à Florence. Et vous ne m'avez pas demandé : « Mais de quoi me « parlez-vous ? » Il y a deux explications : ou bien vous ne m'écoutiez pas et vous ne m'avez donc pas entendu, ou bien le sujet des Jeunes Génies est à ce point présent dans vos pensées que ma remarque est venue tout naturellement s'y intégrer. »

Elle but un peu de liqueur.

« Je crois que la deuxième explication est la bonne, reprit Thwaites. A Harvard, vous êtes venue me poser une question. Assez peu banale, vous en conviendrez. Et voilà que, quelque temps après, votre mari, à son tour, vient me poser exactement la même question. Que se passe-t-il ? »

Il reprit de la Chartreuse, hésitant :

« Ann aime Jimbo et Jimbo aime Ann. C'est un postulat. Je me trompe ? »

Elle fit non de la tête.

« Ann, je me mêle de ce qui ne me regarde pas ? »

Pas de réponse. Thwaites consulta sa montre :

« L'avion de Washington s'est posé en principe depuis presque une heure et demie. Jimbo ne devrait plus tarder, à présent. »

Un temps.

« Ann, j'ai l'impression qu'il y a une relation bizarre entre Jimbo et ces adolescents. »

Pour parvenir à la maison, sur les hauteurs de Manitou, on ne pouvait emprunter qu'une seule route, très sinueuse et par endroits très pentue. Des phares apparurent. « J'ai trop attendu pour parler », pensa Thwaites, presque désespéré. Il précipita son débit :

« L'attitude de Jimbo n'est pas normale. »

Ann avait aperçu les phares avant lui. Elle se leva, et alla actionner le commutateur commandant l'éclairage du garage. Elle revint à la grande baie d'où l'on voyait toute la vallée.

« Ann...
— Ne lui dites rien.
— Je ferais tout au monde pour vous aider, tous les deux.
— Alors ne dites rien. Je vous en prie. »

Les phares disparurent quand la voiture fut à

l'aplomb du balcon. Ann sortit à la rencontre de Jimbo. Thwaites resta seul, se sentant plus désemparé qu'il ne l'avait jamais été. Il pensait : « Et pourtant, j'approche de la vérité. »

Thwaites considéra l'extraordinaire enchevêtrement des trains et des voies. Ahuri. L'installation occupait la plus grande partie du sous-sol de la villa de Manitou. Pour passer d'une pièce à l'autre, Jimbo avait carrément percé les murs, à différentes hauteurs. Thwaites :

« Et vous parlez dans ce machin...

— Un simple terminal.

— Et, à dix kilomètres d'ici, Fozzy entend et obéit ? »

Jimbo répondit :

« Choisissez un train, n'importe lequel.

— Celui-là, avec les wagons rouges.

— A présent, choisissez ce que vous voulez qu'il fasse : accélérer, ralentir, stopper, changer de voie. »

Thwaites rit, mal à l'aise. Il proposa au hasard :

« Revenir en arrière ? »

Les yeux bleus de Jimbo ne le quittaient pas. Jimbo ordonna :

« Fozzy, rapide Pékin-Syracuse, code 5649. Stop et marche arrière. »

Le regard bleu tendre était toujours sur Thwaites, descendant de deux mètres de haut, amical, légèrement amusé, qui semblait dire : « Et si vous me posiez les vraies questions ? »

Jimbo dit à haute voix :

« Ça va prendre un tout petit peu de temps. Faire reculer ce train oblige Fozzy à des calculs considérables. Il y a actuellement soixante-sept trains qui roulent en même temps, et un seul changement affecte l'ensemble. »

Une lampe clignota sur le terminal.

« Et voilà », dit Jimbo.

Le train aux neuf wagons rouges stoppa brusquement sa route et repartit aussitôt en arrière. Dans le même temps, d'innombrables aiguillages bougèrent, des convois ralentirent, changèrent de voie, accélérèrent, stoppèrent devant des gares miniatures.

« Fantastique ! » dit Thwaites, la gorge serrée.

Il n'osait plus relever les yeux. Il demanda :

« Et si Fozzy se trouvait à Boston ?

— Simple question de connexions. »

A cette seconde-là, Emerson Thwaites faillit parler des Jeunes Génies.

Il se tut, ne posa aucune espèce de question sur le sujet même qui l'avait en réalité amené au Colorado. Il demanda seulement :

« Et Fozzy obéit à n'importe quelle voix ? »

Jimbo répondit doucement :

« Pas n'importe quelle voix. La mienne. »

Durant le séjour que Thwaites fit dans les Rocheuses, ce tête-à-tête devant les trains électriques fut sa seule occasion de parler à Jimbo. Il n'en profita pas. Mais il n'en dit rien à Ann, et Ann ne lui posa pas davantage de questions.

De toute manière, ça n'aurait probablement rien changé à ce qui arriva.

« T'ai parlé d'Emerson Thwaites. T'ai dit qu'il allait venir dans le Colorado. Il y est. Demande-moi pourquoi il est venu.

220

— Pourquoi est-il venu, mec ?

— Parce qu'il se sent seul, dans sa maison-musée de Boston. Parce qu'il nous aime. Première raison.

— Pas la seule, puisque la première. »

Voix de Steve Mac Queen dans *Bullitt*.

« Juste, Fozzy. »

Un temps.

« Il a interrompu ses cours, demandé un congé spécial. Parce qu'il est inquiet, pour Ann et moi.

— Question, mec ?

— Question, Fozzy.

— Pourquoi est-il inquiet ?

— Parce qu'il a remarqué quelque chose à propos des Sept. Sais pas exactement quoi. Il a peut-être découvert leur existence et le lien entre eux et moi.

— Pas de preuves, mec.

— Mon œil, Fozzy. J'ai une preuve : il ne m'a parlé de rien. Je lui ai donné une occasion de le faire, quand nous étions seuls dans le sous-sol. Il n'a rien dit. Nous n'avons parlé que de trains électriques. Et j'ai vu le regard d'Ann, quand nous sommes remontés. Je peux reconstituer ce qui s'est passé entre eux : ils ont parlé des Sept et de moi juste avant mon retour de Washington, et Thwaites a demandé à Ann comment il pouvait nous aider. Sais pas ce qu'Ann a répondu exactement. Peut-être rien. Ou peut-être : « Si vous nous « aimez, ne dites rien à Jimbo. »

Un temps.

« Fozzy ?

— Oui.

— Deux problèmes, Fozzy. Le premier concernant Thwaites. Il court déjà un danger. Il courra un danger de plus en plus grand à mesure qu'il approchera de la vérité. Et il en approche.

— Vu, mec.

— Quelque chose ne va pas dans la tête de Jimbo.

— Jimbo pas fou, Jimbo pas fou, Jimbo pas fou, Jimbo...

— STOP ! »

Silence.

« Deuxième problème, Fozzy. Sacrément plus grave. Ann. Pourquoi a-t-elle demandé à Thwaites de ne rien me dire ?

— *Tu sais pourquoi.* »

Silence encore.

« Touché, dit Fozzy. Coup au but. En plein dans la cible, en plein cœur de Jimbo. PAN. Une seule balle a suffi. »

Et silence encore.

« Oh ! Dieu tout-puissant ! dit très doucement Jimbo, oui, je sais pourquoi. A la première seconde où j'ai compris ce qu'il y avait dans les yeux d'Ann, dans ses silences et ses hésitations, j'ai... »

Un temps.

« Honte sur elle et moi, Fozzy. Car Jimbo aime Ann, il l'aime à en crever. »

Un temps.

« En crèvera peut-être. »

Silence.

A la fin du séjour de Thwaites, ils repartirent ensemble de Manitou. Mais à l'aéroport de Denver, ils se séparèrent : Jimbo prit son avion pour Washington, Emerson Thwaites s'embarqua pour Boston.

Vingt minutes entre les deux avions. Celui de Jimbo décolla le premier.

14

Il arriva à la maison de Marlborough Street vers trois heures de l'après-midi. L'Etrangleuse était absente, la maison vide. Sans même ôter son pardessus, il marcha un long moment dans les pièces du rez-de-chaussée, passant et repassant devant le buste en bronze de Nicolas Machiavel, interrogeant du regard le visage aigu, ironique, aux lèvres minces, aux yeux plissés.

Il se décida enfin et forma un numéro de téléphone :

« Je voudrais parler à Miss Mélanie Killian. »

Une secrétaire l'informa que Miss Killian était en conférence, et impossible de la déranger. Il se nomma : le professeur Thwaites, ami et beau-père de James Farrar. Il voulait parler à Miss Killian d'un problème grave et urgent.

« Concernant M. Farrar ? »

Thwaites hésita; il n'avait rien dit de tel. Pourtant il ne corrigea pas l'erreur et répondit :

« Oui, c'est cela. »

Dans ce cas, on préviendrait Miss Killian, qui le rappellerait dès qu'elle serait libre, sauf si c'était vraiment urgent.

« Pas à ce point », dit Thwaites, un peu dépassé.

Il raccrocha. Refit aussitôt le numéro, s'en voulant de sa propre stupidité :

« Je suis désolé, j'avais oublié que je dois sortir. Je rappellerai Miss Killian moi-même. Vers cinq heures, cinq heures trente ? »

A son gré. Il sortit.

Le lieutenant de la police criminelle dit : « Non, pas du tout, au contraire », et fit de son mieux pour avoir l'air intéressé : ce petit homme potelé était un historien réputé, bostonien depuis trois cents ans, non seulement connaissait les Cabot et les Lodge mais leur parlait, et accessoirement était un ami du chef de la police.

Thwaites lui parla de l'histoire de Boston qu'il préparait, un peu à la façon dont Michener avait écrit la saga du Colorado. Et, dans son récit, il comptait incorporer trois affaires criminelles : Harding-Castle en 1873, l'Etrangleur de Boston entre juin 1962 et janvier 1964...

« Et la double mort de l'hôtel Lenox sur Copley Square. »

Le lieutenant accepta de lui laisser consulter le dossier Oesterlé-Jenkins.

Thwaites trouva très vite ce qu'il cherchait. Parce que l'appartement du drame était légèrement surchauffé, parce que Martha Oesterlé était morte dans de l'eau tiède, le médecin légiste n'avait pu déterminer exactement l'heure des décès.

Selon lui, entre dix heures et minuit était vraisemblable.

Ensuite, Thwaites alla voir Cobb, le gardien de nuit du collège Killian, veuf, solitaire et bavard, et qui l'aimait bien.

Il mit beaucoup de temps à lui faire dire ce qu'il

était venu entendre. Cobb, à aucun moment, ne se rendit compte qu'il subissait en réalité un interrogatoire.

Sans s'en douter, le gardien lui apprit qu'au moins deux des Jeunes Génies étaient sortis dans la soirée de la mort d'Oesterlé et de Jenkins. Ils étaient allés à Boston, et pas n'importe où à Boston : au Hynes Auditorium, qui n'est qu'à quelques minutes de marche du Lenox.

Ensuite que Jimbo, contrairement à son programme habituel, avait débarqué à Boston dans l'après-midi et non dans la soirée du lundi.

« Et il ne m'en a rien dit quand nous nous sommes vus le mardi matin. »

... Que Jimbo, curieusement, avait passé officiellement une grande partie de la soirée seul dans le labo d'informatique.

Y arrivant à temps pour être vu par l'équipe d'entretien...

Alibi.

... puis par Cobb, grâce à un coup de téléphone donné par « un élève à la voix d'homme »...

Alibi.

... puis revu encore par Cobb au moment de son départ, vers onze heures. Au prix d'un détour puisque, du labo au parking, passer par la loge du veilleur de nuit n'était en aucun cas la voie directe...

Alibi.

... Enfin qu'entre onze heures et minuit il ne faut guère qu'un petit quart d'heure en voiture pour aller de Harvard au Lenox...

... En conclusion, si Jimbo avait bien couché à Marlborough Street, personne ne pouvait savoir à quelle heure il y était rentré.

Dès son retour, Thwaites téléphona à la Fondation Killian.

« Miss Killian a tenté de vous joindre. Elle vient de sortir. Elle vous rappellera.

— Merci infiniment. »

Il reposa le récepteur du hall, ôta enfin son manteau.

Il éprouva alors une sensation étrange. La sensation d'une présence.

Pourtant, il ne bougea pas. Il regarda en direction de l'escalier, obscur, conduisant aux étages sombres et silencieux. Il revit l'enfant de douze ans debout sur la première marche, le fixant de ses grands yeux bleu tendre, emplis d'une rage démente.

Il reprit le téléphone :

« L'hôtel Hay-Adams à Washington, je vous prie. Je n'ai pas le numéro.

— Je regrette, annonça la réception de l'hôtel Hay-Adams à Washington, M. Farrar n'est pas encore arrivé.

— Mais il est bien à Washington ?

— Nous avons l'habituelle réservation à son nom, mais l'appartement n'a pas encore été occupé. Y a-t-il un message ?

— Merci, non, pas de message. »

Pour la seconde fois, il raccrocha, désemparé.

« Il a pris l'avion de Washington vingt minutes avant que je n'embarque moi-même. Il m'a lui-même dit que son rendez-vous n'était que pour demain. Il devrait être à son hôtel de Washington. S'il y est vraiment allé. »

L'escalier.

Et à présent, plus forte, la sensation d'une présence là-haut.

Il fallait monter l'escalier ou bien ouvrir la porte de la rue et s'enfuir. En aucun cas appeler la police.

L'escalier montait tout droit jusqu'au palier du premier étage, où se trouvaient les chambres. Après il fallait tourner à gauche; les marches devenaient plus étroites. Thwaites n'alluma pas. Mais, parvenu sur le palier, son cœur s'affola.

Le deuxième étage venait de s'allumer.

Cinq secondes, puis le téléphone sonna. A nouveau, son cœur bondit : « Mélanie Killian qui me rappelle! » Il y avait un autre appareil dans sa propre chambre à coucher, à trois mètres de là. Il alla décrocher :

« Miss Killian? Ici Thwaites. »

Silence.

A l'autre bout du fil, quelqu'un accentuait volontairement sa respiration.

« Allô? » dit désespérément Thwaites.

... Et, dans le même temps, il entendit des pas juste au-dessus de sa tête, dans le très grand salon où était rangée sa collection. La panique le submergea, déferla, s'éloigna. Un calme absolu lui succéda. Il raccrocha, ressortit sur le palier et constata alors que toutes les lampes du rez-de-chaussée avaient été éteintes pendant qu'il était au téléphone.

Pour me faire savoir que je dois monter, que je n'ai pas le choix.

Il leva la tête en direction du deuxième étage et cria :

« Je viens. »

Aussitôt après, la sonnerie du téléphone retentit à trois reprises et cessa brusquement.

Il ferma les yeux, stupéfait de son calme et de sa lucidité. « Le moment est venu, Nicolas. »

Le téléphone encore, puis le silence.

Il gravit les marches sans s'aider de la rampe, contrairement à son habitude. Son pas était léger. Les questions...

Trois sonneries, le silence.

... Les questions qu'il s'était parfois posées, ce qu'il allait faire et penser à l'heure de sa mort...

Trois sonneries, le silence.

... Ces questions trouvaient leur réponse. Les trois nouvelles sonneries scandèrent son pas sur les trois dernières marches. Il entra dans le salon. Il vit d'abord les soldats, ce qui restait des soldats. Les Gardes françaises, les Foot Guards et les Grenadiers géants de Frédéric de Prusse, tous, cavaliers et fantassins, avaient été arrachés de leurs socles et entassés sur la lourde table de chêne servant à les peindre. Là, on les avait fracassés, systématiquement, avec une rage méthodique et froide. Ensuite on avait soigneusement versé du plomb fondu sur l'hécatombe.

A plus de vingt ans de distance, Thwaites revivait une scène à peu près identique.

Il sentit la présence derrière lui, dans un des coins d'ombre que créait la grosse lampe à abat-jour de cuivre et de verre multicolore.

Il se retourna, face à la silhouette immense qui l'observait, immobile.

Il secoua la tête :

« De toute façon, je n'aurais rien dit. Sinon à Mélanie Killian, et encore : je n'y étais pas vraiment décidé. Mais vous n'auriez pas couru le risque de me laisser lui parler... »

Il réfléchit :

« Vous auriez été alors obligé de m'étrangler. Un vrai meurtre, qui aurait sûrement dérangé vos plans. »

Silence.

« Tandis qu'à présent, vous allez faire passer cela pour un accident, n'est-ce pas ? »

Il ne chercha même pas à se défendre. Il s'assit à sa place ordinaire, devant la table où il avait passé l'essentiel de sa vie.

Il ferma les yeux. Et attendit.

Ce ne fut pas long. Il ne souffrit pas.

15

Son vrai nom est Mattie Lindholm. Grande, forte, osseuse, et féminine comme une boîte à outils. Les premières années, elle avait bougonné : « Ne m'appelez pas l'Etrangleuse, s'il vous plaît, monsieur Thwaites, ou alors seulement quand il n'y a personne. J'ai honte. » Et il répondait : « Non, mais vous avez vu vos mains ? Regardez donc vos mains, Mattie. » Et il riait, ajoutant que Mattie aurait pu l'étrangler si elle l'avait voulu, ou le saisir d'une seule main par la cravate et l'expédier jusqu'au Canada, à condition que la fenêtre fût ouverte.

Elle se mit à pleurer. Trente-trois ans qu'elle travaillait pour lui. Si seulement elle était rentrée plus tôt ! Mais M. Thwaites avait dit qu'il resterait douze jours au Colorado. Elle était revenue un jour plus tôt de chez sa sœur, qui vivait à Yankton, South Dakota. Pendant son absence, les voleurs avaient emporté les tabatières, les tableaux, les bijoux anciens, tout. Elle avait aussitôt appelé la police, ignorant que M. Thwaites était là, en réalité. Et enfin elle était montée et l'avait trouvé. « Si seulement j'étais revenue plus tôt !

— Ç'a n'aurait servi à rien, dirent les policiers pour la consoler. Il était mort depuis plus de quinze heures. »

Un inspecteur avait immédiatement voulu prévenir les Farrar.

Mattie ne savait pas l'adresse, mais le nom, oui : Farrar, James et Ann. On forma le numéro trouvé dans le carnet que Thwaites avait sur lui. A Manitou, le téléphone sonna dans le vide.

Alors la Fondation Killian. On joignit un dénommé Andy Barkoff, qui appela Doug Mackenzie, qui appela Mélanie.

Qui appela Ann parce qu'elle ne put joindre Jimbo.

« Crise cardiaque, dit Mélanie. En rentrant, il a découvert le saccage. Son cœur a lâché quand il a vu ce qu'on avait fait à sa collection. »

Long silence.

« Ann ?

— Qu'a-t-on fait à ses soldats ?

— Complètement démolis, paraît-il. Je n'ai pas de détails. C'est important ? »

Pas de réponse.

« Ann.

— Il y tenait infiniment, répondit-elle enfin. Plus qu'à tout autre chose au monde. C'était un vieil homme solitaire. »

L'intelligence de Mélanie Killian était rapide, voire fulgurante par moments. La synthèse plutôt que l'analyse. Son intelligence alla chercher les faits, les aligna : un, la mort d'Oesterlé et de Jenkins ; deux, l'exacte concomitance de cette double mort et de l'aboutissement d'un combat férocement mené par Martha Oesterlé pour arracher Jimbo à Harvard; trois, l'obstination désespérée, enfantine, de Jimbo, se refusant à quitter les Jeunes Génies; quatre, le revirement d'Ann elle-même, d'abord intercédant pour Jimbo, puis déchirée, prenant une position exactement contraire...

Quoi d'autre ? Ah ! oui.

... Cinq, Emerson Thwaites avait été engagé comme professeur des Jeunes Génies, tout comme Jimbo; six, Thwaites était l'ex-beau-père de Jimbo; sept, à quelques heures de sa mort, Thwaites avait essayé par deux fois de la joindre, elle, Mélanie, « pour affaire importante et urgente concernant M. Farrar... »

« Ann, mon secrétariat n'a pas encore réussi à joindre Jimbo pour lui annoncer la nouvelle...

— Il est descendu au Hay-Adams à Washington.

— Je sais parfaitement où il est; n'oublie pas qu'il travaille pour moi. Je voulais simplement dire que nous n'avons pas encore réussi à lui parler. Ça n'a rien de surprenant, il est sur un projet gouvernemental ultra-secret. On l'a probablement enfermé sur une base quelconque pour l'empêcher de jouer au train électrique. Il avait rendez-vous ce matin à neuf heures. »

Mélanie laissa volontairement passer deux ou trois secondes avant de demander, contrôlant au mieux le ton de sa voix :

« Tu l'as eu, depuis son départ ?

— Il m'a appelée hier soir. Il m'appelle tous les soirs, quand il s'absente. »

Une autre question vint, aussitôt, à l'esprit de Mélanie : « D'où a-t-il appelé ? Tu es sûre qu'il était à Washington ? » Mais elle ne la posa pas. Ann semblait bien assez tourmentée comme cela. Elle dit :

« Jimbo va avoir un choc. Tu iras à Boston pour l'enterrement ?

— Oui.

— Je ne pourrai pas être là. Je dois me rendre en Europe. »

Silence.

« Merci de m'avoir appelée, dit Ann. Je t'embrasse. »

Ann raccrocha la première. Mélanie réfléchit, tapotant la table de son index. Elle fit venir sa secrétaire :

« Le nom de ce flic privé qui a opéré dans l'affaire Wolff ?

— Allenby ?

— Je veux lui parler. Qu'il soit à mon départ de Kennedy Airport après-demain soir. On ne doit pas me voir avec lui. Un salon privé. Arrangez ça. Ginny ? Et fermez votre gueule. »

A compter de cet instant, Mélanie Killian s'engagea, quoique avec d'autres moyens, sur la voie suivie avant elle par Emerson Thwaites.

16

L'avion amenant Jimbo de Washington se posa à Boston une quarantaine de minutes après celui que prit Ann pour venir de Denver. Comme ils en étaient convenus au téléphone, ils se retrouvèrent devant le comptoir d'American Airlines. Il voulut la serrer contre lui; elle s'écarta. Il demanda :

« Les enfants ?

— Lesquels ?

— Très bien, Ann. Nos enfants.

— Ils vont bien. Ritchie a encore eu un A en math. »

Ils montèrent dans un taxi.

« En fait, il a eu des A partout. Cindy aussi, d'ailleurs. Nos enfants ont toujours des A partout. Mais en quoi est-ce une nouvelle ?

— Sauf en gymnastique.

— Cindy a eu aussi un A en gymnastique. C'est ma fille, pas de doute. »

Il voulut lui prendre la main.

« Non, dit Ann.

— Et on va où, avec tout ça ? demanda le chauffeur de taxi.

— Jamaïca Pond. »

Le taxi démarra.

« Pourquoi diable Jamaïca Pond ? interrogea Jimbo. Je ne sais même pas où c'est. »

Elle ne répondit pas. Les yeux légèrement cernés, elle était pâle et très belle.

« Ann.

— Ne dis rien. »

Le taxi contourna le centre de Boston par le sud, évita de même Prudential Center, rejoignit Huntington Avenue à la hauteur du Symphony Hall. Jimbo :

« Je peux au moins savoir à quelle heure auront lieu les obsèques ?

— Trois heures cet après-midi. »

Le taxi dépassa le musée des Beaux-Arts et Back Bay Fens; s'engagea dans Jamaïca way, au long d'Olmstead Park, Le chauffeur s'enquit :

« A droite ou à gauche ?

— M'en fous complètement », dit Ann.

Le chauffeur prit à gauche. L'étang surgit de la verdure. Le taxi longea l'étang.

« Ici », dit Ann.

Elle descendit, tendit vingt dollars au chauffeur :

« Vous attendez, s'il vous plaît. »

Jimbo mit pied à terre à son tour, leva les yeux et lut : *Musée des enfants.* Ann se trouvait déjà à la porte. Elle prit deux billets à deux dollars cinquante, et ils entrèrent. Ann avança, traversa la Maison de thé japonaise, le Grenier de grand-mère, passa entre les wigwams des Indiens Algonquins, entre les comptoirs de l'exposition temporaire sur les marchands de fourrure de la Compagnie de la baie d'Hudson — « *Plus que deux jours et l'exposition sera finie.* »

Dans une autre salle, les murs étaient couverts d'inscriptions : « *Les ordinateurs sont pour les enfants — Les ordinateurs sont pour les enfants — Les ordina...* » Des enfants de huit à dix ans s'agglutinaient, passionnés, autour de claviers-écrans.

« Regarde, dit Ann. Ça m'a paru un bon endroit pour nous retrouver et nous parler. Nous aurions évidemment pu aller à Disneyworld, mais nous aurions raté les obsèques d'Emerson. J'ai également pensé à une école maternelle. Ou à un manège de chevaux de bois. »

Elle se refusait à lever les yeux vers lui. Elle désigna les gosses tapotant le clavier, leurs petits visages tendus « *Computers are for kids.* »

« Regarde-les, Jimbo. »

Mais il ne regardait qu'Ann.

« Sortons, à présent », dit-elle.

Ils se mirent à marcher dans les allées, au bord de l'étang de Jamaïca.

« Jimbo, où étais-tu quand Emerson est mort ?

— Washington.

— Vraiment ? »

Secouant la tête :

« Je ne t'ai jamais menti, Ann. A aucun moment. J'étais à Washington. Pas à l'hôtel Hay-Adams, ou du moins...

— D'où m'as-tu appelée ? Pas de l'hôtel ?

— D'une cabine dans la rue. Dans une rue de Washington, pas de Boston.

— A quelle heure as-tu occupé ta chambre au Hay-Adams ? Tu as bien couché au Hay-Adams ?

— Oui. A une heure du matin environ. »

Un temps.

« Cela t'aurait laissé le temps d'aller à Boston et d'en revenir.

— Sûrement.

— Mais tu ne l'as pas fait. Tu es resté tout l'après-midi et toute la soirée à Washington ? Sans mettre une fois les pieds à l'hôtel ?

— Non.

— Tu as vu quelqu'un, n'importe qui ? Entre trois heures de l'après-midi et une heure du matin ?

— Non.

— Tu es allé dans un restaurant ?

— Un bar. Mais il y avait beaucoup de monde.

— Au point que personne ne se souviendra de toi, c'est ça.

— C'est ça. »

Un temps.

« Au nom du Ciel, qu'est-ce que tu as fait réellement entre trois heures de l'après-midi et une heure du matin ? »

Il dit :

« Marché. »

Ann leva enfin les yeux sur Jimbo. Elle fut bouleversée, déchirée, par ce visage d'homme-enfant souffrant le martyre. « Ne le regarde pas ! Ne le regarde pas ou sinon tu vas te mettre à pleurer et tu te jetteras dans ses bras, tu lui diras que tu l'aimes à en être folle et au diable les Sept, la mort d'Emerson Thwaites et le reste du monde ! Ne laisse pas passer cette seule chance que tu as de connaître enfin la vérité. Ne craque pas maintenant. Parce que, si tu craques maintenant, tu n'auras plus jamais le courage de recommencer. »

Elle abaissa son regard sur le lac et l'y maintint farouchement. Dit :

« Un problème que même Génial Jimbo ne pouvait résoudre ? Et Génial Jimbo arpentait les trottoirs pour réfléchir, c'est ça ?

— Oui.

— Un problème professionnel ?

— Non.

— Les Sept. »

Le temps de deux battements de cœur.

« Oui, dit Jimbo.

— Elle aspira profondément :

— Est-ce que les Sept ont tué Emerson Thwaites, Jimbo ?

— Je ne sais pas. »

— Tué Emerson et aussi Oesterlé et Jenkins ?

— Je ne sais pas. »

L'eau du Jamaïca Pond était gelée par endroits. Il faisait vraiment un froid de tous les diables.

Elle pensa : « Mon Dieu, nous y sommes !... Le moment est venu de poser la question. »

Elle posa la question :

« Est-ce que les Sept *existent*, Jimbo ? »

Silence.

Ann s'écarta de Jimbo parce qu'une nouvelle fois tout son corps avait manqué la trahir.

« Nous y voilà, Jimbo, reprit Ann. Tout est là. Les Sept existent-ils vraiment ? Les as-tu inventés ? Il y a bien trente adolescents surdoués réunis par la Fondation Killian. Ils existent, je les ai vus. Des millions de gens les ont vus et savent qu'ils sont superdoués. »

Un temps.

« Seulement, Jimbo, je les ai bien regardés. Un soir, tu m'as dit qu'ils étaient sept. Mais dès le lendemain, paraît-il, ce n'était qu'une blague que tu m'avais faite. J'en ai parlé à Mélanie, elle est venue voir, et elle n'a rien vu. Tu avais tout effacé. Fozzy se taisait, parce que Fozzy n'obéit qu'à toi. Et, pendant qu'on y est, qui est Fozzy, Jimbo ? »

Elle s'assit sur un banc.

« Toi, Jimbo ? Qui est Fozzy et qui est Jimbo ? »

Elle tremblait de tout son corps. Elle reprit :

« J'ai un mal fou à essayer d'y voir clair... *Ne t'approche pas de moi, s'il te plaît...* Chaque idée que je peux avoir en entraîne des tas d'autres. Quand j'essaie de comprendre ce qui se passe dans ta tête de génie, je deviens à moitié folle. Et à qui en parler ? Pourtant, je veux comprendre, Jimbo. »

Elle s'interrompit. Mais dit encore :

« En mai, à New York, quatre de ces adolescents ont été blessés. Les médecins l'ont constaté. Mais ça ne prouve pas que les Sept existent. »

Un temps.

« Où sont les preuves, Jimbo ? Où sont les preuves que les Sept existent ? Réponds-moi.

— Je n'en ai pas.

— Tu peux me montrer les Sept ? me les désigner parmi les autres élèves en me disant : le voilà, lui et lui et lui ou elle ?

— Non.

— Parce qu'ils n'existent pas et que tu les as inventés ?

— Parce que ça ne servirait à rien. Je te les montrerais, je te dirais : « Voici les Sept », et eux répondraient candidement : « Quels Sept ? De quoi parlez-vous, monsieur Farrar ? » Je n'ai aucune preuve, Ann. »

Silence.

« Comme c'est pratique ! » dit Ann amèrement.

Elle était transie de froid.

« Jimbo, voilà ce qu'Emerson m'a confié sur les Jeunes Génies : deux ou trois au moins sont véritablement extraordinaires, mais le cachent. C'était ce dernier point, surtout, qui le troublait. Il est venu nous voir dans le Colorado parce qu'il voulait nous parler, à toi et à moi. Il t'a parlé quand vous étiez au sous-sol ?

— Non. »

Ann hocha la tête :

« C'était un homme troublé, et qui t'aimait, malgré la crainte que tu lui inspirais. Je l'ai supplié de se taire. »

Elle mit son visage dans ses mains.

« Tu sais pourquoi, Jimbo ? Parce que j'avais peur de ce que tu ferais. Parce que je t'aime et qu'Emerson m'est apparu comme un danger. Et, même si tu étais fou, même si tu avais assassiné la moitié de l'Amérique, je continuerais de t'aimer et de faire n'importe quoi pour t'aider.

— Il est possible que je sois fou », dit très calmement et très doucement Jimbo.

Et il se tenait debout immobile, gigantesque et fragile comme s'il ne sentait pas le froid terrible.

« Dieu ait pitié de nous! dit Ann. Il y a autre chose qu'Emerson m'a raconté. Il m'a parlé de ta violence quand tu étais enfant, et de ce que tu as fait à ses soldats. Mais peut-être qu'il exagérait.

— Il n'exagérait pas.

— Tu lui as vraiment fracassé sa collection, quand tu avais douze ans?

— Oui. »

Ann ne put s'empêcher d'ajouter :

« Et cette fois encore la collection a été pulvérisée. Avec une différence : Emerson en est mort. Peut-être même assassiné. Si j'étais un génie, je trouverais certainement un moyen pour tuer les gens en faisant croire qu'ils sont morts de mort naturelle. »

Silence.

« J'étais à Washington. »

Silence encore. Jimbo, toujours debout et immobile, dit dans un souffle à peine audible :

« Ne me quitte pas, Ann. »

Elle n'arrivait même pas à pleurer.

« Ann, je t'en supplie, ne m'abandonne pas. Je t'en supplie. »

Après un long, très long moment, sans le regarder, elle se leva, traversa le parc, et toute la longueur du Musée des enfants. Elle monta dans le taxi et s'y assit.

Elle ne tourna pas la tête quand il vint la rejoindre.

Ils suivirent côte à côte l'enterrement d'Emerson Thwaites, perdus dans une foule immense. A la fin de la cérémonie, Ann dit à Jimbo qu'elle allait d'abord rentrer au Colorado, puis réfléchir. Jusqu'aux vacances de Noël. Ensuite, elle irait en

Angleterre, avec les enfants, puisqu'il n'était à peu près jamais à la maison, de toute façon.

17

Mélanie dicta encore trois lettres puis demanda :

« Combien de temps me reste-t-il ? »

On n'était plus très loin du décollage du Concorde.

« Allenby est là ? »

Il attendait dans un salon voisin.

« Faites-le entrer et allez m'attendre dans l'avion, Ginny. »

Lorsque sa secrétaire fut sortie, elle dit à Allenby, qui avait à peu près quarante-cinq ans, un grand nez et vingt ans de services secrets avant de fonder sa propre agence :

« Avertissement, Allenby : je vous sais discret, je veux que vous le soyez comme vous ne l'avez jamais été. Je ne plaisante pas. Que quelqu'un, un jour, ait connaissance de l'enquête dont je vais vous charger, et je veillerai personnellement à ce que vous preniez sur la gueule les pires emmerdements, quel que soit le prix qu'il m'en coûtera. »

Allenby acquiesça en souriant. Il n'avait pas grand-chose d'autre à faire. Mélanie poursuivit :

« James David Farrar, dit Jimbo. Un grand escogriffe aux yeux tendres, l'un des deux vice-présidents exécutifs de ma société. Plus intelligent que vous et moi réunis. Ne vous fiez surtout pas à ses allures de doux rêveur : il pense à une vitesse foudroyante et il vous repérera à dix-huit kilomètres à la ronde. Je veux connaître la vérité à son sujet. Trois possibilités : Il est soit un fou meurtrier d'une diabolique habileté, soit tout à fait innocent et c'est moi qui suis complètement cinglée, soit la victime de quelque chose qui le dépasse. Dans ce dernier cas, il pourrait s'agir des Jeunes Génies. Vous avez entendu parler de la Fondation Killian ? Bon. Mettez-moi tout ça sous surveillance, avec les précautions les plus extrêmes. Employez mille hommes s'il le faut. En informatique, Jimbo Farrar est un pur génie, et j'ai besoin de lui, notre pays aussi, God bless America ! S'il a tué des gens, à la limite je m'en fous. Mais je tiens à le savoir. Fouillez son passé et son présent, démerdez-vous. Son présent, ce sont les morts d'Oesterlé, Jenkins et Thwaites; voyez les dossiers de police. »

Elle sortit une enveloppe de son sac et la lui tendit :

« Je vous ai résumé mes idées sur le sujet. Pour le financement, tout est réglé, comme pour l'affaire précédente, crédits illimités, dans des limites raisonnables. »

On frappa.

« Oui », dit Mélanie.

La secrétaire passa la tête.

« L'avion.

— J'arrive. »

La porte se referma :

« Deux points encore, Allenby. Un : vous ne rendrez compte qu'à moi, personnellement. Ne venez jamais me voir. Code téléphonique habituel. »

Mélanie enfila ses gants, ramassa sac et manteau. Puis :

« Deuxième point : il y a, entre toutes, une personne qui ne doit rien savoir; c'est Ann Farrar, la femme de Jimbo. Bonne chance ! »

Elle partit vers son avion. Allenby s'assit, lut paisiblement les papiers qu'il venait de recevoir, les apprit par cœur pour l'essentiel, coda quelques noms sur son carnet puis, ayant brûlé les documents de Mélanie, s'envola pour Boston.

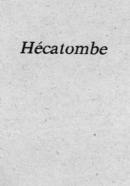

Hécatombe

1

Dix ans plus tôt, Emerson Thwaites avait fait un testament qui laissait à Jimbo et à ses enfants la totalité de ses biens, dont la maison de Marlborough Street.

Le lendemain des obsèques de Thwaites, Doug Mackenzie téléphona à Jimbo :

« Je vous croyais au Colorado, mais Tom Wagenknecht m'a appris que vous étiez encore à Boston.

— Les affaires de mon ex-beau-père à mettre en ordre. Doug ? Je voudrais vous parler ailleurs qu'au téléphone. »

Ils convinrent de se retrouver le lendemain à New York, dans les bureaux de Killian.

Jimbo arpenta les pièces du rez-de-chaussée. Sur les murs manquaient une petite toile de l'école de Vasari, représentant une joute équestre sur la place de la Sainte-Croix à Florence, et deux dessins admirables, l'un de Dürer, l'autre de Michel-Ange.

Jimbo entra dans le petit salon d'angle, où Thwaites avait l'habitude de travailler. Il s'assit derrière le bureau. Face à lui, sur un socle de marbre noir, Nicolas Machiavel le fixait de ses yeux de renard.

« Monsieur Farrar ? »

La silhouette osseuse et carrée de Mattie Lindholm l'Etrangleuse venait d'apparaître sur le seuil.

« Tout est en ordre, dit Mattie de sa voix rude. Sauf le deuxième étage. Je n'y ai pas touché, vous m'avez dit de ne pas m'en occuper.

— Vous avez bien fait, dit gentiment Jimbo.

— Un paquet est arrivé pour vous. Quelqu'un l'a déposé devant la porte parce qu'il n'entrait pas dans la boîte aux lettres. Je n'ai pas vu qui. »

Elle avança de quelques pas et posa sur la table un paquet rectangulaire enveloppé de papier kraft. En lettres capitales : M. J.D. FARRAR. PERSONNEL. Rien d'autre.

Jimbo n'y toucha pas, mais il dit :

« Mattie, j'ai pris une décision vous concernant. Vous pourrez continuer à vous occuper de cette maison. Vous déciderez vous-même. Dans tous les cas, vous percevrez vos gages à vie. »

Un temps. Le visage taillé à coups de serpe de l'Etrangleuse se contracta soudain.

« Dieu vous bénisse ! dit-elle d'une voix rauque.

— Dieu vous entende ! » répondit Jimbo, ses yeux bleus posés sur ceux de Nicolas Machiavel.

La tête de bronze était placée de telle sorte que toute la pièce semblait s'organiser autour d'elle.

« Je voudrais ne pas quitter cette maison, dit encore Mattie. J'y ai vécu trente-trois ans. »

Jimbo acquiesça. Mattie s'éloigna. Jimbo ouvrit le paquet, sachant à l'avance ce qu'il contenait : le dessin de Dürer, celui de Michel-Ange, et la petite toile de l'école de Vasari. C'était logique.

Et, jointe à ces trois pièces, une quatrième, un

merveilleux cadre d'or finement ciselé, dans lequel se trouvait le portrait de Mary Farrar-Thwaites, mère de Jimbo et épouse d'Emerson. Elle n'avait pas été extraordinairement jolie, mais son charme essentiel avait tenu à d'admirables yeux bleu tendre à l'expression rêveuse et énigmatique.

Jimbo rangea côte à côte les quatre objets sur le bureau. Il adressa un signe de tête à Nicolas Machiavel.

Les rapports des agents d'Allenby relatèrent :

Le sujet a passé la plupart de son temps dans la maison de Marlborough Street, où se trouvait également Mathilda Lindholm, l'ancienne gouvernante de Thwaites, qui continue d'assumer ses fonctions.

Ci-joint l'enregistrement sonore de leur conversation. Le sujet a en outre fait don à Mathilda Lindholm d'appartements dans le quartier de Roxbury, Boston, d'une valeur estimée à 75 000 dollars.

Donation à rapprocher de la demande formulée par le sujet auprès de l'étude Matheson & Ross, avoués à Boston. Le sujet traite des conditions dans lesquelles la totalité du portefeuille de valeurs boursières pourrait être liquidée, et le produit de la vente versé au Fonds des Nations Unies pour l'enfance. Enregistrement sonore joint.

A deux heures zéro trois p.m., un jeune garçon à bicyclette a déposé un paquet devant la porte de la maison. Il a été pris en filature immédiatement après son départ, mais cette filature a dû être interrompue, sans qu'il soit possible de déterminer si c'est volontairement ou non que le garçon a échappé à la surveillance. Joint signalement du garçon.

Le paquet a été trouvé par la femme Lindholm, qui

l'a remis au sujet. Le sujet n'a fait aucun commentaire audible sur la nature du paquet.

Le sujet a reçu et donné nombre de coups de téléphone, pour l'essentiel de nature professionnelle, et en liaison avec le centre de recherches du Colorado. Jointes la liste et la transcription intégrales de toutes les communications.

A noter : aucun appel de la femme du sujet, que le sujet n'a pas non plus cherché à joindre, contrairement à son habitude.

Suite à sa conversation avec Mackenzie, le sujet a pris ce matin l'avion de 7 h 04 pour New York.

Doug Mackenzie hocha la tête :

« C'est extrêmement délicat, Jimbo. »

Il se renversa dans son fauteuil. C'était un homme d'une cinquantaine d'années, élégant, avec des cheveux argentés et le teint bronzé des joueurs de golf.

« Très délicat. Vous connaissez Mélanie. »

Il se mit à parler de lui-même. De ses débuts chez Killian vingt-cinq ans plus tôt, comme vendeur au porte à porte, essayant de fourguer ces putains de valises qui avaient fait la première fortune de Killian, le vieux. Il avait travaillé comme une bête, s'était marié trois fois, entre deux rendez-vous d'affaires, ne se souvenait pas tous les jours du prénom des femmes qu'il avait épousées, était monté en grade, lentement et progressivement, conquérant chaque promotion avec acharnement. Le golf pour tout loisir, et encore c'était pur miracle quand il pouvait aller jusqu'au dix-huitième trou...

« Ordinairement, le téléphone retentit quand je m'apprête à putter au cinquième, et j'entends la voix de Mélanie me demander ce que je peux bien foutre à baguenauder en rase campagne et chaus-

248

sures bicolores, au lieu de m'occuper de ces saloperies de valises. Et pendant ce temps-là... »

Pendant ce temps, lui, Jimbo, se promenait nonchalamment, disparaissant deux ou trois jours sans raison, jouant au train électrique comme tout génie qui se respecte. Parce que Mélanie l'estime, lui Jimbo, indispensable, surtout quand on connaît les investissements énormes faits par Killian dans le domaine de l'informatique. Et c'était lui, Mackenzie, qu'on appelait sans arrêt, le Pentagone, les Californiens, les gens de New York et Chicago, la NASA, Dieu sait qui encore, tous pour affirmer que Farrar est génial, décidément. Et Jimbo savait-il pourquoi c'était lui, Mackenzie, qu'on appelait toujours ?

— Yep.

— Parce que je suis là, pendant que vous jouez au train électrique et que Mélanie se balade en Europe. Moi je reste, et je continue à m'occuper de ces foutues putains de saloperies de valises dont la vente paie tout, y compris votre putain d'ordinateur Fozzy. »

Jimbo sourit :

« Je sais ce que vous allez dire maintenant, Doug.

— Je ne peux vraiment pas vous blairer, Jimbo.

— Je savais que vous alliez dire ça.

— Et maintenant, vous venez me voir et vous me demandez de vous aider à convaincre Mélanie de foutre en l'air toute cette affaire de Fondation, d'une part, et d'autre part de mettre fin à notre contrat avec le département de la Défense, parce que vous trouvez immoral que Fozzy fabrique des armes. »

Jimbo ôta ses pieds du plateau du bureau et se leva.

« Dans les deux cas, plutôt crever, Jimbo! dit Mackenzie. Je ne sais pas grand-chose du projet Roarke; seuls Mélanie et vous...

— Vous oubliez Sonnerfeld et Wagenknecht.

— D'accord. Je ne sais pas grand-chose du projet, sauf qu'il va nous rapporter dix ou quinze millions de dollars dans un premier temps, et davantage ensuite. Ça me suffit. Je ne vous aiderai pas à convaincre Mélanie, je continuerai à faire ce que Mélanie me dit de faire. »

Jimbo sourit :

« Merci quand même. »

Hors du bureau de Mackenzie, il bavarda avec une secrétaire et s'en alla : il sortit sur Park Avenue. Le temps était froid mais beau à New York, en ce 21 décembre, un peu après neuf heures du matin.

Les huit agents d'Allenby — cinq hommes et trois femmes — se déployèrent sitôt qu'il apparut. Certains portaient un walkman, d'autres des postes à transistor maintenus sur l'épaule. Tous reçurent la voix d'Allenby :

« On garde ses distances. »

Allenby lui-même se trouvait à cent mètres de là, à l'arrière d'une ambulance aux vitres teintées. Il prit Farrar dans ses jumelles, Farrar qui marchait vers le sud. Deux minutes. Puis une voix dans l'écouteur d'Allenby :

« Un groupe de gosses dans la 53e.

« Ça a peut-être quelque chose à voir avec les Jeunes Génies », avait dit Mélanie Killian. Et les Jeunes Génies étaient depuis la veille en vacances. Ce qui ne facilitait pas leur surveillance.

— Attention à ces gosses », dit vivement Allenby, poussé par son seul instinct.

Il se serait méfié de ses propres enfants.

Farrar était toujours dans ses jumelles. Farrar et les gosses allaient fatalement se croiser.

Ils se croisèrent. Très visiblement une conversation s'engagea; le géant parlait en souriant et les adolescents lui rendaient son sourire.

« Photos de ces mômes », ordonna Allenby.

Peut-être y avait-il parmi eux l'un des élèves de la Fondation.

Une minute. On discutait toujours — en riant maintenant — sur le trottoir de Park Avenue.

« Ils repartent. Ensemble. »

« Farrar nous prépare un tour de con », pensa Allenby, avec une absolue certitude.

Farrar traversa Park Avenue à la hauteur du Racquet & Tennis Club, s'engagca dans la 52ᵉ, toujours au milieu du groupe d'adolescents — Gulliver en promenade avec ses petits copains de Lilliput. Et tout le monde rigolait ferme. « On se paierait ma fiole que je n'en serais pas autrement surpris », pensa Allenby presque amusé.

Farrar traversa Madison Avenue, finit par déboucher sur la 5ᵉ, droit sur Rockefeller Center. Les gosses suivaient toujours, morts de rire. Très calmement, Allenby jura : filer quelqu'un dans Manhattan, et surtout aux alentours de Rockefeller Center, était sans aucun doute ce qu'il détestait le plus, avec le Yorkshire pudding. Il ordonna :

« On se rapproche. Vite! Distance dix mètres. »

Farrar traversa encore la 5ᵉ.

« Il se mit à suivre la 51ᵉ ouest, en direction de l'avenue des Amériques.

— On se rapproche encore. Distance deux mètres. Ne le lâchez pas ! »

Farrar longea la façade d'Associated Press. Puis celle du Radio City Hall.

Puis disparut.

— Il nous a semés, dit calmement Allenby au téléphone à Mélanie. Il est entré au Radio City Music Hall en même temps qu'une bonne partie des six mille spectateurs. Il est possible qu'il ait chronométré ça à la seconde près. En tout cas, il s'est perdu dans la foule, malgré sa taille.

« Il fallait mettre davantage de bonshommes.

— J'en aurais eu cent que ça n'aurait pas changé grand-chose. Vous connaissez le Rockefeller Center : en utilisant les sous-sols qui font communiquer les immeubles entre eux, il devait disposer de deux cents sorties possibles, pour le moins.

— Et les enfants ?

— Il leur racontait des histoires, et leur a offert des billets pour le spectacle. Ils n'ont rien à voir avec votre Fondation ? Il a su gagner leur confiance en un temps record. Ce n'est pas un type ordinaire.

— Dieu merci, répliqua sarcastiquement Mélanie, votre enquête n'aura pas été inutile : me voilà nantie d'une information capitale. Et il est où, à présent, à votre avis ?

— Selon son emploi du temps, que vous nous avez communiqué, il devrait être en route pour le Colorado. Nous surveillons tous les vols pour Denver. Rien pour l'instant.

— Boston, Washington ?

— Même chose.

— Il est bien quelque part. Trouvez-le.

252

— J'ai des équipes partout où nous pensons qu'il peut se rendre. Les élèves de votre Fondation sont en vacances depuis hier, vous le savez. J'ai mis en place un dispositif pour surveiller chacun des trente gosses. Si Farrar cherche à contacter l'un d'entre eux, n'importe lequel, nous devrions l'apprendre. »

En principe.

2

Liza se glissait entre les sapins enneigés, s'appliquant à contourner les creux où s'était accumulée la neige. Elle mettait ses pas exactement là où elle les aurait mis en été. Elle suivait un chemin qu'elle connaissait par cœur, pour l'avoir parcouru des centaines de fois depuis qu'elle était en âge de marcher.

Parvenue au sommet de la butte, toujours à l'abri des arbres, elle se retourna, porta les jumelles à ses yeux. Les troncs au premier plan disparurent, la ferme Rainier grossit démesurément. Rien n'y bougeait. Les bâtiments étaient vides. De la fumée continuait pourtant à sortir de la cheminée et, en tendant l'oreille, Liza pouvait entendre la stéréo tonitruante.

Les jumelles quittèrent la ferme, suivirent le tracé de la route reliant Duluth à Virginia. Bientôt apparut le petit carrefour avec la piste non asphaltée conduisant à Arnold.

La voiture verte était toujours là. Deux hommes à bord, l'un d'eux avec des jumelles, braquées sur la ferme Rainier. Liza rit franchement, ses superbes yeux verts étincelants. « Et, en plus, ils doivent se geler ! »

Elle repartit, retrouva le chemin entre les rochers, le suivit. Trois minutes plus tard, elle déboucha sur un petit lac. Les bungalows sur la rive opposée, semblaient fermés et inhabités. Néanmoins, pour plus de sûreté elle demeura constamment à couvert, bien que le risque d'être vue ne fût pas très grand, avec toute cette neige qui dégringolait à gros flocons.

Elle parvint à la cabane.

Vit les traces de pas.

Dit en entrant :

« Vous auriez dû allumer le feu.

— Je n'ai pas trouvé d'allumettes », dit Jimbo.

Il ne s'était même pas retourné. Il contemplait le lac gelé par la seule fenêtre, une ouverture étroite à double vitrage et nantie d'une moustiquaire.

Liza ôta son parka fourré et ses moufles. Les allumettes se trouvaient dans la boîte marquée « Sel », sur la cheminée. Elle se mit à déchirer les pages d'un vieux catalogue Sears & Rœbuck, plaça du papier dans le poêle et dans la cheminée et, par-dessus, du petit bois. Le feu prit immédiatement.

« Ça va chauffer très vite. Mon père fabrique des cabanes bien étanches. Il en a construit des dizaines, dans toute la région. »

Elle ajouta du bois d'un côté, du charbon de l'autre.

« C'est sans doute ce qu'il fait de mieux. Je peux faire du café, si vous voulez. Vous devez être gelé après cette longue marche dans la neige. Vous avez trouvé facilement la cabane ? »

Jimbo se retourna, et acquiesça. Un instant

encore immobile, il se débarrassa lui aussi de sa grosse veste en mouton retourné. Il s'assit sur l'un des deux bat-flanc. Ils burent leur café en silence. Liza dit :

« Deux hommes dans une voiture verte. Ils sont arrivés peu après le départ de mes parents. Ils s'étaient perdus, disaient-ils. Depuis, ils attendent au carrefour de la piste d'Arnold. Ils surveillent la ferme. Ils n'ont pas pu me voir partir. »

Un temps. Puis, très naturellement :

« Je me demande bien pourquoi ils me surveillent. C'est curieux, vous ne trouvez pas ? »

Jimbo la regarda sans répondre.

« Mes parents sont allés à Duluth et ne rentreront que vers quatre heures. Ils venaient de partir quand vous avez téléphoné. Vous l'avez fait exprès ou c'est un hasard ? »

Il haussa les épaules.

Elle enleva l'un des deux chandails qu'elle portait et vint s'asseoir près de lui. L'air dans la petite cabane commençait à tiédir.

« C'est rare, un professeur qui prend la peine de venir jusque dans le Minnesota pour rendre visite à l'une de ses anciennes élèves. Et pendant les vacances. »

Jimbo écarta les mains, les joignit, doigt contre doigt. Il inspira profondément :

« Pendant dix ans, je suis venu à Duluth chaque printemps. »

Silence.

« Et pour quoi faire ? » demanda Liza.

Jimbo hocha la tête.

« D'accord, dit-il. D'accord. J'ai aussi essayé de parler à Sammy, à Harvard. Sans doute vous l'a-t-il dit. Lui aussi a fait semblant de ne pas comprendre. C'était le jour où Oesterlé et Jenkins sont morts.

« — Encore du café ?

— Non. »

Elle alla rajouter du bois dans l'âtre, du charbon dans le poêle.

« Personne n'aimait Oesterlé, de toute façon, dit-elle.

— Sans moi, dit Jimbo en articulant avec soin, vous n'existeriez même pas. Vous seriez seuls. Je vous ai réunis. »

Elle pencha gracieusement la tête et ses cheveux blonds dansèrent :

« Vous voulez dire les trente élèves de la Fondation ?

— Je veux parler des Sept », répondit Jimbo avec patience.

Elle le dévisageait de ses yeux verts, l'air très étonné. Elle sourit :

« Vous êtes bizarre, vous savez. »

Elle finit par abaisser son regard et contempla les mains de Jimbo :

« Vous avez des mains formidables. Toutes les filles sont folles de vous, au collège. Pas seulement à cause de vos mains, à cause aussi de vos gentils yeux bleus. Même Paul Newman est enfoncé; ça fait un sacré bout de temps que vous êtes en haut du hit-parade. »

Elle avança et l'embrassa sur les lèvres, sans qu'il réagisse. Elle s'éloigna pour aller jeter une nouvelle pelletée de charbon dans le poêle. Dans la cabane, l'air était maintenant chaud et agréable.

« Ecoutez, dit Jimbo. Le pire, c'est ce que vous avez fait à Emerson Thwaites. J'espère que vous n'avez pas vraiment cherché à le tuer; j'espère qu'il est mort naturellement, quand il a vu ce que vous aviez fait à sa collection. Je veux le croire. »

Elle fourrageait dans le poêle à l'aide d'un tisonnier sans paraître l'entendre.

« Il faut que je le croie, Liza. »

Il posa sa nuque contre la paroi de bois calfatée de mousse.

« Je sais que vous n'allez pas me répondre. Mais je... »

Il s'interrompit. Liza ôtait son deuxième chandail. Le mouvement qu'elle eut pour se dévêtir fut infiniment gracieux. Elle se pencha sur la gorge ouverte du poêle, réchauffant ses seins au-dessus du feu rougeoyant.

« Liza... »

Elle se retourna enfin et lui fit face, ses cheveux blonds teintés de rouge par la lueur du poêle. Elle vint vers lui, prit doucement la tête de Jimbo entre ses doigts et amena le visage contre ses seins :

« Sentez, ils sont tout chauds. »

Il se dégagea avec une douceur égale.

« Vous ne voulez pas me répondre... »

Elle se débarrassa de ses après-skis, défit son jeans, fit glisser son slip.

« J'espérais que vous viendriez, dit-elle. Et lorsque vous avez téléphoné, à la seconde où j'ai reconnu votre voix, j'ai su que j'allais faire l'amour avec vous. »

Elle saisit les mains de Jimbo et les souleva, les plaça autour de ses hanches nues.

« J'en ai toujours eu envie. Depuis la première fois que je vous ai vu.

— Quand je venais à chaque printemps ? ».

Elle secoua la tête comme devant la question

d'un enfant. Elle se glissa entre ses mains et vint s'asseoir sur ses genoux.

« Ne craignez rien, je ne suis pas vierge. Et personne ne viendra, on ne peut pas voir la fumée sortir de la cheminée, avec la neige qui tombe. »

Elle l'embrassa et cette fois le contraignit à ouvrir ses lèvres. Le toucha de sa langue brûlante :

« Faites-moi l'amour. Entrez en moi.

— Et vous répondrez à mes questions ? »

Elle le caressait, l'embrassait. Elle s'éloigna juste assez pour le regarder en souriant :

« Ne cherchez donc pas de prétexte, Jimbo Farrar. Faites-moi l'amour simplement parce que vous en avez envie, cette raison-là suffit. Votre femme est très belle et vous l'aimez. Mais vous avez envie de moi. Je l'ai toujours su. Je devine toujours ce que les gens pensent, je ne me trompe jamais. »

Des secondes d'immobilité et de silence. Puis les mains immenses bougèrent, très lentement.

L'une derrière la nuque, l'autre au creux des reins. Il la souleva comme une enfant et l'allongea.

Et c'était vrai que son corps était chaud.

Elle demanda :

« Où avez-vous laissé votre voiture ? »

Il lui indiqua l'endroit. Elle acquiesça :

« Vous pourrez repartir sans difficulté, malgré cette neige qui n'arrête pas, vous ne serez pas bloqué. »

Un temps.

« Et les hommes dans la voiture verte ne vous verront pas repartir, pas plus qu'ils ne vous ont vu arriver. C'est vous qu'ils surveillent. Moi, je ne suis pas assez importante. Vous êtes peut-être un espion ? Ou alors c'est peut-être votre femme qui vous fait suivre... »

Elle remit son deuxième chandail.

« Je veux une réponse, Liza.

— Vous n'allez pas recommencer... »

Elle lui tendit une autre tasse de café brûlant, qu'il refusa.

« Vous êtes en colère contre moi et contre vous, maintenant, dit-elle avec le plus grand calme. C'est une réaction normale.

— Jusqu'où irez-vous ? »

Elle plongea le nez dans sa tasse, la reposa, ferma à demi les yeux :

« Je suis d'une intelligence exceptionnelle, vous savez.

— Je sais.

— Mais ce n'est pas exceptionnel d'être exceptionnel, au collège Killian. »

Un temps.

« Et vous auriez choisi sept d'entre nous, vous seriez venu les voir grandir année après année, pendant dix ans ? »

Il attendait.

« Je vous ai vu pour la première fois à New York, au Waldorf Astoria, au mois de mai. Jamais avant. »

Un temps. L'acuité des yeux verts était à ce moment-là presque gênante.

« Et vous auriez travaillé à la création de cette fondation dans le seul but de réunir ces sept enfants que vous aviez choisis ? »

Un temps.

« En pensant que quelque chose allait naître de cette réunion ?

— Peut-être, dit enfin Jimbo, la gorge serrée. J'ignorais ce qui allait se passer. »

Elle lui sourit :

« L'idée ne vous est jamais venue que vous pourriez avoir tout inventé ? On appelle ça un transfert, je crois. »

Elle enfila son parka.

« Je me souviens des cours d'histoire que nous a donnés M. Thwaites, qui est mort d'une crise cardiaque. Un matin, sans raison particulière, il s'est mis à nous parler de l'adolescence. Il nous a fait tout un speech sur Savonarole, Mao, les Brigades rouges, Baader. C'était curieux, nous avons eu l'impression qu'il voulait nous faire comprendre quelque chose. Je ne sais pas quoi, bien que je sois très intelligente. Il y avait surtout une expression qui m'a frappée, il l'a répétée plusieurs fois. Il appelait ça la « fièvre sombre de l'adolescence ». D'après lui, elle se caractérise par une colère ou par le dégoût. Avec deux solutions possibles : ou bien on se tue ou bien on rêve de détruire le monde entier, parce qu'il est complètement pourri et qu'il n'y a vraiment plus rien à en espérer. »

Elle mit ses moufles.

« Toujours d'après M. Thwaites, il vient un moment où la fièvre tombe. Il appelait ce moment-là « basculer dans l'âge adulte ».

Nouveau sourire :

« Une théorie étrange, hein ? Mais il était très intelligent et c'était un grand historien. Non ? »

— Si », dit Jimbo.

Pour la première fois de sa vie, il éprouvait les limites de sa propre intelligence. Il se dressa, immense et désarmé.

« Ce que vous êtes grand ! dit Liza. Mon père

mesure un mètre quatre-vingt-quinze et il ne touche pas le toit avec sa tête. Vous, si. Je dois m'en aller, à présent. Mes parents s'inquiéteraient, s'ils ne me trouvaient pas à la maison à leur retour. »

Elle fit deux pas vers la porte, mais Jimbo ne bougea pas, lui barrant le passage étroit.

« Je ne sais pas si vous avez tué Emerson Thwaites. Ni si vous avez assassiné Oesterlé et Jenkins. Mais n'allez pas plus loin. Je vous ai créés, je dois pouvoir vous détruire. Ou j'essaierai. »

Elle lui caressa la joue de sa main, comme si elle eût été l'adulte et lui l'enfant.

« Décidément vous êtes bizarre, peut-être même un peu fou. Vous n'avez pas arrêté de dire des trucs extraordinaires... »

Elle se hissa sur la pointe des pieds pour l'embrasser une dernière fois, mais ça ne suffit pas.

« Je suis quand même heureuse que vous soyez venu, monsieur Farrar. Mais ne revenez pas, s'il vous plaît. »

Elle le poussa très légèrement. Il s'écarta. Elle releva le capuchon fourré du parka, ouvrit la porte et la neige tourbillonnante s'engouffra. Sur le seuil, elle ajouta :

« Rien ne vous arrivera, monsieur Farrar. Je vous le promets. »

Marqua un second temps d'arrêt. Sans se retourner cette fois :

« Bien entendu, je parle des ennuis que vous pourriez avoir si on apprenait ce que vous avez fait avec moi. Je suis mineure. Je n'ai même pas seize ans. Pour le poêle, ne vous en occupez pas. Laissez le feu s'éteindre de lui-même, monsieur Farrar.

Elle avait raison, au moins pour la voiture : malgré la neige qui tombait toujours à gros flocons, il put assez aisément se dégager. Il regagna Duluth, puis New York.

Les hommes d'Allenby, qui n'avaient pas cessé de surveiller les alentours du Rockefeller Center, repérèrent Jimbo dans la Cinquante-troisième Rue Ouest. Ils notèrent qu'il portait, en dépit du froid, un simple veston de tweed renforcé aux coudes par des empiècements de cuir, sur un col roulé noir. Ils le virent entrer au Hilton.

Allenby frappa à la porte de l'appartement. Jusque-là, il n'avait vu Farrar que de loin; et sa taille, quand il apparut dans l'encadrement, le surprit. Allenby tendit une lettre par laquelle Mélanie confirmait que lui, Allenby, avait été engagé par Killian.

« Je suis chargé d'assurer votre protection, en raison du travail que vous effectuez pour le gouvernement.

— Je n'ai vu aucun espion, assura Jimbo.

— Je peux quand même entrer et jeter un coup d'œil ?

— Mais certainement. »

Allenby entra. Des dossiers épars et des feuilles de papier recouvertes de chiffres jonchaient la table.

« En plein boulot, hein ? »

Farrar avait ôté son veston. Sur un fauteuil se trouvait négligemment jeté le manteau de cuir qu'il portait le matin, en sortant de chez Mackenzie. Comme par hasard, Allenby laissa traîner ses doigts sur le cuir. Qui était sec, et il avait plu sur

New York dans la journée, entre dix heures du matin et cinq heures de l'après-midi.

« Miss Killian a essayé de vous joindre et s'inquiétait, dit Allenby.

— Désolé, dit Jimbo. Quand je travaille, je ne vois pas le temps passer. Je suis là depuis ce matin. »

« Nom de Dieu, pensait Allenby avec le plus grand calme, il se paie réellement ma fiole! » Il dit :

« Vous voulez dire que vous avez passé douze heures dans cette chambre sans sortir ?

— J'avais même oublié de manger. Mais je suis sorti il y a peut-être un quart d'heure. Pour aller avaler un hamburger, si ce détail vous passionne. Je n'ai fait qu'aller et venir, je n'ai même pas pris mon manteau. Fait pas chaud, hein ? »

Allenby dit oui, c'était sûr, on se les gelait.

« Et vous avez commencé votre travail de protection quand ? demanda Jimbo.

— Aujourd'hui. »

Un temps.

« J'espère que vous attraperez beaucoup d'espions, dit Jimbo avec gentillesse. Quelle frustration, sinon ! »

3

Il fit à Ann le compte rendu de sa rencontre avec Liza sans rien lui cacher.

« Du moins — rectifia Ann — c'est ce qu'il affirme. »

— J'ai fait l'amour avec elle. »

Elle demanda sur un ton apparemment tranquille :

« Et c'était la première fois ?

— Oui.

— Et la dernière ? »

Il ne répondit pas.

« Est-ce qu'elle baise bien, au moins ? »

Un temps.

— Je n'ai jamais été grossière de toute ma vie. Mais il paraît que ça soulage. Ça ne me soulage pas du tout. »

Il reposa calmement sa fourchette et quitta la table ; elle l'entendit descendre au sous-sol.

A cet instant-là, elle faillit ne pas le rejoindre. Mais elle finit par le suivre.

« Qu'est-ce que tu cherches à faire ? Me pousser à bout ?

— Non, Ann. »

Et il ordonna :

« Fozzy, on y va. Démarrage général. »

Les trains se mirent à rouler.

« Et arrête ces foutus trains ! »

Il baissa la tête :

« Fozzy, arrêt général. »

Les soixante-sept trains s'immobilisèrent. Les centaines de lampes et de feux clignotants du circuit s'éteignirent. Jimbo tendit la main, décrocha le wagon de queue de l'un des convois et entreprit d'en changer l'essieu arrière.

« Elle fait partie des Sept, Jimbo ?

— Qui ?

Un temps.

« Elle en fait partie ?

— Les Sept n'existent pas, dit Jimbo. Je les ai inventés.

— Tu m'as soutenu le contraire à Boston, il y a quelques jours. »

Pas de réponse.

« Je fais de mon mieux pour rester calme, Jimbo. J'espère que tu le comprends.

— Je le comprends. »

Ses longs doigts remontaient l'essieu neuf avec une impressionnante habileté.

« Mélanie m'a appelée, hier après-midi, elle m'a demandé si je savais où tu étais. Comme je n'en avais pas la moindre idée, j'ai dit non. Elle m'a aussi demandé si nous nous étions disputés, et j'ai encore dit non. »

Un temps.

« Elle n'a pas été dupe une seconde. J'ai pourtant fait tout ce que je pouvais. Hier soir, c'est moi qui l'ai rappelée. Et Mélanie m'a rassurée. Selon elle, tu avais passé la journée au Hilton de Rockefeller, à travailler. Même que tu avais pris la chambre sous un autre nom, pour ne pas être dérangé. Qui me raconte des histoires ? Elle, qui assure que tu n'as pas quitté New York, ou toi, qui prétends être allé dans le Minnesota pour coucher avec cette petite garce ? »

Il expliqua comment il avait fait. La substitution de la veste de mouton retourné contre le manteau de cuir. Substitution nécessaire : il savait qu'il neigeait dans le Minnesota et que la neige risquait de laisser des traces sur son manteau de cuir. Mais il n'avait pas prévu qu'il pleuvrait sur New York.

Quant à l'hôtel, il avait réservé la chambre deux semaines plus tôt, avait pris sa clef le matin avant neuf heures trente, accroché « *Ne pas déranger* » sur la porte et était parti prendre son avion. À son retour de Duluth, il avait abandonné la veste dans la première poubelle venue et était rentré en veston à l'hôtel, comme s'il venait d'en sortir. Il sourit, apparemment très satisfait de lui-même : pas si compliqué, après tout.

« Tu savais donc que tu étais suivi ? »

Il le savait depuis plusieurs jours.

« Et c'est Mélanie qui te fait suivre ?

— A cause de mon travail pour le gouvernement. Elle ne veut pas prendre de risques. »

Le plus irritant dans toutes les explications qu'il donnait, c'était son calme. Il avait remis en place le wagon dont il venait de changer l'essieu et démontait une locomotive, comme si c'eût été la chose la plus importante du monde.

En temps normal, il en aurait fallu davantage pour la mettre hors d'elle. Mais, avec tout ce qui s'était passé au cours des mois précédents, depuis cette folle histoire des Jeunes Génies; et surtout depuis la mort d'Emerson Thwaites...

Elle ne passerait pas la nuit dans ce sous-sol, à contempler des kilomètres de voie, à le regarder réparer ses trains. Elle allait, dit-elle, monter dans leur chambre et l'attendre. Et là il devrait s'expliquer. Parce que la coupe était pleine.

Elle monta, s'allongea sans se déshabiller. En pure perte : moins d'un quart d'heure plus tard, elle l'entendit mettre la voiture en marche, et elle devina où il allait : s'enfermer avec Fozzy, dans le souterrain blindé.

Il ne revint pas le lendemain, 23 décembre.

Elle partit pour Londres, emmenant avec elle Ritchie et Cindy.

4

Le 26 au matin, Jimbo quitta une nouvelle fois Denver à destination de Washington. Tom Wagenknecht et Ernie Sonnerfeld avaient tenu à l'accompagner à l'aéroport, et ensuite Ernie devait ramener Tom chez lui. Tom bâillait à s'en décrocher la mâchoire :

« Travailler le jour de Noël! J'espère qu'on recevra au moins la médaille d'honneur du Congrès! »

Pour finir à temps tous les calculs, ils avaient même passé la nuit du 25 au 26 avec Fozzy.

« Nous allons dormir deux jours complets. Quant à toi, essaie au moins de dormir dans l'avion.

— Juré », dit Jimbo.

Il ne dormit pas, ne parvenant même pas à lire dix pages de Styron. Il passa l'essentiel du voyage à contempler le territoire américain sous les ailes de l'appareil.

A Washington, deux hommes du département de la Défense l'attendaient à la sortie de l'appareil, à l'entrée du sas. Ils le firent monter dans une voiture conduite par un chauffeur.

Il était onze heures quarante-cinq, heure de la côte Est.

L'avion avait atterri sur l'aéroport national, au bord du Potomac. La voiture des militaires, dans le lacis des autoroutes, s'engagea soudain sur la droite, en direction du pont Rochambeau.

« Je croyais que nous allions au Pentagone, remarqua Jimbo. Pentagone, du grec *penta,* qui veut dire baïonnette, et du latin *gono,* qui signifie littéralement « s'asseoir dessus ». Le Pentagone est à notre gauche, c'est ce grand bâtiment que vous voyez là. »

La voiture traversa le pont. Le Jefferson Memorial se dressa sur la gauche. On allait indubitablement vers le centre de Washington, et le Pentagone s'éloignait de plus en plus. Jimbo soupira :

« Ne parlez donc pas tous ensemble : comment voulez-vous que je comprenne ? »

Il se retourna, jeta un coup d'œil sur le Pentagone disparu, où pourtant il avait rendez-vous à midi trente. Ce faisant, il constata qu'une deuxième voiture, avec quatre hommes à son bord, les suivait de près. Il demanda :

« Enlèvement ou changement de programme ? »

L'un des deux hommes répondit tout de même :

« Changement de programme. »

Les deux voitures s'engagèrent dans la 14ᵉ Rue, traversèrent le Mall, tournèrent à droite dans Constitution Avenue, puis à gauche à l'angle du ministère de la Justice. Elles prirent la 9ᵉ tout droit vers le bâtiment du FBI, mais tournèrent encore, une fois, deux fois, et stoppèrent.

« Par ici, s'il vous plaît, monsieur Farrar. »

On le fit entrer dans un immeuble, dans un ascenseur — qui descendit — dans une enfilade de couloirs, dans des bureaux, d'autres couloirs, dans un second ascenseur — qui remonta. Il se retrouva dans un bureau où se tenaient trois hommes. Le visage de l'un de ces hommes était familier à Jimbo. C'était celui d'un des chefs des services secrets de l'armée, un certain Brubacker, qu'il avait rencontré au Pentagone. Brubacker expliqua à Jimbo qu'il y avait en effet un changement de programme : le rendez-vous au Pentagone avait été remis.

Pour l'excellente raison que six des huit hommes que Jimbo aurait dû rencontrer étaient morts, ayant tous péri au cours des trois dernières heures — à quelques minutes d'intervalle les uns des autres — tandis que lui, Farrar, survolait l'Amérique d'ouest en est.

Ce n'était déjà pas mal comme nouvelles fraîches, mais il y avait encore autre chose : quarante minutes après avoir quitté l'aéroport de Stapleton-Denver, Tom Wagenknecht et Ernie Sonnerfeld étaient morts aussi, déchiquetés et brûlés dans l'incendie de la voiture de Sonnerfeld, sur les pentes du Pikes Peak...

« Et pour finir... »

Brubacker s'interrompit quelque temps : le temps qu'il fallut à Jimbo Farrar pour vomir et retrouver un semblant de couleurs, et un contrôle de lui-même à peu près satisfaisant.

« Et pour finir, reprit enfin Brubacker, cet énorme ordinateur de Colorado Springs avec lequel Farrar et ses adjoints avaient conduit tous les calculs du projet Roarke, cette foutue saloperie de machine...

— Ne le traitez pas de machine, dit doucement Jimbo les yeux fermés. Son nom est Fozzy. »

Bon — d'accord — Fozzy. Eh bien Fozzy ne répondait plus. Même lorsqu'on l'appelait au moyen du code secret d'accès indiqué par Farrar lui-même. Fozzy fermait obstinément sa gueule...

« ... en quelque sorte », ajouta à regret Brubacker.

Jimbo se pencha en avant.

« Parce qu'il a quand même dit quelque chose ?

— Oh! pour ça, oui, répondit Brubacker. Et même il n'arrête pas de le répéter. »

Brubacker prit une bande visiblement découpée à la sortie d'une imprimante d'ordinateur.

« Chaque fois qu'on rétablit le contact avec lui par le code secret, il répète... »

Il lut :

« — ALLEZ TOUS VOUS FAIRE FOUTRE, AVEC VOS ARMES A LA CON ! »

Dans un premier temps, les agents de la sécurité avaient relevé cinq points troublants.

« Entendons-nous bien, précisa Brubacker, vous n'êtes pas en état d'arrestation ni quoi que ce soit. Nous vous avons fouillé parce que c'est le règlement. Nous cherchons surtout à vous protéger. Et nous vous posons des questions dans l'intimité, parce que si nous vous interrogions en public ça ferait un foin de tous les diables, avec cette hécatombe. »

Premier point troublant : Farrar était la personne la mieux placée pour installer la bombe dans la voiture d'Ernie Sonnerfeld. Cette bombe n'avait explosé qu'après son départ. Ce n'était pas terrible terrible comme argument, mais enfin...

Deuxième point : huit des onze personnes au courant des détails du projet Roarke étaient mortes. Toutes tuées par une bombe faisant exploser leur voiture. Et le secrétaire à la Défense et un expert s'en étaient tirés par miracle. Ils avaient changé de voiture au dernier moment.

Si bien que Farrar était le seul survivant. Or si des fous ou des espions avaient réellement tenté de faire obstacle au programme, Farrar aurait dû être tué le premier. Et il était vivant.

« Une équipe de spécialistes fouille en ce moment l'avion qui vous a amené de Denver, afin de vérifier s'il n'y a pas une bombe à bord, qui aurait oublié d'exploser. »

Mais si on avait vraiment voulu le tuer, pourquoi n'avoir pas fait exploser la voiture de Sonnerfeld *avant* d'arriver à l'aéroport ?

Troisième point : Farrar avait insisté pour qu'on utilise uniquement l'ordinateur de Colorado Springs et que la transmission des données fût effectuée à distance, de Colorado Springs à Washington, en se servant du réseau SBS[1]...

« ... Et non d'un de ces disques ou bandes ou machins que vous, informaticiens, utilisez d'habitude, des machins qu'on aurait pu acheminer sous bonne garde; et à l'heure actuelle ils seraient au Pentagone en sécurité, hécatombe ou pas. »

Quatrième point : trois hommes seulement étaient au courant du travail effectué par Fozzy sur le projet Roarke et avaient accès à l'ordinateur : Farrar, Wagenknecht et Sonnerfeld. Eux trois seulement pouvaient agir sur Fozzy et le programmer pour qu'en réponse au code secret d'accès il ne débite que des obscénités. Et deux de ces hommes étaient morts.

Et cinquième point : les huit hommes tués entre neuf heures et neuf heures douze avaient été victimes d'attentats à la bombe; selon les experts, il s'agissait d'engins commandés à distance. Et là, on n'y comprenait plus rien, dit Brubacker : un

---

1. *SBS ou Satellite Business System : dispositif utilisant un satellite et des stations-relais à terre, et rendant possible, à une vitesse très au-dessus des normes humaines, la transmission de données d'un ordinateur à un autre, quelle que soit la distance séparant ces ordinateurs. Du fait de sa vitesse, et sous réserve de codage, la transmission est réputée impossible à intercepter.*

des experts affirmait que ces bombes étaient d'un modèle inconnu et qu'elles répondaient à des signaux électromagnétiques, comme un mot de passe... émis par un ordinateur...

... ou un simple télétype servant de relais à un ordinateur de forte puissance se trouvant — pourquoi pas ? — à des milliers de kilomètres de là.

Bien sûr, ce n'était qu'une hypothèse...

Jimbo Farrar semblait s'être remis de son malaise. Il avait ses yeux bleus fixés sur le plafond. Il dit calmement :

« Techniquement, ce que vous dites là est tout à fait idiot.

— Mais vous êtes un génie, répliqua doucement Brubacker. Tout le monde le sait. »

Jimbo ne tenta pas de se justifier : « J'étais dans l'avion au moment des explosions » ou autre argument : « Et comment, me trouvant à dix mille mètres d'altitude au-dessus du Kansas, aurais-je pu déterminer avec certitude le moment de faire exploser les bombes, le moment où mes victimes se seraient trouvées dans leur voiture et pas à cinquante mètres de là ? »

Il resta muet. Brubacker aurait évidemment répliqué : « Rien n'interdit de penser que vous ayez eu des complices. »

Il se contenta de demander :

« Ce sont bien des voitures qui ont explosé, à chaque fois ?

— A chaque fois.

— Dans différents endroits de Washington ?

— Oui.

— Combien de voitures en tout ?

— Six. Plus celle du Colorado : sept. »

Silence.

Jimbo demanda encore :

« Je peux avoir du café ? »

Là-dessus, il fit quelque chose de tout à fait extraordinaire...

5

... De tout à fait extraordinaire pour lui : il donna des coups de poing. Lui qui, de sa vie, ne s'était jamais battu. S'il mesurait deux mètres et quatre centimètres, il ne pesait même pas quatre-vingt-dix kilos. Mais il avait vraiment de très grandes mains.

Et grosses.

Avec ces grosses mains, il frappa Brubacker au visage et Brubacker fut renversé. Dans la même seconde, il toucha l'homme à sa gauche d'un revers de son autre main et l'homme partit les quatre fers en l'air. Jimbo se retourna juste à temps pour s'intéresser au troisième homme, qui s'activait encore sur la machine à café. La main droite de Jimbo se posa sur sa nuque et serra un peu.

« Je ne voudrais surtout pas vous étrangler, excusez-moi », dit Jimbo, mal à l'aise.

Il prit l'arme que le troisième avait dans un étui de cuir et la brandit avec une maladresse qui avait de quoi épouvanter.

« Je ne veux blesser aucun d'entre vous. Je peux vous enfermer quelque part ? »

Ils reconnurent à regret qu'il y avait un placard qui fermait à clef.

« Ce n'est pas très malin », dit Brubacker en entrant dans le placard.

Jimbo acquiesça, ferma la porte à clef et coinça la poignée avec le dos d'une chaise, comme il avait vu faire Gary Cooper. Il alla jeter un coup d'œil dans le couloir qui était désert.

Il revint face au placard :

« C'est quoi, ce truc sur votre revolver ?

— Un silencieux. Et c'est pas un revolver, c'est un pistolet. »

La voix arrivant du placard était étouffée.

Jimbo hésita, regardant le téléphone placé sur le bureau. Il allait le décrocher quand des bruits de pas décidèrent pour lui. Il ramassa son imperméable et sortit rapidement. Il marcha — surtout ne pas courir — le long d'un corridor. Des portes derrière lesquelles on parlait. Sa mémoire lui restitua exactement le parcours suivi à l'aller. Il se dirigea vers un escalier, le descendit, retrouva l'odeur de voiture à essence. Il ouvrit une porte en fer, déboucha dans un garage.

Deux hommes s'y trouvaient, occupés à laver une voiture. L'un d'eux regarda Jimbo. Jimbo lui sourit puis s'éloigna d'un pas tranquille, son imperméable sur l'épaule. Il gravit la rampe d'accès et découvrit où il était : à l'angle de D Street et de la Huitième.

Téléphoner.

Le rythme de ses pas s'était accéléré, il avançait vraiment très vite. Il arriva sur la 9ᵉ Rue, hésita puis traversa D Street à l'abri d'un autocar.

Téléphoner. Joindre Ann.

Il se retourna : à l'entrée du garage, trois hommes apparurent au même instant et l'un d'entre eux était l'homme au café, que Jimbo avait fait mine d'étrangler.

Il s'engagea dans la 9ᵉ, vers Pennsylvania, allongeant encore ses foulées immenses.

Téléphoner !

Il entra chez un antiquaire, dont la porte vitrée laquée de noir résista puis s'ouvrit brusquement. D'abord, il crut le magasin désert. Puis il découvrit une petite fille, assise dans un rocking-chair victorien en fer forgé. Elle se trouvait dans la pièce du fond.

« Normalement, c'est fermé, dit-elle. M'man aura encore mal enclenché le pêne. Elle le fait une fois sur trois. Elle a pas de tête.

— Tu crois que je peux téléphoner ? C'est très urgent.

— M'man est pas là. Attendez qu'elle revienne.

— C'est vraiment très urgent », dit Jimbo en souriant.

Elle redressa le menton :

« Et c'est où que vous voulez téléphoner ?

— Londres. »

Elle s'exclama :

« Rien que ça ! Pourquoi pas en Angleterre, tant que vous y êtes !

— Londres est quand même moins loin », dit Jimbo.

Avançant, il découvrit le téléphone posé sur un coffre Chippendale. Il prit cent dollars dans son portefeuille et les posa sur les genoux de la petite fille. Il décrocha le récepteur et forma le numéro de l'hôtel particulier de South Kensington.

Sonnerie.

« C'est un vrai ? »

Il suivit le regard de l'enfant et aperçut la crosse du revol... du pistolet dépassant de sa ceinture. Il raccrocha et recommença le numéro.

« Il n'est pas chargé. C'est pour rire, dit-il en parlant du pistolet.

— Menteur. Chiche que tu tires ! »

Ça sonnait, sonnait. Personne ne décrochait. Les mains de Jimbo tremblaient et des gouttelettes de transpiration apparurent sur son front. Sans lâcher le récepteur, il prit l'arme de sa main gauche, chercha sur quoi tirer, visa à un mètre de lui une lampe en opaline surmontée d'un abat-jour traité en lithophanie. Il pressa la détente à cinq reprises.

Cela produisit cinq flops.

Mais la lampe ne bougea pas.

« La maison de Mme Morton », dit une voix au téléphone.

Jimbo ferma les yeux.

« Je voudrais parler à Mme Farrar, je vous prie. De la part de M. Seven.

— Seven ?

— Seven. »

Une longue minute. Jimbo tendit le pistolet à la fillette, qui s'en saisit, le visa et appuya sur la détente.

« Oui », dit la voix d'Ann.

Silence.

Jimbo approcha le récepteur très près de ses lèvres et respira très fort, très perceptiblement.

« Allô ? » disait Ann.

Jimbo raccrocha.

Il sourit à la petite fille :

« Tu t'es payé ma tête avec ton histoire de Londres et d'Angleterre, hein ?

— Cent dollars », répondit-elle.

Dehors, il héla le premier taxi qui passa. Une fois assis, il palpa soigneusement son imperméable et en ôta les deux minuscules émetteurs électroniques que les hommes de Brubacker y avaient dissimulés, sous prétexte d'une fouille.

A Union Square, il descendit et entra dans la gare. Il consulta la liste des trains en partance et posa avec soin les deux émetteurs sur des valises qu'on allait embarquer.

Quarante minutes plus tard, soit vers deux heures de l'après-midi, un autre taxi le laissa à Georgetown. Il déjeuna dans l'un des restaurants de M Street. Vers trois heures trente, après s'être annoncé par un coup de téléphone, il fut admis dans le laboratoire d'informatique de l'université catholique. Il expliqua à son interlocuteur — un ami et ancien condisciple de Cavalcanti, — qu'il désirait simplement se livrer à une petite expérience, qu'il avait besoin d'un clavier, d'un téléphone à touches et d'un modem. Pour quelques minutes seulement.

Et il aimerait autant être seul pendant ce temps-là.

Pas de problème, répondit l'informaticien, qui regardait Jimbo comme une starlette des années soixante devait dévisager Marilyn.

Jimbo tapa le code secret : « clef 7864 code Bacchus. »

Les mots expédiés par Fozzy s'inscrivirent aussitôt sur l'écran :

« ALLEZ TOUS VOUS FAIRE FOUTRE AVEC... »

Jimbo coupa la transmission. Il mit son visage dans ses mains et se massa les globes oculaires.

Revint au clavier :

« Fozzy, clef 9889 W17 code Désirade. Ouverture de toutes les clefs. »

S'inscrivit :

« Compris, mec. »

« Fozzy, sors-moi cette foutue programmation Bacchus. »

« Pas de programmation Bacchus », écrivit Fozzy en réponse.

« Effacement opération globale. Exécution. »

« Exécuté », écrivit Fozzy. « Plus de traces. »

Jimbo arracha le papier de l'imprimante, le regarda brûler, en écrasa les cendres sous son pied. Dehors, l'informaticien lui demanda :

« Expérience réussie ?

— Non, dit Jimbo. Mais merci quand même. »

Il quitta le laboratoire peu avant quatre heures trente...

« ... Et c'est à ce moment-là que nous l'avons de nouveau perdu, expliqua Allenby à Mélanie. Nous avions déjà eu un mal fou à le récupérer quand il s'est rendu à Union Station. Il a fallu prendre nos précautions, pour le cas où il serait vraiment monté à bord d'un train. Ensuite, à l'université de Georgetown, il y avait je ne sais trop quel rassemblement de religieux enseignants. Ça a suffi. Il s'est volatilisé. Il peut être n'importe où, à présent.

6

La maison de campagne de Doug Mackenzie se trouvait dans le Connecticut, à proximité d'un terrain de golf. Elle était relativement isolée, à environ huit cents mètres de l'habitation la plus proche.

Dans la nuit du 26 au 27 décembre, à trois heures trente du matin, le téléphone sonna.

Il sonna longuement. Comme à son habitude, Mackenzie avait pris un somnifère léger. L'appel l'atteignit alors qu'il se trouvait dans la première phase de son sommeil, la plus profonde. Il lui fallut presque quarante secondes pour simplement se souvenir qu'il s'appelait Douglas Mackenzie...

... que la femme couchée dans le lit voisin était en train de lui flanquer des coups de pied pour qu'il répondît enfin; que cette femme était la sienne, la dernière en date.

Complètement hébété, il allongea le bras et miraculeusement le récepteur se trouva dans sa main. La sonnerie s'interrompit.

« Oui, Mélanie », dit Mackenzie.

Mais, par extraordinaire, la voix dans l'écouteur n'était pas celle de Mélanie Killian. La voix dit :

« Allumez et regardez ce qu'il y a au pied de votre lit.

— Qui est à l'appareil ?

— Allumez et regardez ce qu'il y a au pied de votre lit. »

Il alluma, se dressa à demi sur son lit. Ce ne fut qu'à ce moment-là qu'il sentit l'odeur. Il regarda au pied de son lit et découvrit le jerrycan.

« Allez jeter un coup d'œil, dit la voix. Prenez votre temps. »

C'était un jerrycan très ordinaire, en plastique de couleur verte, dont le double bouchon était relevé, d'une contenance de cinq gallons — pas tout à fait dix-huit litres. Mackenzie crut même le reconnaître. Il y en avait deux exactement identiques dans son garage. Il se pencha sur le goulot ouvert : le jerrycan était plein, l'odeur venait de là.

Dans le lit jumeau, sa femme à son tour s'était assise et contemplait le jerrycan. Elle dit avec son aigreur ordinaire, sa précision coutumière, son incroyable et exaspérante aptitude à poser les questions nécessaires :

« Qu'est-ce que c'est que cette idée imbécile de monter un jerrycan dans notre chambre ?

— C'est bien l'un des vôtres, dit la voix au téléphone à Doug Mackenzie. Pris dans votre garage. »

Un temps.

« A présent, Mackenzie, allez à la fenêtre sur votre droite et regardez ce qu'il y a dans le jardin. »

Mackenzie était éveillé, maintenant, même si ses réactions étaient encore un peu ralenties par les effets du somnifère.

Il commençait à avoir peur.

A l'intention de sa femme, il plaça un doigt sur ses lèvres, recommandant le silence. Il désigna le téléphone puis fit des signes : « En bas, l'autre ligne. » Ses lèvres formèrent silencieusement le mot « Police ». Nouveau geste : « Vite ! »

La voix dans le récepteur :

« L'autre ligne est coupée, Mackenzie. Et vous comprendrez qu'appeler la police ne servirait à rien, quand vous aurez vu ce qu'il y a dans le jardin. Inutile de reposer le récepteur, le fil est assez long pour que vous alliez jusqu'à la fenêtre. »

Il alla à la fenêtre de droite. Le ciel était couvert, la nuit sombre. Mais soudain cette nuit s'éclaira, trouée par le double pinceau des phares d'une voiture.

« Regardez, Mackenzie. »

Elle avait quinze ans et c'était sa propre fille. On l'avait placée au centre du dallage intermédiaire entre la terrasse d'été et la plage de pierre de la piscine. Elle était nue, ses yeux ouverts exorbités, on l'avait bâillonnée et surtout, surtout, son corps luisait dans la clarté blanche des phares, comme si on l'avait ointe d'huile. Ses bras étaient levés au-dessus de sa tête, les poignets liés par une bande de tissu. Elle était suspendue à la branche basse d'un sycomore.

« Elle a été arrosée d'essence, Mackenzie. Regardez maintenant cinq mètres plus à droite. »

Dans un des grands candélabres du jardin, on avait fiché une torche à la flamme bleutée. La voix reprit :

« Les choses pourraient se passer ainsi, Mackenzie : d'abord les phares vont s'éteindre, l'obscurité viendra, il n'y aura plus alors que la torche. Vous verrez la torche se déplacer, sans même pouvoir distinguer qui la porte. Votre fille sera arrosée avec le reste d'essence, cette essence prendra feu, votre fille brûlera vivante. »

Silence. Il sentit à ses côtés la présence de sa femme — cette femme épousée trois ans plus tôt, et qui n'était pas la mère de sa fille.

Il demanda :

« Qu'attendez-vous de moi ? »

La voix le lui dit. C'était certainement une voix d'homme, étouffée par un mouchoir.

« Je ne ferai rien de tout cela! s'exclama Mackenzie avec une énergie rageuse.

— Vous le ferez. Pour votre fille. Et parce que en cas de refus votre maison sautera. Vous mourrez tous les trois. La bombe est bien plus puissante que celles de Washington et du Colorado. Votre mort n'est pas le but poursuivi. »

La voix lui dit où trouver l'enveloppe : dans la pièce voisine, qui était son bureau. Il s'y rendit : c'était une grosse enveloppe portant le cachet de Nassau, Bahamas. Elle portait son nom et l'adresse d'une boîte postale dans Manhattan. Il l'ouvrit. Le banquier lui écrivait nommément : « Suite à vos instructions écrites, la somme de $ 10 000 000 a été virée ce jour sur la banque de Panama, compte numéro... »

Il revint dans la chambre. Sa fortune personnelle n'avait jamais dépassé quatre cent mille dollars, et encore. Avec deux pensions alimentaires...

La voix :

« La cassette parviendra à Mélanie Killian, au courrier de demain matin. Il est trois heures trente-six. Cela vous laisse plus de vingt-quatre heures pour vider votre compte bancaire et, en compagnie de votre femme et de votre fille, prendre un avion pour Panama, le Mexique ou tout autre pays de votre choix. Encore une fois, votre mort n'est pas le but poursuivi.

— Au nom du Ciel! lui dit sa femme, fais ce qu'on te dit! »

Et il le fit.

Après être une nouvelle fois revenu à la fenêtre, pour contempler le corps nu et blanc, luisant dans la lueur des phares.

« Recommencez, dit la voix. Une fois encore, vos intonations ne sont pas les bonnes. Et bien entendu, utilisez une cassette vierge. »

Mackenzie ôta du magnétophone la cassette qu'il venait d'enregistrer, la remplaça par une nouvelle, appuya sur la touche enregistrement, répéta pour la cinquième fois :

« Mélanie, je suis désolé. Je ne pensais pas qu'il y aurait mort d'homme et que les choses iraient si loin. Même ce pauvre Tom, mon Dieu... »

Il marqua le temps d'arrêt qui lui avait été prescrit et ajouta :

« Il n'y a pas d'autre solution... »

Silence.

Il mit fin à l'enregistrement.

« Ça ira cette fois, dit la voix. A présent, portez la cassette dehors, à l'arrière de la maison. Posez-la sur le sol, à l'entrée du garage. Allumez avant de sortir, éteignez en rentrant. »

Il obéit.

A ceci près qu'au passage dans le salon du bas, il ouvrit l'armoire où étaient normalement rangés ses fusils de chasse.

Mais les fusils n'y étaient plus.

Il remonta dans la chambre.

« Maintenant, attendez. Restez en ligne. »

Il comprit : « Ils écoutent la cassette, pour en vérifier le contenu. » De nouveau, il se porta à la fenêtre, cherchant désespérément ce qu'il pourrait faire. Ses sentiments variaient de minute en minute : tantôt il était convaincu qu'on allait le tuer, ainsi que sa femme et sa fille, tantôt il parvenait à se convaincre de ses chances de survivre. Fût-ce en Amérique du Sud. Après tout, il y avait ces dix millions de dollars. Il avait lu tous les documents envoyés de Nassau, il avait assez l'expérience des banques et des opérations bancaires pour en être persuadé : les dix millions avaient été versés, et à son nom. Qui diable mettrait en jeu dix millions de dollars dans le seul but de l'assassiner ?

« Mackenzie ?

— Oui.

— L'enregistrement est bon. Votre fille va être libérée, vous ne mourrez pas. Mais certaines précautions doivent être prises. Vous avez avec vous les papiers de Nassau ? »

Il les avait laissés dans le bureau.

« Allez les chercher. »

Il s'exécuta.

« Gardez-les. Ils sont à vous. Ils sont aussi la preuve que vos vies ne sont plus menacées désormais.

— Qu'allez-vous faire ?

— Vérifier que vous n'avez pas enregistré une autre cassette ou laissé un message qui annulerait votre message à Mélanie Killian. Maintenant, éteignez toutes les lumières du rez-de-chaussée, celles du bureau. »

Ce fut ce dernier ordre, surtout, qui persuada Mackenzie. Un espoir fou, énorme, l'envahit : « *s'ils ne veulent pas que nous voyions leurs visages, c'est bien parce qu'ils n'ont pas l'intention de nous tuer !* »

Il éteignit la dernière lampe du bureau, regagna une nouvelle fois la chambre :

« A présent, Mackenzie, votre femme et vous reprenez vos places dans vos lits, sous les draps. Et ne bougez surtout plus. C'est à cette seule condition que vous survivrez. »

Un temps.

« Et la lampe à votre chevet ? vous avez oublié de l'éteindre. On ne bouge plus, Mackenzie. D'accord ? »

La voix était presque amicale, maintenant.

« D'accord, dit Mackenzie.

— Vous verrez que tout se passera bien. Et l'Amérique du Sud peut être très agréable, avec dix millions de dollars. Mackenzie ?

— Oui.

— Restez en ligne. Et parlez. Très fort. Dites n'importe quoi, ça n'a pas d'importance. »

Un temps. Mackenzie chercha désespérément quelque chose à dire. Pour finir, il se mit à compter.

« Excellente idée, Mackenzie. Mais comptez plus fort. Hurlez. Et que votre femme compte avec vous. »

A « soixante-dix-sept », la double charge de chevrotines tirée juste sous son menton, à un centimètre de la peau, lui emporta la gorge, la mâchoire inférieure et une bonne partie de la tête.

Après celle-là, il y eut deux autres détonations. L'une immédiatement après la première, la troisième quatre à cinq minutes plus tard.

Le corps de la jeune fille n'était pas arrosé d'essence mais d'eau simplement. On la sécha alors qu'elle était encore vivante. On lui remit sa chemise de nuit, on la fit se recoucher, on lui fit exploser la tête. Sans prêter la moindre attention à ses supplications.

La lampe de chevet fut rallumée dans la chambre de Mackenzie et de sa femme.

Les quatre cassettes ayant servi aux répétitions de Mackenzie furent emportées et remplacées par quatre cassettes identiques, mais vierges. Pour le cas où quelqu'un aurait tenu un compte du nombre de cassettes se trouvant dans la maison.

La cassette contenant l'enregistrement jugé satisfaisant fut replacée par des mains gantées dans le magnétophone...

... Qu'on oublia volontairement d'éteindre. Parce que c'était naturel qu'un homme sur le point d'assassiner sa femme et sa fille avant de se suicider ne s'embarrasse pas d'un détail semblable.

Le dallage sous le sycomore fut soigneusement examiné, pour y effacer toutes traces.

La deuxième ligne téléphonique, celle du bas, fut rebranchée. A aucun moment, elle n'avait été coupée.

La bombe ne fut pas enlevée, pour la bonne raison qu'elle n'existait pas.

Les fusils furent remis en place. Presque tous.

Les documents de Nassau furent laissés où ils étaient, sur le lit de Mackenzie. Ils étaient maculés de sang et de minuscules morceaux de chair et d'os. Ils témoignaient que Mackenzie avait bien perçu dix millions de dollars : n'importe quelle enquête le prouverait.

Le jerrycan fut remis à sa place dans le garage.

On éteignit les phares de la voiture de Mackenzie et on s'en alla.

Mélanie Killian passa le réveillon du Jour de l'An avec un de ses amis, écrivain en Californie.

Le 2 janvier, elle se rendit à Washington, où elle consacra toute la journée du 2 et une partie du jour suivant à ses affaires.

Elle arriva le 3 au soir en Virginie, dans l'une de ses propriétés, en bordure du parc national de la Shenandoah. Son avion se posa sur un petit aérodrome privé, peu après six heures.

Elle dîna seule, entrecoupant son repas de dictées à un magnétophone, destinées à son secrétariat. Vers sept heures, elle se retira dans une très belle pièce du rez-de-chaussée, ouverte par des portes-fenêtres à la française sur le décor brumeux de la Shenandoah. Elle se replongea dans ses dossiers. Elle travaillait depuis presque une heure quand le téléphone sonna; et cette fois, enfin, c'était Allenby.

« Nous l'avons récupéré. »

Suivit une rapide explication : une équipe avait identifié Farrar à Philadelphie, et aussitôt donné l'alerte. Plusieurs autres groupes de pisteurs avaient été immédiatement rameutés, on avait repéré Farrar dans les abords d'Independance Square, exactement dans Walnut Street...

« Oubliez les détails.

— A Philadelphie, train jusqu'à Charlotteville. Y a loué une voiture.

— Nom d'un chien, où est-il !

— Plus très loin de l'endroit où vous êtes. Difficile de le suivre de trop près, en pleine nuit mais...

— Ça va, dit tranquillement Mélanie. Je sais où il est. »

La table sur laquelle elle travaillait avait été disposée de telle sorte qu'on pouvait, simplement en levant les yeux, contempler les montagnes bleues de la Shenandoah. Mais en pleine nuit, évidemment, on ne voyait plus rien.

... Sauf l'immense silhouette derrière les vitres, à quatre mètres de Mélanie, la silhouette du géant immobile.

« Je l'ai trouvé, dit Mélanie. Toute seule. Je me demande bien pourquoi je vous paie si cher. »

Elle raccrocha et son regard plongea dans les yeux bleu tendre de Jimbo Farrar, comme on s'enfonce dans une mer profonde.

Il entra, s'assit, soupira, allongea ses jambes qui n'en finissaient pas. Avec son visage creusé, il avait l'air épuisé, presque parvenu à la limite de ses forces. Il dit :

« Je crois que nous y sommes, cette fois. Le moment est venu. »

Final

1

Mélanie lui demanda :

« Depuis combien de temps n'as-tu pas mangé, grand imbécile ? »

Il croyait bien avoir avalé un morceau de tarte, le matin. Ou la veille ? Il n'en était pas très sûr. Elle actionna une touche, lança des ordres à destination de la cuisine. Sans cesser de le dévisager :

« Pourquoi diable as-tu lâché les hommes d'Allenby à l'université de Georgetown ?

— Je ne savais même pas que je les avais lâchés. Après tout, je n'étais pas censé remarquer qu'ils me suivaient. Ni siffler ou faire de grands moulinets avec mes grands bras quand ils me perdaient.

— Très juste », dit Mélanie en rigolant.

Elle se leva, contourna son bureau, alla s'asseoir dans un canapé. « Viens t'asseoir près de moi. » Il s'exécuta, laissant aller sa tête sur le dossier, fermant les yeux. Plus que jamais l'air d'un enfant... Mélanie se pencha et l'embrassa sur les lèvres, affectueusement.

« Je n'ai pas chômé, de mon côté. Il a fallu convaincre tous ces types de Washington qu'ils devaient te ficher la paix. A ce propos, tu as cassé le nez de Brubacker. Il ressemble à Jack La Motta, depuis. Tu n'aurais pas dû frapper si fort.

— Je n'ai pas l'habitude, dit humblement Jimbo. Je suis désolé. »

Elle regarda les mains de Jimbo.

« Pas tant que lui. Et pas tant que ses chefs. Surtout lorsque, croyant te suivre à la trace grâce à leurs bip-bip dans ton imperméable, ils ont découvert qu'ils pistaient scrupuleusement des valises en route pour Ogallala, Nebraska.

— J'aime pas les flics », répondit sombrement Jimbo.

Mélanie secoua la tête, comme toujours sidérée et émue — par l'étrange cohabitation, en Jimbo Farrar, d'un petit garçon entêté, parfois boudeur, d'un géant capable d'assommer un agent fédéral « sans en avoir l'habitude », et enfin d'une intelligence à donner le vertige.

« Sans compter, reprit-elle, que ces quatorze morts les mettent sur les nerfs. Oh! pendant que j'y pense : officiellement, pour la presse et le reste du monde, tu es en cure de sommeil dans un endroit confidentiel.

— Dix-sept morts, dit Jimbo. Pas quatorze.

— Les Mackenzie ?

— Oui.

Silence.

« Jimbo, tu penses bien que la flicaille a passé au crible toute la maison du pauvre Doug, et examiné dix fois chaque cadavre. Il n'y a pas le moindre indice d'une intervention extérieure. Une enquête ordinaire aurait été bouclée en un rien de temps : on aurait conclu que Doug, après avoir tué dans leur sommeil sa femme et sa fille, s'était ensuite suicidé. Tout concorde : l'absence totale de traces de violence sur les corps, en dehors des chevrotines; les dix millions de dollars qui existent réellement — on a vérifié à Nassau et Panama — et au nom de Doug; même si on ne sait pas qui les lui a versés; les fusils utilisés étaient les siens; les empreintes, les siennes; la voix enregistrée, la sienne...

— Il ne s'est pas approché de Fozzy. Il aurait seulement essayé de demander à Fozzy une copie du programme, Fozzy lui aurait fait un bras d'honneur.

— Laisse-moi t'apprendre les dernières nouvelles : on a retrouvé chez Tom Wagenknecht deux lettres venues de Nassau établissant qu'il a reçu, sur un compte numéroté des Bahamas, la somme de un million de dollars. Jimbo, une enquête ordinaire aurait conclu que Doug, ayant volé — par Wagenknecht interposé — et revendu ton programme sur le projet Roarke, a craqué nerveusement en découvrant que ses acheteurs étaient aussi des assassins implacables, qu'ils avaient déjà tué Tom et que son tour allait venir. A la rigueur, une enquête ordinaire aurait suggéré que les mêmes ont tué Mackenzie et sa famille, pour l'empêcher de parler. A la rigueur. »

Un temps.

« Mais on n'a pas mené là-bas une enquête ordinaire. On a travaillé en partant de l'hypothèse — la tienne et, dans une moindre mesure, la mienne — que les Mackenzie ont été froidement assassinés par des adolescents de quinze à seize ans pendant leurs vacances de Noël. On a tout examiné de ce point de vue. On a même essayé de savoir à quoi ces chers petits anges avaient consacré leur soirée du 26. On est allé aussi loin qu'on a pu. Pas trop loin : tu as insisté pour qu'on ne les serre pas de trop près.

— Ils auraient été alertés, dit Jimbo. Et le résultat n'aurait servi strictement à rien. Ils sont bien trop intelligents. »

A nouveau, Mélanie fut troublée. « Il dit cela comme s'il était fier d'eux. »

« On a également étudié ton emploi du temps, reprit Mélanie. Dans la nuit du 26 au 27, à l'heure où les Mackenzie sont morts dans le Connecticut, tu étais à Atlanta, Géorgie. Tu y es arrivé vers sept heures trente, le soir et tu n'en es reparti qu'après cinq heures du matin. Le président de la banque où tu te trouvais est un ami, il m'a téléphoné. Tu as paraît-il mis une joyeuse panique dans son service informatique. Je veux savoir ce que tu cherchais exactement.

— Tout à l'heure.

— J'ai été ravie d'apprendre que tu n'étais pas dans le Connecticut. Quinze personnes étaient avec toi, cette nuit-là.

— Les Sept ont tué Mackenzie, sa femme et sa fille, dit Jimbo. Ils l'ont fait. »

On lui apporta son dîner.

Il engloutit deux steaks énormes comme il aurait avalé des olives. De temps à autre, il s'interrompait, la fourchette en l'air, l'œil dans le vide. Mélanie se taisait, le regardait. Et lui semblait l'avoir complètement oubliée. Silence.

Elle finit par dire :

« Je suis Mélanie Killian; tu te souviens de moi? »

Le regard de Jimbo demeurait lointain,

« Mélanie, la seule à accepter d'avaler cette histoire que tu lui as racontée, à propos des Sept.

— La seule avec Ann », répondit Jimbo avec la plus grande douceur.

Un temps.

« Jimbo ! Elle m'a téléphoné avant son départ pour Londres. Elle était dans le trente-sixième dessous, mais courageuse, hermétique, du genre « Ce qui se passe entre Jimbo et moi ne regarde « personne. » Elle m'a interrogée sur la filature dont tu étais l'objet. Tu m'avais fait jurer de ne rien lui dire. Je t'ai obéi mais ça a été un sale moment. »

Un temps.

« Jimbo, tu as tout fait pour qu'elle te quitte, n'est-ce pas ? Tu l'as fait exprès. Tu voulais être seul. Je me trompe ? »

Silence.

« Je ne me trompe pas. Tu les as mis sur la touche, elle et les gosses. En sûreté. Allons-y avec les grands mots : tu voulais être seul pour livrer ton grand combat contre les Sept. Le shérif descend dans la rue de Tombstone pour affronter les bandits, mais auparavant il a enfermé l'héroïne dans le placard à balais, pour la mettre à l'abri des balles perdues. Héroïque. Ann va hurler de rage.

— Comment va-t-elle ?

— Ils vont bien tous les trois. Ils sont... »

Très vite :

« *Je ne veux pas savoir où ils sont, Mélanie.* »

Un temps.

« Je t'ai demandé de les faire protéger. Jour et nuit.

— Ils le sont. Elle a même déménagé. On lui a raconté que quelqu'un avait acheté l'hôtel particulier de South Kensington. Et c'est vrai, en plus.

C'est moi qui l'ai acheté à Mme Veuve Morton, à un prix complètement dingue. »

Un temps.

« Jimbo, au début de l'après-midi du 26, elle a reçu un étrange coup de téléphone. La personne qui appelait n'a rien dit, pas un mot, simplement respiré. Et c'était impressionnant.

— Je voulais que ce soit impressionnant, dit tranquillement Jimbo, pour qu'on resserre la surveillance autour d'elle. Je voulais surtout savoir si rien ne lui était arrivé. »

Il s'attaqua à la salade de pommes de terre.

« Soit dit en passant, dit Mélanie, merci de t'être soucié de moi de la même façon. Je me demande comment je suis encore vivante. »

Il secoua la tête.

« Il n'était pas logique qu'ils te tuent. Du moins pas encore.

— Pas encore. Charmant !

— Mais quand ils comprendront ce que toi et moi nous préparons, ils auront une bonne raison. »

Elle laissa passer un temps, rassemblant ses souvenirs.

« Tu es venu me voir après être allé dans le Minnesota rendre visite à cette fille. Liza. »

Elle hésita :

« Tu as vraiment couché avec elle ?

— Oui.

— Malgré Ann ? »

Un temps.

« Mais je suis sûre que tu t'es trouvé un excellent prétexte. Ça sert, d'être intelligent. Et quel excellent prétexte t'es-tu trouvé ? »

Il répondit calmement :

« Je voulais que les six autres le sachent. »

Silence.

« Nom d'une pipe ! dit Mélanie. J'aurais pensé à tout, sauf à ça ! Et comment les six autres sont-ils censés l'apprendre ?

— Par Fozzy. »

Silence.

Il lui expliqua alors d'une voix sourde que les Sept avaient réussi, d'une façon ou d'une autre, à découvrir les clefs de Fozzy, toutes les clefs. Au point de pouvoir écouter les conversations que lui, Jimbo, avait eues avec Fozzy depuis des semaines.

Et il devint clair que cette découverte avait été pour Jimbo Farrar un épouvantable déchirement.

« C'est techniquement possible. A condition d'être meilleur informaticien que moi. C'est le cas de l'un au moins d'entre eux.

— Lequel ? »

Il secoua la tête : il ne savait pas.

« Liza fait partie des Sept. Mais qui sont les six autres, Jimbo ? »

Il secoua de nouveau la tête : il ne dirait rien.

... Mais, dans tous les cas, il devenait clair que les Sept avaient à chaque fois agi en répondant à ses pensées les plus secrètes.

Comme s'ils avaient été dans sa tête, comme s'ils avaient été lui.

Pendant des semaines de torture, il s'était réellement demandé s'il n'était pas devenu fou. Dédoublement de la personnalité. Jekyll et Hyde.

« J'ai toujours parlé à Fozzy. Je l'ai programmé dans ce but. Je lui ai toujours parlé comme on se parle à soi-même, à l'Autre qui est en vous. »

Et, pendant que l'un ou plusieurs des Sept étaient à l'écoute, lui Jimbo racontait sa vie, son amour pour Ann, ses soucis, ses haines. Il se plaignait d'Oesterlé et Oesterlé mourait. Il avait peur pour Thwaites, qui avait deviné des choses, et Thwaites mourait à son tour. Il disait sa répugnance à travailler sur le projet Roarke, et voilà que se produisait cette horrible hécatombe...

Silence.

« Oh! mon Dieu! » dit Mélanie en pleurant.

« Tu vas dormir ici, il n'est pas question que je te laisse repartir dans l'état où tu es. »

Il s'allongea sur le lit, le visage émacié, atteignant ses limites physiques.

« Tu as dormi la nuit dernière?

— Non.

— Et la nuit d'avant?

— Non plus.

— Pour l'amour du Ciel, qu'est-ce qui te presse tant, Jimbo? »

Mais elle devina la réponse dans la seconde où elle formulait la question :

« *Tu as trouvé le moyen de démolir les Sept, Jimbo?* »

Il ouvrit les yeux et la fixa, ses prunelles tout à la fois emplies de haine et d'une tristesse infinie :

« Oui. »

2

Celui des Sept qui est le plus sauvage, dont l'intelligence est la plus inaccessible à toute espèce de sentiment humain.

Celui-là pense :

« Farrar a disparu depuis le 26 décembre. On

ne l'a pas arrêté. Pas de preuves tangibles. Et c'est l'un des scientifiques les plus réputés des Etats-Unis.

« Donc il est libre. Et puisqu'il se cache, c'est qu'il agit contre nous.

« Tente d'agir contre nous. »

...

« Il sait que nous avons repris nos cours au collège de la Fondation. Pourtant, ici, il ne s'est rien passé.

« Il sait qu'il ne peut rien faire officiellement.

« Ni nous faire arrêter, ni nous séparer, ni nous tuer ou nous faire tuer. Il n'en est psychologiquement pas capable.

« C'est déjà une bonne raison.

« Mais pas la seule :

« Il peut espérer que certains d'entre nous sont " récupérables ". Nous exterminer tous pour être sûr de tuer " le ou les bons " correspond moins encore à son profil psycho.

« Autre facteur à prendre en compte : la responsabilité dont il s'estime investi.

« Sans parler de l'amour qu'il nous porte encore. Je suis sûr qu'il n'a révélé nos noms à personne. Sûr. C'est logique. »

...

« Il agit en ce moment avec l'aide de quelqu'un.

« Forcément Mélanie Killian.

« Pas sa femme, puisqu'il s'est arrangé pour la mettre hors d'atteinte. »

...

« Pas très difficile à deviner comment il va essayer de nous attaquer.

« Pauvre diable ! »

3

Jimbo :

« J'ai déjà rendu visite à onze directeurs de banques à succursales.

— Pourquoi à succursales ?

— Tu le sauras le jour où tu projetteras de voler un milliard de dollars en t'aidant d'un ordinateur.

— Tout s'éclaire. Et on t'a reçu facilement ?

— Tous les informaticiens des Etats-Unis me connaissent.

— Excuse-moi, dit Mélanie. J'oubliais ce détail.

— Je leur ai expliqué que je recherchais un homme — ou une femme — qui, en utilisant un ordinateur, a volé au moins cent millions de dollars. On m'a écouté. Les vols électroniques sont la hantise de tous les banquiers du monde. Chaque année, ils perdent entre cent cinquante et deux cents millions de dollars, rien qu'aux Etats-Unis. Et le moindre de ces vols atteint cent mille dollars.

— Et les Sept auraient volé de l'argent ?

— Au moins cent millions. Peut-être davantage. »

Il raconta la double affaire des « huitièmes de butin » Douze mille, puis douze millions de dollars.

« Tu en as parlé à Ann ? »

Il la considéra avec une patience légèrement exaspérée :

« Mélanie, j'aurais très bien pu voler cet argent moi-même. En fait, j'y ai pensé souvent, comme à un jeu, comme on pense à assassiner son prof de français parce que les verbes irréguliers vous emmerdent. Je ne l'ai pas fait. Les Sept, si. Les dix millions de dollars de Mackenzie, le million de Tom Wagenknecht viennent de là.

— C'est donc ça, ton idée : prouver qu'ils sont coupables de ce vol ? »

Il répondit avec la même patience :

« Impossible. Ils sont trop intelligents. Il n'y a que trois façons de découvrir un voleur par ordinateur : le prendre sur le fait, s'interroger sur sa fortune subite et inexpliquée, déceler l'erreur qu'il pourrait commettre en remettant l'argent volé en circulation. Les Sept n'ont pas commis d'erreur.

— Je sais, dit Mélanie. Mais je ne comprends toujours pas.

— Les Sept n'ont même pas seize ans.

— Et alors ?

— Ils sont trop jeunes pour ouvrir un compte. Ils ne pouvaient pas se présenter à un guichet comme n'importe quel adulte. »

Un temps.

« Si bien qu'ils n'ont pas eu d'autre solution que d'utiliser un adulte, qui a agi pour eux.

— Ils l'ont peut-être tué, quand ils n'ont plus eu besoin de lui.

— Ils l'ont certainement fait. Je crois même que c'est le premier meurtre qu'ils ont commis. Mais ce meurtre-là présentait une caractéristique particulière, un facteur d'incertitude, qu'ils n'ont pas pu éliminer.

— Qui est ? »

Très doucement :

« Cette fois-là — et c'est la seule fois — la victime a pu s'attendre à être tuée. »

Un temps.

« J'ai appelé la victime de ce premier meurtre le Cavalier. Et le Cavalier a pu laisser quelque chose derrière lui, par précaution.

— Et si le Cavalier n'en a rien fait ? »

Plus doucement encore :

« Ça n'a pas beaucoup d'importance, Mélanie. »

Un temps.

« Parce que les Sept n'en sont pas sûrs. »

Et c'était le motif de son séjour à Atlanta.

Jimbo raconta. Il était arrivé à Atlanta dans la soirée du 26 décembre, vers sept heures. Il avait prévenu de son arrivée en téléphonant de Washington. Le directeur avait tenu sa promesse : non seulement lui-même était resté à son bureau pour attendre Farrar, mais il avait littéralement assigné à leur poste, arme au pied, tous les membres du personnel concernés par la gestion informatique des comptes clients.

« Vous allez me ruiner en heures supplémentaires. Et en plus vous affirmez que quelqu'un nous aurait volé Dieu sait combien de millions de dollars ?

— Je vous ai dit exactement : soit on vous a volé de l'argent, soit on s'est servi de comptes fictifs pour faire transiter de l'argent volé.

— J'ai appelé Miss Killian au téléphone. Elle m'a prié de vous laisser faire, et de vous accorder toute ma confiance. »

Il pinça les lèvres :

« Elle a également ajouté que, si je vous emmerdais — c'est le mot qu'elle a employé —, elle rachèterait ma banque à tous les actionnaires pour le seul plaisir de me flanquer à la porte. Que puis-je faire pour vous ? »

Le directeur fit venir son chef programmeur, Lew Wolff. Jimbo lui expliqua ce qu'il attendait de son service : communiquer à Fozzy tous renseignements concernant les comptes clients ouverts dans n'importe quelle agence du groupe entre le mois de mai dernier et la fin octobre.

Et tous les mouvements sur ces comptes.

« Plutôt crever ! dit Wolff. Si on a réussi à nous piquer du fric, moi et mon ordinateur pouvons le découvrir.

— Comparé à Fozzy, votre ordinateur est un moulin à légumes », répondit Jimbo de son ton le plus suave.

D'ailleurs, la banque d'Atlanta n'allait pas être la seule à transmettre cette énorme quantité de données à Fozzy ; de nombreuses autres banques dans tout le pays allaient en faire autant.

Et il fallait bien coordonner cette gigantesque opération de contrôle bancaire, trier ces centaines de millions d'informations et en sélectionner quelques centaines significatives.

Et le plus rapidement possible.

Qui d'autre que Fozzy en était capable ?

Jimbo expliqua pour finir :

« Mon hypothèse est qu'une seule personne a opéré, ouvrant des centaines de comptes, chaque fois sous un nom différent. »

En vérité, à ce moment de l'histoire, Jimbo Farrar pensait que les Sept avaient contacté le Cavalier à distance. C'était logique. Trouver un Cavalier n'avait pas dû être facile, en trouver plusieurs relevait de l'impossibilité statistique. Les risques auraient été considérablement accrus pour les Sept.

Et il estimait disposer d'autres éléments permettant d'identifier l'inconnu qui avait sauté de banque en banque comme un cavalier sur un échiquier :

— Quand on ouvre un compte, on dépose une signature. Le Cavalier avait sans doute usé de centaines de noms différents mais l'écriture, elle, devait être à chaque fois la même;

— Pour avoir accepté de prendre part à ce qui était visiblement une escroquerie, le Cavalier ne devait pas avoir bénéficié d'un sens moral très élevé. Peut-être avait-il déjà eu des ennuis avec la police;

— Le Cavalier était vraisemblablement mort.

« Autre chose, dit Jimbo à Mélanie. Le Cavalier a été vu par des centaines de guichetiers. En recueillant les témoignages, Fozzy devrait arriver à me fournir un signalement assez précis.

— Nous saurons alors si c'est un homme ou une femme. Il ne restera plus que cent vingt millions de suspects si le Cavalier est américain. Mais il est peut-être britannique, canadien. Ou australien. Sans parler du Zimbabwe.

— C'est beaucoup plus simple que ça, Mélanie. Fozzy va recevoir des centaines de millions d'informations sur toutes les ouvertures et tous les mouvements de comptes entre le 17 mai...

— C'est mon anniversaire; mais à part ça, pourquoi le 17 mai ?

— Parce que c'est le jour où les Sept se sont rencontrés. Entre le 17 mai et le 30 octobre, mois pendant lequel j'ai reçu douze millions de dollars, ce qui signifiait que l'opération était achevée. Fozzy recevra cette première masse de données et les analysera. Dans le même temps, il enregistrera et triera tout ce qui concerne le signalement du Cavalier.

— Et je dois intervenir auprès des banques pour qu'elles expédient leurs renseignements confidentiels à Fozzy? Et qu'elles fassent appel à la mémoire de leurs guichetiers?

— Exactement. Ce n'est pas tout. Dans le même temps, Fozzy examinera les morts survenues sur le territoire américain entre le 17 mai et le 30 octobre. Plus les morts d'Américains dans les pays étrangers au cours de la même période. Morts naturelles ou non.

— Et c'est encore moi qui dois intervenir?

— Qui d'autre? Mélanie?

— Oui, Jimbo?

— J'ai réfléchi, cette nuit : les Sept vont essayer de te tuer dans les jours qui viennent... »

Silence.

« Intéressant, dit enfin Mélanie.

— Quitte les Etats-Unis pendant quelques jours. Prends des vacances.

— Tu finirais réellement par me faire peur, tu sais!

— Je veux que tu aies peur.

— Je devais partir pour le Brésil dans un mois; je peux avancer mon voyage.

— Parfait. Quelques jours suffiront. Après, ils n'auront plus de raison. »

Elle le dévisagea, incertaine, ses doutes revenus.

« Et quand pourrai-je me considérer hors de danger?

— Quand toutes les informations commenceront à arriver à Fozzy. Ils comprendront alors que tu m'as aidé et que tu as mis à contribution trop de gens importants pour pouvoir les supprimer tous. »

Suivre Jimbo dans ses raisonnements était parfois comme courir derrière un avion, mais le sens de ces dernières paroles éclaira soudain l'esprit de Mélanie. Elle leva vers lui des yeux stupéfaits :

« Fozzy va effectuer ce travail fantastique alors même que les Sept seront à l'écoute ?

— Oui.

— Les Sept vont pouvoir suivre ton enquête sur eux ? »

Il acquiesça, ajoutant qu'il serait comme un policier solitaire, dans la nuit, traquant un assassin prêt à fondre sur lui, à mesure qu'il approchait de la vérité...

Elle secoua la tête, vraiment horrifiée cette fois.

« Mais c'est toi qu'ils vont tuer, Jimbo ! Toi !

— Justement, répondit Jimbo. Justement. »

Après Atlanta, Philadelphie. Mêmes demandes, mêmes difficultés initiales pour faire admettre par les banquiers cet exceptionnel transfert de données confidentielles à destination d'un ordinateur étranger. Mais il y avait le précédent d'Atlanta. Et la caution de Mélanie. Jimbo s'entendit avec les informaticiens des banques pour régler les modalités des transferts.

Ensuite la Nouvelle-Orléans, Houston, Saint-Louis.

Puis New York. Les visites successives de Jimbo avaient donné l'alerte, à l'échelon le plus élevé des hiérarchies bancaires, et dans le secret le plus absolu. A compter du jour où il s'attaqua à New York, Jimbo Farrar trouva des interlocuteurs prêts à accepter sa demande par la vertu de ce simple raisonnement que, si quelqu'un avait été capable de voler au moins cent millions de dollars sans que le vol fût découvert, rien n'interdisait de penser qu'il pût recommencer à tout moment.

Peut-être un second vol était-il en cours à cet instant même...

Arguments que les banquiers comprenaient au premier mot.

Et pas seulement les banquiers à la tête de banques commerciales. Si vol il y avait eu, il avait pu porter sur de l'argent, certes, mais aussi sur des valeurs mobilières.

Banques d'investissements et agents de change entrèrent alors dans la ronde se tenant prêts à déverser à destination de Fozzy un gigantesque torrent d'informations...

Sur ce point capital, Jimbo avait fermement insisté : les transferts de données vers Fozzy ne devaient commencer qu'à son seul signal.

Pas avant.

En aucun cas.

Il lui fallait le temps de regagner le Colorado afin de programmer Fozzy, et donc de préparer la réception de la monstrueuse manne.

On demanda à Jimbo à quelle date il pensait être prêt, et donnerait par conséquent le signal.

Il répondit : « Ce mois de janvier. Le 7. »

Evidemment.

« Il n'y a pas d'autre alternative, Mélanie. On ne peut pas arrêter les Sept, on ne peut pas les accuser de meurtre, même pas de vol. Est-ce que tu imagines ces sept gosses devant un jury, et toi et moi les accusant de vingt et un assassinats, sans preuves ? »

Les montagnes bleues de la Shenandoah émergeaient de la nuit, entourées de brume.

« Les séparer ne servirait à rien... »

C'était comme s'il eût réfléchi seul, à haute voix :

« Ne parlons pas de les tuer. N'en parlons même pas. »

Il s'immobilisa un court instant.

« Ni les faire arrêter, ni les révéler au grand jour, ni les tuer. Les Sept sont indestructibles, Mélanie. Personne ne peut les détruire en tant que Sept. »

Il reprit son va-et-vient.

« Personne sinon les Sept eux-mêmes. J'ai réfléchi à en devenir fou, Mélanie. La seule solution est de créer un conflit entre eux, capable de provoquer leur éclatement. C'est pour cela que je suis allé voir Liza. Non, il ne s'agissait pas d'une simple affaire de coucherie, mais du début de mon plan. »

Il dressa le pouce :

« D'abord identifier le Cavalier. Ils l'apprendront, puisqu'ils écoutent Fozzy. Ils seront irrités. Ensuite leur faire savoir que moi, Jimbo Farrar, qui les ai réunis et protégés pendant plus de dix ans, j'ai enfin choisi mon camp, en décidant de m'attaquer à eux. »

Dressa l'index.

« L'heure est venue pour eux de me tuer. Toutes les précautions que je pourrais prendre...

— Que je prendrai, dit Mélanie.

— Ne serviront à rien. Je vais les attendre là où tout a commencé, en compagnie de Fozzy. Et ils viendront. »

Dressa le majeur.

« Ils seront devant moi. Et je fais un pari,

Mélanie : parmi eux, au moins un, ou deux, ou trois, n'accepteront pas que je sois tué. »

Dressa l'annulaire.

« Quitte à attendre la dernière seconde pour intervenir. »

Il ouvrit la porte-fenêtre. La brume avait effacé la crête des montagnes.

« La vérité, dit Mélanie, c'est que tu veux savoir si, parmi eux, il y en a au moins un qui t'aime. »

Il s'immobilisa.

« Et même si cela était, où serait le mal? »

4

Il pense :

« Tuer Mélanie Killian se servirait plus à rien.

« Trop tard. Nous aurions dû la tuer en même temps que ces hommes de Washington et du Colorado, avant même Mackenzie.

« Pour celui-là, nous avons pris trop de précautions. Mise en scène inutile, mais amusante. Surtout la fille.

« Elle a vraiment cru jusqu'au bout que nous allions l'épargner.

« Typique. Au premier rang de ma haine, je place ces garçons et ces filles qui ressentent confusément la même colère que nous, les Sept, et ne font rien. Ils se laissent dériver vers l'âge adulte, stupidement, comme des moutons vers l'abattoir, se laissent émasculer par la société, laissent s'éteindre leur colère et même luttent contre elle.

« Ils devraient être dans notre camp, ils formeraient une armée gigantesque. Nous en serions les chefs. »

...

« Farrar est le vrai problème.

« Il a compris que nous étions à l'écoute de Fozzy quand il a appelé depuis Washington. Les heures correspondent.

« Il agit donc sachant que nous contrôlons Fozzy.

« Et il se prépare à nous attaquer à propos de feu Herbie Tolliver.

« Pas de surprise.

« Je devine quelle sorte de piège il veut nous tendre.

« Mais la parade est tellement simple; j'ai honte pour lui »

« Farrar couchant avec Liza, merde ! »

5

« Nous ne vous lâcherons plus désormais, monsieur Farrar. A compter de cette minute, nous vous assurerons une protection rapprochée.

« Et ça signifie ?

— Je ne sais pas si nous sauverons votre vie, mais vous aurez moins froid. Quatre de mes bonshommes vous encadreront en permanence. »

Le convoi de voitures roulait vers Colorado Springs.

Allenby reprit :

« J'ai fait examiner à la loupe tous les bâtiments du laboratoire Killian où nous nous rendons. Installations électriques et système de climatisation compris. Une équipe d'informaticiens a même contrôlé cet énorme machin que vous appelez Fozzy. Ils n'ont pas tout compris mais m'ont juré que Fozzy ne pouvait pas vous tuer, et c'est tout ce qui m'importe. »

Vingt et unième Rue, Cheyenne Boulevard. Allenby continua :

« Dieu merci, Martha Oesterlé, lors de la construction du centre Killian, avait pensé à la sécurité. Tous les systèmes d'alarme possibles ont été mis en place. Qu'un seul orteil d'un seul Jeune Génie se pose dans la zone rouge, et la mortalité infantile du Colorado va augmenter dans des proportions stupéfiantes. J'ai fini. Vous pouvez arrêter et me laisser sur le bord de la route, je monterai dans une autre voiture. »

Jimbo stoppa. Il demanda à Allenby :

« Vous voulez mon avis ?

— Je le quête avec ferveur, répondit Allenby.

— Votre « protection rapprochée » ne servira strictement à rien. »

Il fut contrôlé trois fois avant de pouvoir pénétrer enfin dans la salle souterraine, insonorisée, silencieuse, où l'attendait Fozzy. Il commanda :

« Fozzy, ferme les portes derrière moi. Arrêt des ascenseurs. Verrouillage général.

— C'est-comme-si-c'était-fait-c'est-fait, mec.

— Quelle heure est-il, Fozzy ?

— Deux trois cinq quatre. »

Vingt-trois heures cinquante-quatre.

« Six minutes encore, Fozzy.

— C'est tout bon, mec. »

Jimbo ôta son blouson, changea ses « boots » pour des tennis.

« Remonte un peu la température, Fozzy. Un degré.

— Et un degré, un ! » cria Fozzy.

Jimbo s'assit à même le sol, bras noués autour de ses genoux. Ses mains tremblaient et il ne cherchait plus à contrôler sa nervosité.

A présent, il était seul.

On avait demandé à Jimbo Farrar quand il donnerait le signal pour les transferts de données. Il avait répondu le 7.

A zéro heure zéro zéro.

On y était.

6

L'ordinateur installé douze ans plus tôt par Martha Oesterlé — le plus puissant et le plus rapide de son époque — avait encore bénéficié d'améliorations substantielles depuis qu'il était devenu Fozzy, fils naturel de la science et du génial bricolage de James Jimbo Farrar.

La mutation avait été réellement impressionnante.

Le 7 janvier vers midi, Fozzy appela :

« Jimbo ?

— Oui.

— Ça y est, mec. Ça prend forme. »

Fozzy avait à ce moment-là la voix d'Al Pacino dans *Le Parrain.*

« Et la grande nouvelle, Fozzy ?

— Le Cavalier est un homme, dit Fozzy.

— Quelques détails, s'il te plaît.

— Un mètre soixante-dix-huit ans environ, cheveux blonds, raie à gauche, yeux bleus. Accent de la Nouvelle-Angleterre. Vingt-sept ans. Aime les brunes potelées, les vestes en tweed et les mocassins bicolores. A habité Boston et New York. Porte une chevalière en or et onyx à l'annulaire de la main droite. Fume des Marlboro. Père quincaillier dans une petite ville près de la frontière canadienne. A travaillé dans une banque de Boston. »

Fozzy se tut. Jimbo demanda :

« La couleur de ses chaussettes ?

— Momento », dit Fozzy avec la voix d'un mafioso de Little Italy à Manhattan.

Un demi-milliardième de seconde :

« Rien sur ses chaussettes », dit Fozzy.

Jimbo hocha la tête :

« Je plaisantais, Fozzy.

— Intellectuel ! » s'exclama Fozzy avec la voix de Fozzy.

Fozzy ajouta que le Cavalier s'appelait Herbert George Tolliver, Herbie pour les dames. Il avait été foutu à la porte de la banque Cavendish à Boston, Massachusetts, pour perception de dessous-de-table quand il travaillait au service des prêts personnels.

Il avait ouvert rien qu'à New York 79 comptes bancaires dans 79 banques ou agences bancaires différentes, sous 79 identités différentes.

Puis Fozzy commença à indiquer pour chaque ouverture de compte l'heure approximative de l'opération, la date, le nom et l'adresse de chaque établissement, le nom du guichetier, le numéro de compte, l'identité utilisée en la circonstance, le...

« Stop! Fozzy », réponses de premier rang seulement.

Toujours à New York, Cavalier Tolliver avait pris contact avec 68 agents de change différents, se présentant chaque fois sous 68 identités différentes.

Après New York, Cavalier Tolliver s'était rendu à Philadelphie, Washington, Atlanta, Miami, Hamilton aux Bermudes, Nassau aux Bahamas, La Nouvelle-Orléans, Saint Louis, Cincinnati, Cleveland, Toronto, Montréal, Chicago, Kansas City, Dallas, Denver, Seattle, San Francisco, Honolulu, Los Angeles.

Il avait pendant son parcours...

« Les dates, Jimbo?

— Rien à foutre.

... avait pendant son parcours ouvert 246 comptes bancaires et contacté 145 agents de change ou banques d'investissements. »

Au total, New York compris, Cavalier Tolliver avait donc visité 213 agents de change ou banques d'investissements et ouvert 325 comptes bancaires.

Le foutu vieux Jimbo avait vu juste, et les 548 noms différents utilisés par Cavalier Tolliver se trouvaient tous dans l'annuaire téléphonique — toujours une page de droite — de la ville de Boston, Massachusetts, édition 1980.

Fozzy entreprit de restituer l'incroyable chapelet de mouvements de fonds et de valeurs, achats et ventes, effectués entre les 325 comptes bancaires et les 213 agents de change ou investment-bankers...

« Ecrase, Fozzy. Je veux juste le nombre total de mouvements.

— 3428.

— On continue, Fozzy.

... Tous ces mouvements avaient été exécutés par les banquiers sur ordre écrit et codé émis par leurs 548 clients...

— Ouais, mec, uniquement par correspondance, seulement-par-écrit-tu-l'as-dit-bouffi. »

Les noms de code utilisés provenaient de la Bible.

L'argent provenait de la vente d'actions mobilières jusque-là détenues par une banque d'investissements sise dans William Street, Manhattan, New York. Directeur Charles M. Hawk, figurant sur plusieurs listes de « relations personnelles », listes demandées à tous les chefs d'établissements contactés par Jimbo et Mélanie.

Figurant sur la liste établie par Henry Cavendish, banquier à Boston, ouais, mec.

La valeur globale des actions et obligations volées était de...

« Chiffre final, Fozzy. Commissions et frais déduits. »

... Le chiffre final était de 96 millions de dollars et 64 *cents*.

Et 96 divisé par huit, ça fait bien douze, pas de doute, mec.

Sur cette somme avaient été prélevés les dix millions versés au compte de Douglas Mackenzie...

... ouvert par correspondance...

et le million versé au compte de Thomas Wagenknecht...

... ouvert par correspondance.

Fozzy dit enfin que Herbert George Tolliver était mort le 16 octobre dernier, tombé du toit d'un immeuble de Pacific Street, South Brooklyn, New York, et que l'enquête de la flicaille pourrie avait conclu à une mort accidentelle.

... Accidentelle mon œil, oui, mec !

7

La lettre parvint à Ann le lundi 10 janvier, à la première distribution, celle de huit heures.

En réalité, il y avait trois lettres et trois enveloppes, les unes dans les autres, comme ces poupées russes qui s'emboîtent.

La première portait l'en-tête de Killian Incorporated à New York, Park Avenue, et la signature d'une des deux secrétaires personnelles de Mélanie, une certaine Ellen Bowles, qu'Ann avait rencontrée une fois ou deux. « Chère Madame Farrar », écrivait Bowles, « je reçois aujourd'hui vendredi 7 janvier, par messager spécial, une lettre de Matheson & Ross, de Boston, étude d'avoués réputée pour son sérieux, et qui a été chargée de la succession de M. Emerson Thwaites. L'un des clercs de l'étude m'avait au préalable téléphoné pour m'annoncer cette lettre. Celle-ci vous est adressée. Vous constaterez qu'elle porte la mention *Personnel et très urgent.* Etant donné l'impossibilité où je suis de joindre Miss Killian, qui voyage en Amérique du Sud, je prends la liberté de vous faire suivre ce courrier. Veuillez croire... »

316

La deuxième lettre, cette fois à en-tête de l'étude Matheson & Ross, de Boston, était signée par un certain Henry Ross. Il y expliquait comment, ayant été chargé de mettre en ordre les affaires de feu M. Emerson Thwaites, il avait entrepris de classer les divers papiers et documents du défunt. C'était ainsi qu'il avait trouvé la lettre, mise sous enveloppe et cachetée, adressée à Mme Ann Farrar, sans indication d'adresse, mais revêtue de la mention *Strictement personnel*, soulignée deux fois. Tout semblait indiquer que M. Thwaites avait rédigé cette lettre peu de temps avant son décès, peut-être le jour même. Il n'avait pas eu le temps de la poster ou en avait différé l'expédition.

Quoi qu'il en fût, lui, Henry Ross ne pouvait que transmettre la lettre à sa destinataire. Il avait téléphoné dans le Colorado, à Manitou Springs, mais n'avait pas obtenu de réponse. S'étant renseigné, il avait appris que le courrier de Mme Farrar devait passer par le secrétariat personnel de Miss Killian. Il avait donc fait appeler une Miss Ellen Bowles, qui lui avait confirmé que la lettre devait lui être transmise, en effet, afin qu'elle la fît suivre. Ce qui avait été fait par messager spécial.

Ann prit en main la troisième lettre. Pas une seconde elle ne douta de son authenticité. Ce message lui arrivant par-delà la mort la troubla.

Elle décacheta la lettre. Emerson Thwaites écrivait :

« *Ma très chère Ann, j'ai longtemps hésité à vous faire parvenir cette lettre. Le sentiment de trahir Jimbo m'a retenu, mais je me dois de vous faire partager mon état d'esprit actuel.*

« *De retour du Colorado, j'ai depuis une heure*

la preuve qu'aucun de mes soupçons n'étaient fondés. Je peux expliquer certaines bizarreries dans le comportement des Jeunes Génies et cela met fin à mes spéculations idiotes sur l'état mental de Jimbo. Le Ciel en soit loué, Jimbo est aussi sain d'esprit qu'on peut l'être.

« Il exécute une mission spéciale, pour le compte du gouvernement. Je n'ai pas réussi à en savoir davantage au téléphone. Mais je devine que ce travail lui fait courir des risques considérables.

« Désormais, je vois clair dans son attitude et Dieu me pardonne, j'ai honte des doutes que j'ai nourris à son égard. Je comprends maintenant son obstination farouche à ne pas répondre à toutes les questions que je lui ai posées. En se taisant, il veut tout simplement nous protéger. Moins nous en saurons, moins nous courrons de risques.

« Il est sûr qu'il fera tout au monde pour ne pas vous mêler, vous qu'il aime par-dessus tout, à son combat solitaire et silencieux.

Il n'est personne au monde que j'aime plus que vous deux. Je prie pour Jimbo, je prie pour que Dieu l'assiste dans sa solitude. »

Le vendredi 7 janvier, le coup de téléphone donné par « l'un des clercs de l'étude Matheson & Ross » avait atteint Ellen Bowles aux alentours de cinq heures de l'après-midi.

La lettre annoncée par ce coup de téléphone arriva quelques secondes avant six heures. Elle fut apportée par un garçon qui ne paraissait guère plus de quinze ou seize ans, et dont une casquette de base-ball et de grosses lunettes mangeaient aux trois quarts le visage.

Bowles lut les quelques lignes rédigées par Henry Ross à son intention. Elle réfléchit : les ordres de Mélanie Killian étaient de ne révéler à personne — « même pas à son mari » — l'adresse d'Ann Farrar à Londres.

Mais elle connaissait la réputation de l'étude Matheson & Ross.

Elle hésita néanmoins. Elle pouvait tenter de joindre Mélanie (qui se trouvait au même instant dans un avion entre Rio et Brasilia). Mais, outre que Mélanie n'était pas particulièrement commode quand on la dérangeait pour des détails, Bowles ne vit pas en quoi une simple lettre d'une étude respectable devait être passée aux rayons X.

Elle prit quand même la peine de chercher à joindre Henry Ross. Mais il était alors six heures passées et elle n'eut en ligne qu'un répondeur l'informant que l'étude était fermée jusqu'au lundi matin. Elle laissa un message, priant M. Henry Ross de la rappeler personnellement, dès son arrivée, au matin du lundi 10.

Après quoi, impressionnée par la mention *Personnel et très urgent,* elle fit partir la lettre par exprès.

Le week-end s'écoula.

Le lundi 10, un peu après dix heures — en réalité, par le décalage horaire, trois heures de l'après-midi à Londres — Ross appela. Il écouta ce que Bowles lui disait.

Il la coupa très vite :

« Je suis désolé, mais de quelle lettre me parlez-vous ? Je n'ai pas trouvé la moindre lettre cachetée dans les papiers du défunt M. Thwaites et de ma vie je n'ai écrit à Mme Farrar ! »

A partir de cette seconde, Bowles s'affola.

Ann relut la lettre d'Emerson Thwaites.

Du moins qu'elle pensait être d'Emerson Thwaites.

Mélanie avait dit à Jimbo : « Quand Ann apprendra que tu l'as volontairement éloignée de toi dans le seul but de la protéger, elle sera folle de rage. »

Mais la rage que ressentit Ann était dirigée contre elle-même : « Et je l'ai laissé seul ! Je l'ai laissé seul ! »

Et elle n'eut plus dès lors qu'une seule idée : rejoindre Jimbo, lui parler et lui demander pardon.

Appeler Ellen Bowles ? Mais, s'il était déjà huit heures à Londres, il n'était encore sur la côte Est des Etats-Unis que trois heures du matin, en ce lundi 10 janvier.

« Et puis elle a sans doute des ordres pour m'empêcher de joindre Jimbo. »

Dès cet instant, elle devina la connivence entre Mélanie et Jimbo, tous deux alliés pour l'écarter du champ de bataille.

Elle décida alors d'agir seule, s'entourant d'un maximum de précautions.

D'abord se soustraire à une éventuelle surveillance de la part de policiers dépêchés par Mélanie. « Pour me protéger ! » Ce seul mot la mettait en fureur.

Ensuite fuir ce « danger considérable » dont Thwaites parlait dans sa lettre.

Malgré sa colère et son chagrin, elle conserva suffisamment de sang-froid pour échafauder un plan qui lui permettrait de s'échapper.

Ce fut alors qu'elle pensa à La Désirade.

A Londres, dans la belle maison de Chelsea, elle commença par donner quelques coups de téléphone. Puis, elle s'habilla pour sortir, disant qu'elle serait absente toute la matinée et peut-être même déjeunerait dehors. Elle prit son chéquier, son passeport, ses cartes de crédit, le maximum d'argent liquide qu'elle put trouver. Un taxi la débarqua devant Selfridge's, dans Oxford Street.

Et à ce moment-là, elle remarqua les deux hommes qui la pistaient. Ils durent prendre du champ quand elle gagna le rayon des sous-vêtements féminins et la perdirent quand elle entra dans les toilettes des dames...

Elle ressortit par Somerset Street. Un taxi l'amena au vieil aéroport de Croydon. L'avion qu'elle avait loué par téléphone l'y attendait : un Hawker-Siddeley qui la déposa à Dublin. Juste à temps pour sauter dans le 747 de la Panam à destination de Montréal.

De Montréal, elle expédia les télégrammes à Jimbo. Quatre télégrammes au total, dans son ignorance de l'endroit où il se trouvait : l'un à la maison de Manitou, un autre aux bons soins d'Ellen Bowles ou Ginny De Bourg, un troisième au centre de recherches Killian à Colorado Springs, le quatrième à Boston, Marlborough Street.

En vérité, elle ne les expédia pas elle-même : elle en chargea une des hôtesses de l'aéroport, juste avant d'embarquer dans son troisième avion de la journée : « Mais je ne voudrais pas qu'ils partent tout de suite. Dans deux heures seulement. Je fais une blague à mon mari. Juré ? » L'hôtesse, un peu étonnée, acquiesça.

Le seul souci d'Ann était que personne n'intervînt pour l'empêcher de rejoindre Jimbo.

Dans les quatre cas, le texte des télégrammes était le même : *La Désirade — Je t'aime — Je t'attends.*

Cela remontait à leur voyage de noces. Elle avait demandé à Jimbo : « Je peux choisir l'endroit où nous irons ? — Pourvu qu'il y ait un grand lit », avait paisiblement répondu Jimbo. Elle lui avait dit où elle voulait aller. Tête de Jimbo : « God gracious, qu'est-ce que c'est que ça ? » Elle lui avait expliqué que c'était une toute petite île des Antilles françaises, au large de la Guadeloupe et que, non, elle n'en avait jamais entendu parler, mais que c'était sûrement très beau, ensoleillé à vivre tout nu, avec plein de coraux colorés coiffés de cocotiers câlins et que le nom surtout l'enchantait, La Désirade.

De Denver, ils transitèrent par New York, et attendirent des heures dans cette saleté de Kennedy Airport, à cause d'un brouillard d'anthologie qui empêchait l'avion d'Air France de s'envoler pour les Antilles.

Elle avait alors parlé de la maison du cousin de l'oncle Harold.

A présent, elle était au volant de la voiture louée à l'aéroport de Concord, Vermont. Elle quitta l'autoroute et prit la 133, après Ipswich. La route empierrée apparut peu de temps après sur la gauche. Ann s'y engagea et rejoignit bientôt la piste en terre. Depuis un bon bout de temps déjà, plus de maison, plus rien. Le bout du monde. Elle passa la cascade. Un geai fila comme un éclair, frôlant son pare-brise. Elle baissa sa vitre, l'air de la mer lui fouetta le visage.

Dix minutes encore de piste cahoteuse et la maison apparut, posée sur les rochers noirs comme un navire échoué. Elle arrêta la voiture. Les clefs étaient sur la porte et également un mot du vieux Dwyer, qu'elle avait tiré de son lit à trois heures du matin — huit heures à Londres. Le vieux Dwyer disait simplement : « Tout est prêt, comme la première fois. » Et en entrant, elle trouva en effet les lampes à pétrole prêtes, le feu prêt à être allumé, les fourrures déployées et, dans la cuisine, « comme la première fois », soixante-huit boîtes et quelques de bisque de homard « Chalet Suzanne » et neuf douzaines de « Vraie soupe de palourdes de la Nouvelle-Angleterre ».

Elle ressortit pour contempler l'océan gris et froid. Et le ciel bas violacé, boursouflé de nuages. Et le vent. Comme la première fois. Ann entendit la voix de Jimbo : « Des coraux colorés coiffés de cocotiers câlins, hein ? » Ils s'étaient regardés et avaient dit ensemble : « La Désirade ! » Et là-dessus un fou rire monumental, qui s'était achevé dans la tendresse, sur les peaux d'ours, devant le feu flambant haut. Il avait plu pendant douze jours, sans une seconde de répit. Ils n'avaient pratiquement pas mis le nez dehors faisant les clowns avec leurs paréos prétendument caraïbes, claquant des dents mais hurlant de rire chaque fois que l'un ou l'autre disait : « La Désirade ! »

Rentrés au Colorado, ils avaient inventé d'extravagantes histoires sur leur séjour dans les îles, d'abord par jeu. Ne révélant à personne où ils étaient allés vraiment. Les années avaient passé et ils s'étaient tus, cette fois avec de la gravité. « La Désirade » était devenu un code et leur jardin

secret. Un nom qui signifiait à lui tout seul
« Jimbo aime Ann qui aime Jimbo. »

Elle alluma le feu.

Les télégrammes devaient être arrivés, à présent. Personne n'en comprendrait le sens, en
dehors de Jimbo.

Sauf si Jimbo, avec sa manie, en avait parlé à
Fozzy.

Mais Fozzy n'était pas une personne.

Elle se pelotonna devant le feu, écoutant le
silence absolu. Elle se mit à attendre; elle atten-
drait des jours s'il le fallait. « Ann aime Jimbo qui
aime Ann. »

Litanie.

Et elle fit très exactement, point par point, ce
qu'Ils avaient prévu qu'elle ferait.

8

Les télégrammes étaient arrivés.

« Je veux vous parler, dit la voix d'Allenby.

— Fozzy? contrôle entrée.

— Vu, mec. »

Un écran s'alluma, envoya l'image d'Allenby,
seul, attendant à l'extérieur de la porte blindée,
dans le corridor d'accès à la salle.

« Ouvre-lui, Fozzy. »

La porte s'ouvrit et Allenby entra. Il avait lui
aussi entre les mains une copie des télégrammes.
Il dit :

« Elle les a expédiés de Montréal. Nous pouvons rapidement savoir où elle est allée. »

Silence.

D'abord Jimbo ne bougea pas. Puis il se retourna lentement et répondit d'une voix calme :

« Faites ça et je vous tue. »

Il appela Mélanie.

« Mélanie, je veux qu'Allenby s'en aille, lui et tous ses bonshommes. Je veux qu'ils me laissent seul.

— Tu es peut-être cinglé, mais pas moi. Jimbo, c'est de la folie. »

Jimbo ferma les yeux et jamais sa voix n'avait été plus douce :

« La vie d'Ann est en jeu, Mélanie.

— Jimbo...

— Dis à Allenby de retirer sa troupe et de partir pour l'Alaska.

— Non. »

Un temps.

« Jimbo, si tu ne crois pas qu'Allenby est à la hauteur, je vais faire appel au FBI, aux Marines, à n'importe qui. Mais la solution est la police.

— Un moment, s'il te plaît », dit calmement Jimbo.

Il se tourna vers Allenby :

« Je ressentirais vraiment un plaisir terrible si vous foutiez le camp. Fozzy, ouvre-lui la porte et referme-la derrière lui. »

Allenby sortit.

« Mélanie, les Sept ont fait revenir Ann, avec cette prétendue lettre d'Emerson. C'est de ma faute, j'aurais dû y penser. Et tu crois qu'il suffirait d'envoyer des flics pour tout arranger ? Ils ont évidemment pensé que nous pourrions le faire. Faisons-le et nous retrouverons Ann morte. Et si quoi que ce soit arrive à Ann, je deviendrai vraiment fou, cette fois : je détruirai Fozzy, je casserai tout, je ferai sauter cette putain de fondation, et toi avec. Mélanie, fais très attention. Les Sept ont pensé à tout, tout prévu. Ils m'ont pris Ann et ils veulent que j'aille là-bas, seul...

— Où est-ce, Jimbo ?

— Et j'irai seul. Sans l'ombre d'un seul flic sur mes talons, ni de près ni de loin. Que j'en voie un seul, et je l'abattrai. »

Il ouvrit largement la bouche et aspira profondément, comme quelqu'un au bord de l'asphyxie.

« Mélanie, j'ai créé les Sept. Sans moi, ils n'existeraient pas. Je les ai aimés, et je les aime et je les aimerai toujours. Je vais aller les voir, seul. »

Silence. Long silence.

Jimbo commanda à Fozzy :

« Ouvre la porte. »

Il reprit l'écouteur :

« Mélanie, ordonne à Allenby de me foutre la paix. Et de me donner une arme. »

Mélanie parla à Allenby et Jimbo écouta chaque mot. Mélanie :

« Jimbo ? »

Il reprit l'écouteur :

« Oui. »

Mélanie martela :

« Après, quoi qu'il arrive, je m'en occuperai personnellement. Quitte à engager une armée de tueurs professionnels. Je les écraserai comme on écrase des scorpions. Merde, après tout ce ne sont que des... »

Il raccrocha. Considéra Allenby :

« Vous avez une arme sur vous ?

— Oui.

— Donnez-la-moi. Vous avez entendu Miss Killian. »

Il prit le pistolet, le glissa dans sa ceinture.

« A présent, nous allons sortir ensemble, Allenby. Vous annoncerez à vos types que l'opération est terminée. Et pas d'astuce. »

Allenby haussa les épaules :

« D'accord. »

Ils sortirent et, de la radio de l'une des voitures, Allenby donna les ordres nécessaires.

« Revenez avec moi, s'il vous plaît, dit Jimbo. Un dernier point à régler. »

Ils regagnèrent la salle où était Fozzy. Jimbo sortit le pistolet et le braqua sur Allenby.

« Allongez-vous par terre, là-bas dans le coin. Sinon, je n'hésiterai pas à vous tirer dessus. »

Allenby s'aplatit.

« Fozzy, instruction programmée : interruption des communications avec l'extérieur et verrouillage des portes et des ascenseurs pendant six heures. Sauf ordre de ma part avec utilisation du code spécial. Mise à exécution dix secondes après mon ordre VERROUILLAGE.

— Ce n'est pas très malin, dit Allenby. Ce que vous faites est idiot, à mon avis. »

A peu près les mêmes mots que ceux utilisés par Brubacker à Washington quand Jimbo l'avait, lui et ses deux adjoints, enfermé dans un placard.

Jimbo ne répondit pas. Il revint vers le corridor d'accès mais sans franchir la porte. Il jeta un dernier regard vers Fozzy.

« Fozzy, tu m'aimes ?

— Vachement, mec.

— Ça ne va pas être facile.

— Pas de programmation », répondit Fozzy.

Jimbo hocha la tête.

« Répétition de l'instruction programmée, Fozzy ?

— Interruption des communications avec l'extérieur et fermeture des portes dix secondes après le mot-code VERROUILLAGE. »

La voix de Fozzy était celle de Laurence Olivier dans *Marathon Man*.

Jimbo posa le pistolet sur le sol. Commanda à Fozzy : VERROUILLAGE. Il sortit de la salle, dont les portes blindées se refermèrent sur lui.

Il fut à Boston à la tombée de la nuit.

A Boston, soit à quarante-cinq kilomètres de la maison perdue sur des rochers noirs, à la pointe sud d'une petite baie dont le vrai nom sur les cartes était Sea Peach Rock, et qu'Ann et lui appelaient La Désirade.

Il prit la route.

9

Cela arriva vers dix heures trente.

On avait en partie creusé la maison dans le rocher, on avait dressé des murs de grosses pierres pour achever le gros œuvre, on l'avait coiffée d'un toit à une seule pente. Il était soutenu par un étonnant entrecroisement de charpente de bois, dont toutes les pièces, jusqu'aux voliges, étaient en chêne. A l'intérieur, un espace unique, mais sur deux plans, le plus haut directement sous la charpente et constituant une chambre. La maison ne comportait que deux fenêtres, encadrant la seule porte ; et ces fenêtres étroites, avec des appuis profonds, étaient garnies de volets de bois.

Ann entendit le bruit vers dix heures trente.

Ce n'était pas un bruit comme les autres. Depuis cinq grandes heures, elle attendait, et elle avait eu le temps de s'habituer à l'environnement sonore. Le silence vrai n'existe pas. Ann identifiait évidemment le ressac de l'océan tout proche, battant les rochers, la respiration du vent dans les arbres, le léger grincement d'un volet mal fixé.

Elle reconnaissait encore, bruits désormais familiers, les craquements de la lourde charpente au-dessus de sa tête, le cri d'un oiseau de mer, le crépitement du feu.

Ce bruit-là était différent, et nouveau.

Elle crut d'abord à un râle et se moqua d'elle-même : « Rien de moins qu'un râle ; je n'y vais pas de mainmorte ! » Elle força son oreille à isoler ce bruit-là entre tous les autres, et il se reproduisit, non pas une mais plusieurs fois, à des intervalles de quatre à cinq secondes.

Il s'interrompit quand survint une nouvelle bourrasque de vent, reprit aussitôt après, avec les mêmes intervalles.

Réguliers.

Trop réguliers.

Ann, assise, pelotonnée, jambes repliées sous elle, tentait de lire. Elle avait froid, en dépit du véritable brasier dans la cheminée, et s'était enveloppée d'une fourrure. Elle posa son livre.

Ce n'est peut-être qu'un oiseau de mer. Certains ont des cris étranges.

Mais il y avait cette régularité.

Elle fixa les yeux sur la lampe tempête allumée et posée sur le rebord profond d'une des fenêtres, à l'extérieur de la maison. La flamme dansait.

Le bruit ne cessait pas. Et les intervalles de silence étaient toujours les mêmes.

« Ann, tu vas te lever et marcher jusqu'au seuil de la porte, au moins jusque-là. Rien que pour te prouver à toi-même que tu n'es qu'une idiote. »

Elle ajusta la fourrure sur ses épaules et se leva. Avant d'aller jusqu'à la porte, elle consulta une nouvelle fois sa montre : dix heures trente-quatre. Si l'un de ses télégrammes avait atteint Jimbo alors qu'il se trouvait à Boston, New York ou encore Washington, Jimbo serait déjà arrivé. C'était donc que Jimbo était plus loin, probablement dans le Colorado. Il n'allait plus tarder.

Elle arriva à la porte et l'ouvrit. Le vent s'engouffra. Elle sortit. La lampe tempête dessinait un demi-cercle de lumière, insuffisant pour éclairer le terre-plein surélevé qui terminait la piste, seul endroit de la presqu'île où l'on pouvait ranger et manœuvrer une voiture. Venant de la maison, on accédait au terre-plein par une volée de marches taillées dans le roc.

Le bruit provenait du terre-plein, aucun doute. Et, maintenant qu'elle se trouvait hors de la maison, il était infiniment plus distinct, au point qu'elle le reconnut : un moteur de voiture tournant au ralenti, mais que l'on relançait à intervalles très réguliers en appuyant sur l'accélérateur...

Vrou-ou-oum, quatre à cinq secondes de silence, puis *vrou-ou-oum...*

Jimbo !

Elle s'élança, courant.

Pas très longtemps, ni très loin.

Parce que soudain le bruit cessa.

Elle s'immobilisa, mal à l'aise. Elle se trouvait encore dans le halo de la lampe tempête. A dix ou quinze mètres d'elle, elle devinait plus qu'elle ne les voyait les premières marches de l'escalier menant au terre-plein. Mais rien au-delà.

Le bruit reprit : *vrou-ou-oum*, silence, *vrou-ou-oum...*

On veut que je m'approche, on veut m'attirer dans l'ombre !

Elle fit un premier pas, puis plusieurs autres, qui l'amenèrent au pied des marches, exactement là où la lumière n'arrivait plus. Elle s'efforça de distinguer ce qu'il y avait sur le terre-plein.

Vrou-ou-oum, silence *vrou-ou-oum...*

Les pressions sur l'accélérateur étaient plus douces, comme pour lui signifier : « *Allez... viens, approche...* »

Elle gravit deux marches et cela suffit pour que ses yeux fussent à la hauteur du terre-plein. Elle distingua une voiture à l'arrêt à côté de la sienne, à peine visible, feux éteints.

« Jimbo ? »

Un intervalle anormalement long, interminable, puis avec une infinie douceur, presque à la façon d'une plainte :

Vrou-ou-oum...

Ann redescendit d'une marche.

C'était bien de la peur, à présent.

Et ce fut à ce moment-là que la lampe tempête s'éteignit.

D'un coup, la nuit fut totale. Ann se retourna vers la maison, luttant de toutes ses forces contre la panique. Ce n'était peut-être que le vent qui avait éteint la lampe... Ou bien elle s'était éteinte d'elle-même, insuffisamment approvisionnée en pétrole...

... Mais tu sais très bien que ce n'est pas vrai.

Elle regarda vers la maison la très faible lueur qui transparaissait par les deux étroites fenêtres.

Elle descendit une marche encore, se retrouva sur le dallage de pierres plates allant de l'escalier à la maison. Elle se força à avancer calmement.

Elle sentit une présence.

N'entendit aucun bruit de pas, ni le souffle d'une respiration. Ne discerna pas davantage un mouvement. Elle sentit que quelqu'un était là. Il y avait quelqu'un tout près d'elle.

Derrière moi.

Elle faillit s'arrêter pour se retourner, mais continua de marcher vers la lueur émanant des fenêtres et de la porte entrebâillée.

On la suivait.

Je ne courrai pas, rien à faire, ne pas montrer ma peur.

Elle parvint à la porte. En poussa le battant.

... Qui céda presque imperceptiblement puis résista. La porte pourtant était entrouverte, de dix à quinze centimètres, Ann pouvait, par cet entrebâillement, apercevoir une partie de l'intérieur de la maison, la cheminée, le feu flambant, le canapé où elle s'était assise, son livre. Elle poussa fortement, cette fois-ci à deux mains. Le battant ne céda pas davantage. Il y a quelqu'un derrière, à l'intérieur de la maison, s'opposant à l'ouverture de la porte...

C'était assez pour l'affoler, mais autre chose encore se produisit...

... Une silhouette immense se dressa soudain tout près, frôlant son épaule. Et deux mains gigantesques se posèrent sur elle, cherchant sa gorge.

Alors seulement, elle hurla. Elle se débattit et les mains de géant glissèrent, gênées dans leur prise par la fourrure qu'elle portait sur ses épaules.

Ann se dégagea violemment et se mit à courir, vite, très vite. Sur sa gauche, le terre-plein et les voitures. Sur sa droite, l'extrémité de la pointe rocheuse, un cul-de-sac. Elle s'élança droit devant elle, en direction du rivage rocheux. Elle se cogna contre un muret, qu'elle longea dans l'affolement, à tâtons jusqu'à en trouver l'ouverture conduisant à un autre escalier qui descendait vers la mer. Elle dégringola les marches, courut sur le sable de la plage. Surgit un premier barrage de rochers, qu'elle franchit en l'escaladant. De l'autre côté, elle s'en souvenait, se trouvait une autre plage, étroite, triangulaire, encaissée. Elle tomba à sa réception, engluée par le sable gorgé d'eau, s'en arracha, hoquetant de peur; et soudain se dressa devant elle le mur de granit, insurmontable. Elle était prise au piège. Elle plaqua sa joue et ses paumes contre la paroi, la palpant de ses doigts, désespérément à la recherche d'une prise qui lui permît de se hisser...

Le faisceau puissant d'une torche électrique troua alors la nuit, courut sur les rochers, passa une première fois sur le granit juste au-dessus d'elle, s'éloigna de quelques mètres. Revint aussitôt en arrière, la captura. Ne bougea plus.

Et une autre torche s'alluma, celle-là braquée depuis le sentier dominant le rivage. Comme la première, elle saisit Ann dans son pinceau.

Puis une troisième, une quatrième, une cinquième torche se dévoilèrent, de dix mètres en dix mètres le long du chemin douanier, dessinant un demi-cercle qui marquait le terme de la fuite affolée de la jeune femme...

... Le demi-cercle se compléta avec les trois dernières torches, dont deux tout au sommet de la muraille rocheuse qu'Ann avait essayé en vain d'escalader.

Huit torches au total.

HUIT.

L'épouvantable signification de ce chiffre lui apparut alors, dans toute son horreur.

« Ann ! »

La voix de Jimbo. Ann ferma les yeux, baissa la tête, écrasée par le désespoir.

« Ann, ça ne sert à rien. Ne tente rien. Il y a des armes braquées sur toi. »

Elle se laissa mollement glisser sur le sable, s'y affala, s'abandonnant.

« Ann, ne tente rien, je t'en supplie ! »

La voix douce et calme de Jimbo.

« Je t'en supplie. Il n'y a pas d'autre solution. »

Elle se mit à grelotter, transie de froid, la poitrine secouée de sanglots.

La voix de Jimbo lui arrivait de la maison elle-même, là où s'était allumée la première des huit torches.

« Ann, ne me rends pas tout cela plus difficile encore », dit Jimbo.

10

L'officier radio fit signe à Mélanie. Elle quitta aussitôt son siège et gagna la cabine de pilotage de l'avion qu'elle avait affrété à Brasilia. Elle prit les écouteurs :

« Oui, Allenby ?

— De Montréal, elle a pris un avion pour Concord dans le Vermont, depuis un petit aérodrome de campagne. A Concord, une voiture. Quant à lui, il a fait Denver-Boston direct et a également loué une voiture. L'endroit où ils se sont donné rendez-vous, et qu'ils appellent La Désirade, devrait se trouver quelque part dans le sud du Vermont ou dans le nord du Massachusetts, à la rigueur à la pointe sud du Maine. En gros entre Portland et Boston. Ça évoque quelque chose pour vous ?

— Rien. »

A plusieurs reprises, Mélanie avait entendu Ann et Jimbo parler de La Désirade comme d'une petite île perdue dans les Antilles françaises. Ils y auraient passé leur lune de miel. Allenby :

« Ça ne dit rien non plus à tous les parents et amis que nous avons pu joindre. Mes hommes essaient de prendre contact avec la mère de Mme Farrar, qui est absente de Londres. Il est entre trois et quatre heures du matin là-bas. Ils ne devraient plus tarder à m'appeler. »

Mélanie demanda à l'officier radio :

« Où sommes-nous ?

— Au-dessus du Venezuela. Dans six minutes environ, nous survolerons la mer des Caraïbes. »

Mélanie :

« Allenby, les gosses ?

— J'allais y venir, répondit la voix calme d'Allenby. Il se passe quelque chose à Boston : la quasi-totalité des élèves de la Fondation est sortie ce soir pour se rendre à un concert d'Elton John. Deux des élèves seulement sont restés au collège,

Purcell et Burnecker. Des filles. Elles sont dans leur chambre et mes gars chargés de leur surveillance jurent qu'elles n'en ont pas bougé. Mes autres bonshommes ont suivi la troupe. Enfin, ils ont essayé. Les vingt-huit autres élèves sont bien allés à ce concert. Mais pas seuls. Des milliers de jeunes Bostoniens ont eu la même idée, paraît-il. Et le stade où ça se passe compte une centaine d'entrées. Donc de sorties. Et la pagaille commençait un kilomètre avant.

— Autrement dit, certains des gosses ont pu disparaître ?

— C'est tout à fait ça.

— A quelle heure s'achèvera le concert ?

— En principe vers minuit. Mais les places ont été prises d'assaut à partir de cinq heures de l'après-midi et il faudra bien une heure pour qu'on commence à y voir clair dans cette foule. »

Huit heures de battement. Pendant lesquelles les Sept, s'ils existaient, avaient la possibilité de s'absenter sans même que leur disparition fût remarquée. Mélanie demanda :

« Où êtes-vous vous-même ?

— Pas très loin de Chicago. J'approche.

— Quelle heure est-il à Boston ?

— Dix heures quarante. »

11

« Continue d'avancer, Ann. Droit vers la maison. »

Ann marchait; et autour d'elle, excepté du côté

de la mer, les torches s'éteignaient une à une à mesure de sa progression.

Toutes s'éteignirent sauf une, la plus éblouissante, vers laquelle elle se dirigeait.

En connaissance de cause. Comme on va à une mort inévitable et acceptée. Elle tourna son regard vers l'océan...

« Non, Ann ! Tu mourrais dans la seconde. Non, viens vers moi, mon amour... »

Elle sanglotait, secouée, aveuglée par les larmes, mais n'en continuait pas moins à se rapprocher de la lumière. Elle entreprit d'escalader les derniers rochers. Le faisceau de la torche électrique s'abaissa pour éclairer les marches de l'escalier de pierre que parfois atteignaient les très hautes marées.

Elle gravit lentement les marches.

« Viens près de moi, Ann. Viens mon amour, viens. »

La torche s'éteignit à la seconde où elle posa le pied sur les pierres plates du dallage. Ce brusque retour à l'obscurité permit tout juste à Ann de distinguer l'immense silhouette qui l'attendait. Qui bougea. Il y eut le craquement caractéristique d'une allumette, la lampe tempête fut rallumée, le visage de Jimbo apparut.

« Oh ! mon Dieu, Ann ! Pourquoi es-tu revenue ? Pourquoi n'es-tu pas restée en Angleterre ? »

Elle s'arrêta à deux mètres de lui. Elle pleurait maintenant sans discontinuer, incapable de se maîtriser. Et pourtant, elle réussit à dire d'une voix ferme :

« Tu m'as ratée, tout à l'heure. »

Jimbo secoua la tête avec une tristesse infinie :

« Ann, mon amour... »

Elle dit encore :

« Je n'ai pas l'intention de me débattre cette fois-ci, sois tranquille. »

Il commença à s'approcher d'elle, ses grandes mains en avant, comme s'il voulait la rassurer. Elle demeura immobile, résistant à cette impression, étrangement antagoniste, qui l'incitait en même temps à fuir et à venir dans ses bras. A moins d'un mètre d'elle, il allongea son bras et ses doigts interminables se posèrent sur sa nuque. Il l'attira contre lui, se pencha, l'embrassa.

Et elle lui rendit son baiser, leurs langues et leurs haleines mêlées, de sorte que ce fut lui qui dut la repousser. Il prit le visage d'Ann entre ses mains de géant :

« Ann, je ne suis pas avec Eux. Tu comprends ce que je te dis ? Je ne suis pas avec Eux. »

Il embrassait son visage inondé de larmes.

« Ils veulent nous tuer tous les deux, Ann. Toi et moi. »

Elle rouvrit les yeux et le fixa intensément. Il expliqua :

« Ils allaient te tirer dessus. Ils l'auraient fait si je ne t'avais pas appelée. Oh ! Ann. Comment as-tu pu croire une chose pareille ! »

Elle pleurait toujours mais doucement désormais, s'apaisant peu à peu. Avec presque de la timidité, elle tendit une main, toucha la poitrine de Jimbo, puis sa joue, sa bouche. Elle vint contre lui. Se remit à sangloter.

« Ils arrivent », dit Jimbo, chuchotant à son oreille.

Elle se retourna et vit les Sept qui sortaient de l'ombre.

Trois d'entre eux portaient des fusils.

« Ceux de Mackenzie, dit Jimbo à haute voix, s'adressant à Ann autant qu'aux Sept. Ils les ont emportés après avoir assassiné Doug et sa famille. »

Le regard d'Ann courut sur les adolescents.

S'arrêta sur Guthrie Cole, immense en dépit de ses seize ans, presque la taille de Jimbo.

Son regard s'arrêta et passa, successivement, sur Lee, Hari, Sammy...

... sur Liza...

... sur Gil et Wes.

Revint sur Gil entre tous, Gil avec sa taille de petit garçon, sa fragilité physique, mais aussi l'hallucinante fixité de ses grands yeux noirs. La sensation d'un danger mortel s'empara d'Ann à la seule vue de Gil en cet instant.

« Ann, reprit Jimbo avec douceur. Regarde-les, voici les Sept. Sans moi, ils se seraient ignorés, chacun d'eux aurait vécu seul, dans une immense solitude. Ils seraient peut-être devenus fous. Et l'un d'entre eux est déjà fou, au moins un. Je les ai réunis, Ann. A ma place, n'importe quel autre informaticien aurait haussé les épaules et effacé les données, il y a plus de dix ans. Ou bien il aurait annoncé la nouvelle, qui aurait fait la une des journaux, et on les aurait exhibés comme des singes savants. Moi, j'ai essayé de les protéger. Pendant dix ans, chaque printemps, je suis allé les voir. Ils ont compris le sens de mes visites : « Attendez, je m'occupe de vous, je prends soin de « vous, je vous protège, je vous aime et vous « n'êtes pas seuls... »

Silence. Ann ne parvenait pas à détacher son regard de Gil.

« Et maintenant, ils veulent me tuer, poursuivit Jimbo avec la même stupéfiante douceur dans la voix. Les ai-je jamais trahis ? Non, et ils le savent. Ils savent tout de moi, ils ont vécu dans ma tête, en écoutant Fozzy... »

Il serra Ann contre lui, poursuivit :

« Ils connaissaient le secret de La Désirade, puisque j'en ai parlé à Fozzy. Il m'est arrivé de dire à Fozzy que je t'aime, tu peux me croire.

— Je te crois, dit Ann.

— Mais à présent celui des Sept qui est fou n'a plus besoin de moi. Au contraire. Il a des projets, des projets d'Apocalypse, et je le gêne. Je suis le dernier obstacle. Je me trompe, Gil ? »

Le petit métis aux grands yeux fixes ne parut même pas entendre. Mais Guthrie Cole fit un pas en avant.

« Et il a une autre raison de me tuer, Ann. Il sait que d'autres m'aiment, parmi les Sept. Je suis la faiblesse des Sept, Ann. Il ne peut l'admettre. Il comprend parfaitement le risque que je fais courir aux Sept : celui de voir certains d'entre eux, tous peut-être sauf lui, basculer dans le monde des adultes, leur colère éteinte. »

Guthrie fit un autre pas en avant...

« Guthrie », dit Gil.

L'adolescent géant se figea, dans l'attente d'un ordre.

« Tu vas étrangler la femme, Guthrie », ordonna Gil de son étrange voix monocorde et lointaine.

Silence.

« Tu l'étrangleras par-derrière. Prends garde. On pourrait t'identifier, si elle te griffait. Tu l'étrangles et nous la portons dans la maison, nous l'allongeons sur le lit. Quant à Farrar... »

Les yeux d'huile noire fixaient l'obscurité, par-dessus le toit de la maison.

« Quant à lui, nous le pendrons aux poutres. Tout sera clair et simple. Elle a quitté les Etats-Unis avec ses enfants parce qu'elle croyait son mari fou. Il l'était vraiment. Il l'a fait revenir par une fausse lettre de Thwaites, ils se sont donné rendez-vous dans cette maison, dont ils étaient absolument seuls à connaître l'endroit. Ils ont parlé, ils se sont disputés. Elle a peut-être cherché à fuir. Il l'a rattrapée et étranglée, dans un nouvel accès de démence. Et ensuite il se sera pendu, en découvrant qu'il avait tué la femme qu'il aimait. »

Un temps.

« Etrangle-la, Guthrie. Comme je te l'ai dit. »

Guthrie Cole écarta ses énormes mains, sans doute plus grandes encore que celles de Jimbo. Il avança de deux autres pas, en direction d'Ann.

Et il reçut la charge de chevrotines presque à bout portant, de bas en haut, sur son flanc gauche, les plombs s'ouvrant un passage jusqu'au cœur. Il fit un dernier pas puis s'abattit, visage contre le sol.

L'autre coup de feu fut tiré par Liza. Il atteignit Gil entre les épaules, sous la nuque, fracassant la colonne vertébrale et sectionnant net la moelle épinière. Durant d'interminables secondes, Gil demeura debout, incrédule, déjà mort sans doute mais sans que cette mort eût apporté le moindre changement dans l'expression de ses prunelles, dissimulant comme un miroir sans tain une haine insoutenable.

Il finit cependant par tomber.

Les fusils de Sammy et de Liza se déplacèrent et leurs canons vinrent se pointer sur Hari et Lee, qui semblaient prêts à bondir.

Seul Wes ne bougea pas, conservant son arme braquée vers le sol, Wes impassible.

Neutre.

A terre, Gil remuait encore, à la façon d'un ver sectionné. Ses mains d'enfant griffaient le dallage de pierre, et il arriva quelque chose d'incroyable : le corps fragile se déplaça, centimètre par centimètre, en direction de Jimbo.

Jusqu'à cette seconde d'éternité où, enfin, il se figea dans la mort.

Ils trouvèrent une vieille bâche ayant servi à recouvrir un bateau. Y placèrent les deux cadavres. Emportèrent ceux-ci en s'en allant, toutes traces de leur passage et des morts effacées.

Parce qu'Ils n'avaient pas voulu prendre le risque de laisser, sur la terre de la piste, les empreintes de leur propre voiture, ils se servirent de celle louée par Jimbo, de façon à transporter les corps jusqu'à la route asphaltée. Liza et Wes pourtant ramenèrent la voiture, afin que tout fût en ordre.

Liza dit à Jimbo :

« Les Sept n'existent plus. Il n'y aura plus de morts. »

Jimbo demanda :

« Avez-vous tué Emerson Thwaites ? »

Elle le dévisagea un long moment, le fixant de ses yeux verts. Elle secoua la tête, à la manière d'un adulte recevant d'un enfant une question qui dépasse l'entendement. Elle se détourna, rejoignit Wes qui l'attendait quelques pas en retrait, mit sa main dans celle du garçon, et ils s'éloignèrent ensemble.

Allenby et ses hommes survinrent vers deux heures du matin. Ils notèrent les numéros des deux voitures garées sur le terre-plein : il s'agissait bien des véhicules loués l'un à Concord par Ann Farrar, l'autre à Denver par Jimbo.

Allenby descendit les marches de pierre et avança vers la maison. Il la crut d'abord obscure, gêné par la lumière de sa propre lampe. Puis il arriva à la hauteur de la première des deux fenêtres et vit que la pièce unique était éclairée par la seule lueur du feu brûlant dans la cheminée.

Il frappa et Jimbo vint lui ouvrir.

Jimbo Farrar tenait un livre à la main, l'index glissé entre les pages, ses yeux bleu tendre attentifs.

« Tout va bien ? demanda Allenby.

— Jusqu'à votre arrivée, tout allait bien », répondit Jimbo.

Il devina la question qui brûlait les lèvres d'Allenby et s'écarta du seuil, libérant le passage. Allenby entra dans la petite maison. Tout y semblait en ordre. Il aperçut la jeune femme qui dormait, allongée sur un canapé près de la cheminée, enveloppée de couvertures et de fourrures blanches. À l'évidence plongée dans un sommeil profond et calme.

Allenby ressortit :

« Nom de Dieu !...

— Ne vociférez pas, s'il vous plaît. Ma femme dort. Le voyage l'a fatiguée. »

Allenby chuchota :

« Nom de Dieu, que s'est-il passé ?

— Il ne s'est rien passé », répondit Jimbo.

Quelques heures plus tard, Jimbo fit exactement la même réponse à Mélanie. Celle-ci secoua la tête avec rage :

« C'est de la bouche d'Ann elle-même que je veux l'entendre ! »

Ann l'embrassa et lui dit :

« Il faut toujours croire Jimbo. »

12

« Fozzy ?

— Oui, mec.

— L'histoire est finie, Fozzy.

— Pas de programmation, dit Fozzy.

— Les Sept n'existent plus. On a retrouvé deux cadavres à Boston ; la flicaille ne saura jamais pourquoi ces deux gosses ont été tués. Les morts de Boston, les morts de Tom et d'Ernie, c'est Doug Mackenzie le responsable, et ceux qui lui ont donné dix millions de dollars pour trahir. Version officielle, Fozzy, et version de Mélanie. La boucle est bouclée. »

Silence.

« La fièvre sombre est tombée, Fozzy. Les cinq survivants sont devenus des adultes. Ils feront des études brillantes, du feu de Dieu.

— C'est tout bon, mec.

— Pas forcément, dit Jimbo. Mais c'est comme ça. »

Silence. Jimbo considérait les écrans où, dix ans plus tôt, d'étranges signaux étaient apparus.

« Plus de Chasse aux Génies, Fozzy, ça aussi c'est terminé.

— Vu, mec.

— Ann a été fantastique, Fozzy.

« — Toujours, Jimbo. Ann est toujours fantastique. »

Silence.

Seulement un très léger bruit de pas. Jimbo
allongea le bras et la main d'Ann vint se placer
dans la sienne.

« Qu'est-ce que Jimbo dit d'Ann, Fozzy ?

— Dit qu'il l'aime à en crever, mec. Dit que
Jimbo aime Ann qui aime Jimbo. Dit que...

— Stop ! » dit Ann.

Fozzy obéit.

Silence.

« J'espère que vous avez été corrects, tous les
deux, quand vous parliez de moi.

— Bof ! » fit Jimbo.

Ils se regardèrent. « La Désirade. »

« Pourvu qu'il y ait un grand lit », dit Ann.

Ils s'en allèrent. Sur le seuil de la porte blindée,
Ann se retourna :

« Fozzy, tu éteindras les lumières, s'il te plaît.

— C'est-comme-si-c'était-fait, c'est-fait. »

Les lumières s'éteignirent dans l'immense salle
souterraine.

« Bonne nuit, Fozzy, dit Ann.

— Ciao, la môme », répondit Fozzy.

DU MÊME AUTEUR

Chez Olivier Orban :

LA GAGNE, 1980.

« Composition réalisée en ordinateur par IOTA »

IMPRIMÉ EN FRANCE PAR BRODARD ET TAUPIN
7, bd Romain-Rolland - Montrouge - Usine de La Flèche.
LIBRAIRIE GÉNÉRALE FRANÇAISE.
ISBN : 2 - 253 - 03002 - 3